馬特萊斯特的奇幻旅程

上

拉薩魔法師

大衛・米奇
David Michie

王詩琪 譯　　嚴萬軒 審訂

A Matt Lester Spiritual Thriller

THE MAGICIAN OF LHASA

序曲

丹增．多傑
西藏，正波寺（Zheng-po Monastery-Tibet）
一九五九年，三月

驚覺大事不妙的那一刻，我正一個人，獨處於寺院神聖的靜謐之中，點亮佛像腳下的酥油燈。「丹增．多傑！」（Tenzin Dorje）我嚇了一跳，回頭瞥見上師瘦削的身形，剪影快速地閃過遠處的門邊。「到我房裡來，馬上！」

有一瞬間我覺得進退兩難。能夠給佛陀供燈可是一份殊榮，身為一個十六歲的沙彌，我非常嚴肅看待這個任務。供燈的時候，酥油燈不只是得按照特定的順序點燃，每點亮一柱酥油蠟燭時，還必須同時觀想它們的火焰是奉獻給佛陀的珍貴禮物──像是香、音樂或鮮花等等──藉此替所有的眾生祈福。

我知道無論如何都不能讓任何外務打斷這個重要的儀式，可是，聽從我慈愛又尊貴的上師的命令，難道不是更重要的嗎？更何況，我想不起來上一回喇嘛慈仁（Lama Tsering）用上「馬上」這個字眼是什麼時候的事。我也想不出什麼時候在這座寺院裡，有任何人用喊叫的方式對人下過命令。這檔事尤其不曾發生在正波寺地位最高的喇嘛身上過。

儘管供燈的儀式只進行到了一半，我很快地滅了點燈用的火苗，簡短地對佛像作揖之後，急忙跑了出去。

薄暮之中，騷動在正波寺裡蔓延開來，像是一顆石子扔進了寧靜的湖面，掀起一陣漣漪。僧人們猛烈地敲響彼此的房門。眾人以一種不尋常的慌忙，倉促地跑過庭院。村民聚集在住持的辦公室門口，手指著山腳下，語氣充滿警戒。

把腳套進鞋子裡後，我提起褲管，一口氣拉到膝蓋上方，顧不得平常寺院裡的規矩，邁開腳步狂奔起來。

慈仁喇嘛的房間位在寺院最深處的最後一棟建築裡，需要穿過中庭、經過幾乎所有比丘的房間才能抵達。儘管以他的地位來說，他大可以享有更加寬敞舒適、鳥瞰全院區的臥房，他仍然堅持住在自己的弟子隔壁，一個位於正波寺邊緣的狹小空間裡。

等我跑到他房門口時，他的房門大大地敞開著，平常擦得光潔的地板上，散落著一堆從來沒看過的繩索和包袱。油燈已經轉到最亮，慈仁喇嘛的影子大大地投射在牆面和天花板上，他的身形看起來高大得不成比例，更加重了不尋常的緊張感。

幾乎是同一時間，我轉頭看見巴登．旺波（Paldon Wangpo）正朝著我急奔而來。我和他都是慈仁喇嘛門下的沙彌，不過我們之間還有更深一層的緣分：巴登．旺波是我的親哥哥，年紀比我大兩歲。

我們一起敲響了師父的房門。

慈仁喇嘛點頭允我們進門，一邊吩咐把房門帶上。雖說整個正波寺正陷入一場混亂之中，他的神情不見一絲一毫慌張，不過肅穆的神態卻是難以遮掩的。

「打從藏曆金虎年開始，我們一直擔心的事情終於發生了，」他用嚴肅的表情分別注視了我和旺波的臉，這神態我們通常只有在非常重要的考試前夕才會看見，「信差剛剛抵達村子裡，通報說紅軍已經侵入了拉薩。尊者達賴喇嘛被迫走上了流亡之路。其中一支紅軍的隊伍正往羌塘省我們的方向前進。現在他們距離正波寺只剩半天的路程了。」

巴登．旺波和我忍不住對望了一眼。慈仁喇嘛不過寥寥數語，已讓我們熟悉的世界天崩地裂。假如尊者達賴喇嘛都被迫從布達拉宮逃亡，那麼接下來的西藏還能有什麼指望呢？

「我們務必要假定紅軍正直接向正波寺推進，」慈仁喇嘛迅速往下說，同時間我們聽見外頭傳來一位女性村民的哭喊，「如果他們連夜趕路，明天早晨就會到達這裡。他們肯定用不到一整天的時間。在我們國家的其他地區，紅軍正在四處摧毀寺院，搶奪寺廟裡的寶藏、燒毀經書、殺害和折磨僧人們。毫無疑問，他們也會這樣對待正波寺。正因為如此，住持要求我們儘快撤離。」

「撤離？」我難以自持，「為什麼我們不留下來抵抗他們？」

「丹增．多傑，我給你看過中國的地圖，」他解釋，「每一個從中國派來的士兵，背後都還有上萬個其它的士兵，隨時準備取代他的位置。這不是一場我們能打贏的戰役。」

「可是——」

巴登．旺波伸出手，摀住了我的嘴。

「所幸，住持和寺院裡資深的喇嘛們一直持續不斷地為今天這個可能性準備著。院裡的每個僧人都能自行選擇。你們可以回去家鄉，私下繼續修行佛法。或是跟隨資深喇嘛們一起流亡。」

他舉手作了個手勢，阻止我們答腔。「在你們開口說想要加入流亡隊伍之前，一定要先明白，這不是什麼偉大的冒險。前往邊界的旅途十分危險——紅軍會射殺所有想要穿越邊界的僧人。大約三週的時間，我們需要走非常遠的距離，只能徒步，倚靠我們帶得上的食物，需要忍受非常多的艱辛和痛苦。而且就算我們走到了印度，也不能確定印度政府是否會讓我們留下，還是會把我們遣送回邊界。」

「可是，假如我們回到家鄉的村子裡，要是還繼續穿著僧袍的話，」巴登．旺波插嘴，「中國人還是會找上門來，收留我們的家人也會受到懲罰。」

慈仁喇嘛簡短地點了點頭。

「可若是我們脫下了僧袍，那就違反了當初立下的誓言。」巴登．旺波向來是個口齒伶俐的人，「無論我們選哪一邊，我們都會失去您這個上師。」

「你說的一點也沒錯，」慈仁喇嘛同意他的說法，「即使對一個喇嘛來說，這也是一個艱難的抉擇，而你們還不過是沙彌而已。然而，做出你們自己的選擇依然是重要的，而且要儘快下決定。無論你們最後的決定是什麼，」他輪流端詳了我們倆，「你們都會得到我的祝福。」

屋外傳來人們倉皇跑過的腳步聲。危難當頭的氛圍是不容置疑的。

「我老了，」慈仁喇嘛說道，一邊蹲下來繼續往地上一個皮革袋子裡打包東西。「如果今天我只需要考慮我自己一個人，也許我會去找個地方藏起來，試試看能不能躲過中國人──」

「不！喇嘛！」我大叫。

一旁的巴登．旺波顯得有點難為情。他時常被我魯莽的反應弄得很尷尬。

「只不過住持希望我在這一波撤離的行動中，擔任一個重要的角色。」

「我要跟您一起走！」我再也忍不住了，顧不得巴登．旺波怎麼想。

「也許你們喜歡我當你們的上師，」慈仁喇嘛正色說道：「但是，作為一起逃難的人，情況就很不同了。你們還年輕力壯，我反倒可能變成你們的包袱。假如我跌倒受傷了，該怎麼辦？」

「那我們就揹著你爬過山頂，」我大聲宣告。

巴登．旺波在我身邊點點頭。

慈仁喇嘛抬起頭凝視我們，炯然的目光只在非常罕見的情況下出現過。

「很好。」最後他這麼說，「你們可以一起來。不過有個重要的條件，我得先告訴你們。」

❖

一會兒之後，我和旺波答應喇嘛會盡快返回，便各自離開了喇嘛的房間。我在長廊上的騷亂裡穿梭著，心中對喇嘛提出的條件感到震驚。毫無疑問地，這一天是正波寺有史以來最糟糕的一天，但矛盾的是，今天卻是我找到自己真正使命的一天。我的天職。我受到佛法吸引的真正原因。

打開房門，環顧這個屬於我自己的小天地。我在這個房間裡，度過了過去十年的生命，這裡面有三乘三尺寬、坐禪專用的木箱，睡覺的草蓆鋪在烤過的泥土地上，還有一套替換用的僧袍，和裝著盥洗用品的包袱，這兩樣東西，是正波寺裡的僧人，唯二可以擁有的私人物品。

實在很難相信，從今以後我再也沒有機會在這個木箱上打坐、再也不會睡在這張床上了。更令人難以相信的是，我，丹增·多傑，一個來自林村、不起眼的小沙彌，竟然被授與了一項正波寺和它所屬宗派之中，最罕見的殊榮。我和巴登·旺波，將在我們尊貴又仁慈的上師帶領下，在這次撤離行動中，一起執行一項最高等、最神聖的任務。這也意味著，我們的逃亡之旅，將會比其他人更加重要，也更加危險。

然而，有生以來第一次，十六歲的我打從心底深處感覺到，我在這個世界上，擁有一個專屬的角色。

屬於我的時刻來臨了。

01

馬特．萊斯特（Matt Lester）

倫敦，帝國科學研究院（Imperial Science Institute-London）

二〇〇七年，四月

我熟悉的世界翻覆的那天，是一個烏雲密布的星期五下午，當時，我正坐在某個被我權充為辦公室的狹小空間裡。

「哈利（Harry）要你去一下他的辦公室，」寶琳．德瑞克（Pauline Drake）身體靠在兩英尺外的門框上叫我。她身材高大，五官稜角分明，一股不好惹的氣勢。她眼神掃向我桌上的電話機，瞪著被我刻意拿開的話筒，然後賞了我一記白眼。「現在。」

我瞄了一眼散落在辦公桌上的文件。今天是這個月最後一個星期五，這代表了，全部的工作排程表必須在傍晚五點前填好送出去。身為奈米博特計畫（Nanobot）的研究經理，整理和核對團隊的運作細節是我的職責所在，而且我十分自豪自己從來不曾錯過任何繳交期限。

不過，讓哈利勞駕他難以對付的祕書特地從三樓下來叫我，這蠻罕見的。看來是發生了什麼大事。

過一會兒後，我準備好從自己的辦公桌前離開。這可不是個簡單的動作。站起來的時候得先把身體後仰四十五度角，以避免撞上頭頂上方的櫃子，再來才能一條腿接著一條腿，從辦公桌和檔案櫃之間的窄小縫隙擠出去。我鑽入兔子洞般的迷宮式長廊，踩上四階並不寬敞的木製樓梯，這個樓梯間永遠飄著一股消散不去的工業消毒水和濕狗毛似的氣味。

經過三樓的開放式辦公區域時，我感受到了人們注目的眼光，還有窸窸窣窣的耳語。人資部門的幾個人和我四目相接時，都迅速地閃避了我的視線，露出詭異的表情。

百分之百是發生了什麼大事。

要進到角落的辦公室，必須先經過前面的接待室，這時寶琳已經回到她位在此處的座位上，安靜無聲地在電腦前工作著。她撇了撇頭指向哈利的辦公室門口。大門緊閉，真是稀奇。更稀奇的是，平常辦公室音響總是開著，大方播送管弦樂，今天竟然是異常的安靜。

走進辦公室裡，只看到哈利兀自站著，盯著窗外不怎麼賞心悅目的風景，那是黑灰色的鐵軌盤根錯節，交織在國王十字車站（King's Cross station）的景象。他雙手交抱在胸前，沉默寡言得令人感到陌生，我意識到，他是刻意在等我。

看到我的出現，他默默做出手勢，示意我到他辦公桌對面的椅子上坐下。哈利．薩德勒（Harry Saddler）是經典狂熱教授型的人物，再加上一些獨特的小怪癖，更加坐實了他狂熱科學家的形象。現年五十多歲、戴著眼鏡、一頭蓬亂的灰髮，在他還在做研究的年代，他可是屢屢獲獎的常勝軍。不過近年來大環境的改變，讓他不得不變成了一個公私合營領域的專家。是他挽救了這家擁有數百年歷史的科學研究院，幫我們每個人保住了飯碗，靠的是一年多前，和一家位於洛杉磯的生物科技企業育成中心（biotech incubator）艾瑟拉瑞（Accellerate）所談成的合作案。

「不久前我接到一通洛杉磯打來的電話。電話裡提到的事，過去這十二個月來我多多少少也一直期待著。」他的臉上滿是罕見的嚴肅，「艾瑟拉瑞已經完成了對我們的研究計畫的審閱。他們很喜歡奈米博特，」他拍掉落在領子上的菸灰，「他們真的很喜歡奈米博特。喜歡到想把整個研究計畫全套搬去加州進行。而你身為這項研究的創作者和專案經理，所以他們希望你也能夠一起過去。」

這完全出乎我的意料，我一時怔住了。是啦，過去一年來時不時總有人從美國過來訪問我們機構，也認真交流過不少資訊，但我從來沒想過我們和艾瑟拉瑞的合作案會在我個人的層面帶來這麼直接的影響。或者說，這麼突然。

「他們進行的速度很快，」哈利往下說，「他們希望你最好可以六週內就搬過去。最遲不要超過八週。布萊克利（Blakely）本人對這樁研究案投注了高度的興趣。」

「八週？」我突然覺得有點招架不住。「我為什麼一定要搬去加州啊？他們難道不能直接投資我們這裡正在做的事就好嗎？」

哈利氣弱地搖搖頭，一副無可爭辯的樣子。「你已經看過我們新的股東結構了，」他說，「雖然說艾瑟拉瑞老是把尊重我們的獨立性掛在嘴上，但事實是，他們持有的股份讓他們握有主導權。現在他們才是老大。只要他們想，就可以隨意從我們這裡割走任何一部分。我們其實沒有什麼辦法阻止他們。」

我心裡想的不是艾瑟拉瑞。我想的其實是我的未婚妻，伊莎貝拉（Isabella）。

哈利誤解了我的擔憂。「不過你想想那些之前被艾瑟拉瑞拉到洛杉磯去做的案子，」他安慰我，「後來都一飛沖天了。」接著他頓了一下，湊過來打量我好一會兒之後，才低聲問道：「伊莎貝拉？」

「對啦。」

「她會和你一起去的啦！」

「沒那麼簡單。她最近才剛剛升職。還有你也知道她和家人的感情有多緊密。」我把視線從他臉上移開，轉向一輛正緩緩滑進車站的通勤列車。

哈利和我是老交情了，他很清楚我和伊莎貝拉之間的事——打從一開始他就什麼都知道。不過，很難讓伊莎貝拉離開倫敦的主要理由，是前不久才發生的一件事。我還沒有告訴過哈利。就連我跟伊莎貝拉也還不知道怎麼消化那件天大的壞消息。

「像她這樣的女生，」這些年來哈利和伊莎貝拉經常在研究院的聚會上碰面，「很容易就能在洛杉磯找到一樣的工作的。」他手指一彈，「而且你們給了她家人一個好理由去迪士尼樂園玩。」

凡事聚焦在光明面上，是哈利一貫的風格。我懂他的意思，事實上我對他更多的是感激，因為我知道這對他而言有多麼不容易。一直以來，奈米博特計畫都是他最珍視的一項研究案。當初也是他在發現了我的碩士論文題目之後，把我拉進這個研究院裡的。這個計畫的初期發展，都要歸功於哈利的扶持。我們很享受這份緊密的關係——不只是上司和下屬，他更是我的精神導師、貼心的知己。現在，正當這個研究案開始變得越來越有意思的節骨眼上，他卻得拱手讓人。更何況，誰能說這情況只會發生在奈米博特這一個案子上？看起來艾瑟拉瑞似乎可以淨是揀走研究院裡他們覺得感興趣的部分，然後把挑剩的骨頭留給哈利。無怪乎他現在沒有讓三大男高音在辦公室高歌一曲的心情。

「試著把它看成是一個機會，」他對我說，「有艾瑟拉瑞撐腰，你可以讓整個計畫提升到一個我們這裡不可能負擔得起的水準。原本要七、八年的時間才能進展到做得出原型系統的階段，現在也許只要兩、三年的時間就能達成。前景不可限量啊。」

我看著他右手的手指在桌面上敲打著。

「你將會進入這個世界上資金最雄厚的科學機構，在他們的奈米科技發展中心擔任核心職務。還可以順便把皮膚曬黑一點。」

我挑起眉毛，瞪著天花板。日光浴從來就不是什麼讓我感興趣的活動。哈利明明知道。

「把它看成是一場偉大的冒險！」

他的電話響起，我們聽到寶琳從外面接起電話。顯然哈利有交代過寶琳別讓任何人打擾我們——這是他從來沒有過的舉動。

我又停了老半晌，最後才說：「看來不管你怎麼說，我其實都沒什麼選擇，是吧？我是說，艾瑟拉瑞不會為了我跟伊莎貝拉把研究案留在倫敦。」

哈利嚴肅地望著我，「在這個研究院裡，所有的研究案之中，就屬你的案子最有機會創造出革命性的影響。你是第一個脫穎而出的，馬特。很高興艾瑟拉瑞那麼積極地想要延攬你。」

「我只是覺得有點突然。」我點點頭，「我的意思是，十分鐘前我腦子裡關心的還只是要準時把工作排程表交出去這檔事。」

哈利看我的眼神充滿了關愛和期許。

「我得適應一下這個消息。」

「很好。」

「還得跟伊莎貝拉聊一聊。」

「那當然。」哈利把手伸進抽屜裡，取出一個白色的大信封，從辦公桌那頭遞了過來。

「在你下定決心之前，也許會想要先好好研究一下合約裡的條款。」他說。

沒多久後我頭暈目眩地走回我的辦公室。哈利宣布的消息不只是一件改變生活的大事，合約裡提出的條件更是遠遠地超出了我所有的想像。我幾乎不敢相信。

再次經過人資部門時，因為整個心思都被占滿了，所以完全留意不到周遭的人，就連樓梯間的臭味也從我身旁不著痕跡地遠去。我在腦海中賣力梳理這個矛盾又諷刺的局面：對於帝國科學研究院來說，這是一件壞消息，但對我個人而言，卻是一個不可多得的好機會。更令人混亂的是，儘管這個機會已經大大超越了我最狂野的夢想，但是，我想伊莎貝拉不會高興的。

我得好好跟她談一談。

❖

回到我跟伊莎貝拉可以俯瞰克拉普罕公園（Clapham Common）的公寓裡，還沒看到人影，已經先聽到了她的聲音。公寓大門轟地一聲關上，接著是她的高跟鞋跟輕快地踩在樓梯上，發出叩叩聲響。

「伊莎貝拉。」等到她走進客廳，我親吻她。

「寶貝，」她先抱了我一下，然後往後退了一步，「回家前我去了路上那間酒吧找你。今天沒心情嗎？」

高挑的伊莎貝拉，身形玲瓏有致，膚色是西西里島人特有的小麥色。她的眼珠像是閃耀的琥珀，透著一抹綠色的光芒。一身正式的套裝，黑色的西裝外套和窄裙，凸顯了她勻稱的線條，同時也烘托了她的臉龐：高高的顴骨如獅子般尊貴，還有那一副桀驁不馴的下巴。及肩的深色長髮捲出蓬鬆、流動的弧度，勾勒出她飽滿性感的雙唇。

她站在我面前，散發出穩健自信的風範，我的視線從她熱情晶亮的雙眼，游移到她繞著赭紅色絲質圍巾的頸項。

「有件事情我們需要討論，」我告訴她，「事實上，有份文件我想要妳讀一讀。」

她揚起眉頭：「現在嗎？」

「如果妳不介意的話。我幫妳倒杯紅酒。」

「給我昨晚打開的那瓶榭密雍白酒就好了，」她踢掉腳上的亮皮細跟高跟鞋，一邊按摩著腳跟，一邊用水汪汪的眼睛望著我。

走進廚房前，我把艾瑟拉瑞的合約書遞給她。我沒辦法忍受看著她讀合約的過程。連我自己都還不敢相信，奈米博特計畫即將成為艾瑟拉瑞全力推動的三大研究案之一。畢竟艾瑟拉瑞可是這個世界上最頂尖的科技企業育成中心啊。接下來兩年內，整項計畫的研究資金將增額到兩千萬美金，加速它的進展。還會有十個專任的全職員工協助工作。

跟我個人切身相關的部分是，我會被提升到總監的層級。年薪十五萬美元——是我現在薪水的三倍。除此之外還配有個人專屬的公務車、豐厚的績效獎金跟認股的選擇權。

這種薪水大幅超出了我的預期，我也沒有料想到能夠升職。這方面雖說令人興奮，不過更讓我激動不已的是，過去七年來，由我所孕育成形、全心全意投入的研究計畫，終於要得到它應得的基金支持了。自從研究生時期開始投入奈米科技的研究以來，我一直堅信，這門領域的發展代表了人類科技的下一次大躍進，終究會帶來工業革命式的變革——而且是更大的規模。創造出顯微鏡下才能觀察到、能高度發揮各種功能的奈米尺寸機器人，將會改變人類生活的每一個面向。

舉例來說，在醫學領域，腫瘤的治療將不必使用侵入式的手術或有毒的化學藥物，藉由一個比頭髮的直徑還要微小的機器人裝置，就能深入到細胞的層級，逐一遏止惡性腫瘤細胞生長，而且不傷害到健康的細胞。在食物生產的領域，我們也不再受制於天候或農耕技術，奈米機器人可以在轉瞬間從食物化學成分的層級開始，快速地組合出穀物或是蘋果（而且不必有果核）。要改變我們周遭的物質世界，將會是前所未有的輕易與廉價。目前的農業技術和製造業技術將迅速消失。各種形式的廢棄物將能夠百分之百回收。那麼多的資金被大手筆地灌注到奈米科技的研究之中，並不令人感到意外。也因此奈米科技成為了占據我生活中一切注意力的重要主題。

過去十年來，我跑遍每一場重要的研討會，訂閱所有的產業期刊，也時時緊盯同領域科學家們各自的進展。無論是吃飯的時候、睡覺的時候、呼吸的時候，我無時無刻不想著有關奈米博特的事。伊莎貝拉常常戲弄我說，在我心中，她只排得上第二，奈米博特計畫才是第一名。她非常清楚奈米博特對我而言的意義，知道發展奈米博特計畫是我深切的夢想，而她是那麼地看重我的夢想，到了彷彿奈米博特也是她自己的夢想的程度，我為之深深感動。這也讓艾瑟拉瑞提供的機會，更摻入了幾分苦澀與甜美。

我走回客廳時，伊莎貝拉眼睛睜得老大，直直望著我：「這太好了，馬特！超級棒的！對你和奈米博特都是！可是它裡面沒有提到什麼時候——」

「這正是我要和妳討論的地方。他們希望我馬上過去。六週內，或是八週。」「去多久？」她還沒意會過來。「我是說，假設這個研究案轉移過去，那他們會在哪裡——」

「整個案子從此都會搬過去。」

困惑的烏雲襲上她的臉龐。

「這不是我要求的。不知道為什麼它突然就這樣發生了。忽然間比爾・布萊克利（Bill Blakely）看中了這個研究案。」

她抬起一隻手，指甲修剪得精緻完美的手指蓋住了眼睛。

我知道她現在正在想什麼。

「我跟哈利說了，這個決定太艱難了。」我低喃著，幾秒之後，再補上一句：「我提醒過他，妳和家人的關係有多麼緊密。」

眼前我不打算繼續推進這個話題，畢竟那件事對我們而言也還很突然、未經消化，我和伊莎貝拉也還沒有好好討論過。

「那哈利怎麼說？」她的聲音有些乏力。

「他說我們應該把這件事看成是個千載難逢的機會。他還說，妳很容易在洛杉磯找到工作的。」我彈一下手指，「像這麼容易。」

伊莎貝拉搖搖頭，「貝托里尼（Bertollini）明年度的泛歐洲區行銷計畫才剛剛忙到一半，」她往上看，目光閃爍，「如果我現在離職，幾乎等於害了整個團隊。又不是說，」她刻意抬頭，「整個計畫才剛開始而已。」

我把葡萄酒遞給她。她連碰都沒碰一口，就把它擱在了邊桌上。「不能留在這裡嗎？難道他們不能讓研究案繼續留在倫敦，在這裡密集追蹤進度就好？」

「我一開始就這麼提了。可是他們想要把它搬去美國。」

「就算你不配合也沒用？」她感到訝異。奈米博特是根據我的碩士論文發展出來的，除了偶爾會用到一些兼職的助理，這整項計畫從起頭開始就幾乎全是我一手打造的。

「如果我不配合，」我答道：「我猜他們會直接排除我，繼續發展下去。」

「可是你本人就等同於奈米博特計畫啊。」

我承接著她的凝視好一段時間——那目光是一道混合著煩躁與焦慮的亂流。接著我說：「是我一手打造了這個研究案，沒錯。然而它的智慧財產權至少有百分之九十五是歸屬於研究院的。沒有人是不可取代的。」

她的目光重新回到了合約上，掃射著每個段落，帶著驚奇邊讀邊搖頭。「研究資金兩千萬美金，」她讀出其中一個段落，「十個全職研究員。」

「先不要太激動，」我說，「無論這條件開得有多好，我不會丟下妳一個人去美國的。」

她抬起頭看我，表情透露出一絲苦楚。「你一定要去。你和奈米博特是一體的。」她擺出決絕的姿態，「你就是奈米博特。」

我平靜地迎向她挑釁的凝視。

伊莎貝拉和我有時候會玩這種「只能選一邊」的遊戲。這是一種幫助我們做決定的方法。假設一棟房子失火，裡面有兩個人，或是任何一種兩難的情況，比如說雲梯只能救出一個人，你會救哪一個？不可以思考。不可以考慮第三種解方。你的第一直覺會選什麼？

「如果今天是妳和奈米博特一起在火災的房子裡，」我告訴她，「我一定會救妳。無論發生幾次這種情況，我都一定會選妳。」

「是啦。」她把頭撇向另一邊，金色的耳環在向晚的微光中閃爍。「只是事情沒有那麼簡單，是不是？」

❖

我們倆是在附近一家餐廳舉行的除夕夜派對上認識的。那家餐廳在巴特西街上，叫作萊布松，是一家法式家常小館，那天他們推出了傳統的五道菜色的晚餐，到了晚上九點時，擠滿人的館子裡，熱鬧的氣氛已幾近沸騰。

我第一眼就被這個坐在我對面、朋友的朋友、深色眼珠的女孩所吸引。我還記得當時我覺得她是那麼地活潑動人——而且充滿異國情調。我喜歡她那件豔紅的露肩晚宴服露出她輕盈的肩膀的方式、喜歡她鎖骨上方那光滑的古銅色肌膚、喜歡她捧腹大笑的時候，全身一起細細顫抖的樣子。每當談話進行到激動處，她琥珀色的眼睛似乎會射出綠色的光芒，戲劇化的手勢晃得她手上一整串鐲子叮鈴作響，那景象令人出神。那一晚，掛在她身上的那條金項鍊，順著她的脖子一路垂到乳溝，跟著她的身體一起舞動，閃閃發光了一整晚。我完全抵擋不了她的魅力。

那個夜晚在酒精的催化下，呼嘯著抵達了一個全然迷醉的高潮。午夜時分，我發現我們親吻著彼此。貼著她的肌膚，我吸進一口她擦過香水的氣息，動物般濃郁的氣息。那是伊莎貝拉的香氣。沒多久後，我們在餐廳外頭交換了電話號碼，然後她便鑽進了一輛朋友的車子裡。過了幾天，我們很快彼此確認，第一次見面時在對方身上感受到的直覺。

隨之而來的一月，是我有生以來最甜美的一個一月。綿綿不絕的雨水和烏雲持續覆蓋在克拉普罕公園上方，然而在我的臥室裡，卻是我們前所未有的美妙一月。我們對彼此的欲求如此飢渴，猛烈的熱情令我們興奮到顫抖。那份渴求猶如脫韁野馬，一旦釋放出來，就顯得永無止盡。剎那間，世上所有的情歌都彷彿是專為我們兩人所寫。關於對方的一切，無論是多麼芝麻綠豆大的小事，我們都好想知道。我們沉迷在彼此之中，只要時間允許，一定要一起在我公寓溫暖的晨曦中醒來。偶爾，我們會一起爬下床，走到公寓外，找個地方用餐，或是摟著對方的肩膀，一起散步穿過公園，欣賞光禿禿的樹枝按壓在灰藍色的天空上，印出細碎的輪廓線。冬天從來不曾如此美麗過。

當然，我也曾經交往過別的女朋友。上了大學之後，就有過幾次約會的經驗，其中有些女孩莫名地害羞，以致於我們的約會幾乎不可能產生任何成果，另外一些女孩又顯得太過老實和古板，結果就是在她們褪下衣裳時，幾乎引發不了任何的激情。

但是伊莎貝拉打從第一秒開始就是與眾不同的。那道令她從人群中突顯出來的光芒，那股能量，在我們獨處時會轉換成不同的形式。這種完美的契合，是我從來不曾在別人身上感受過的。她回應我的一切、無拘無束，不論我想要什麼，她想要的似乎都跟我一樣。在床上，她活潑的特質化成了一股強勁的激情，她毫不掩飾地縱情嬌喘，當我們融為一體時，她的雙眼會緊緊地盯住我的，品嚐著我們之間濃烈的狂喜。

不只是性生活很棒而已。在生活的各種其他面向，我們也都非常互補。我需要她火一般的動力，一如她需要我泰然的寧靜。我活在一個構思和計畫的世界，而她則是活在當下，順隨感官的體驗。和她一起，我們找到了感官與大腦之間的完美平衡。有生以來第一次，我真正體會到了陰陽這個詞是一個活生生的現實，而不只是一個抽象的概念。

「你對我而言，真的是很棒的男友。」在剛開始交往的頭幾個月，有天早上，我穿著牛仔褲和T恤，坐在廚房餐桌前讀報紙，她靠過來吻我。我抬起手，輕撫她的臉頰。

「你有一種安穩的特質，我很需要。這種平靜。」

在早晨的光線中，她的眼珠像是溫暖的琥珀。「只要這種平靜不會變得無聊就好。」她搖搖頭。剛起床的她，深色的長髮在肩膀上方鬆散地挽成一團。「你不懂我的意思。大部分我認識的男人，比方說在工作的時候會遇見的那些人，全都跟小伙子似地毛毛躁躁的。滿腦子想的都是底線啦、要打敗競爭對手啦、要高人一等啦、要出人頭地啦這一類的。那才是真的無聊。可是你……你懂的東西好多。」

「不是每個人都那麼看重奈米科技的。」

「我不是在說奈米科技啦。我是說，你看看這些書，」她指向餐桌角落的一疊書：《莫札特效應》（*The Mozart Effect*）、《東方的身體，西方的頭腦》（*Eastern Body, Western Mind*）、《李奧納多：第一位科學家》（*Leonardo: The First Scientist*）。

「這就是我需要妳的原因。」我回她，「我太活在自己的頭腦裡了。整天都在思考、思考、思考。」

「你講得好像思考是一件壞事似的。」

「如果一直只忙著思考，就會注意不到身邊的任何事。或任何人。」

「噢，如果某個人想要的話，一定有辦法引起你的注意的。」她灼熱的眼神裡盡是掩藏不住的挑逗。

「我正是這個意思。」

她撩開厚厚的毛巾布浴袍，露出赤裸的大腿，我假裝抗議，戲弄她：「我正打算花二十分鐘把這篇講歐盟裡的法德關係的文章讀完呢。」

「那就在這裡的關係怎麼辦？」她挑眉。

「在餐桌上嗎？」我咕噥著，站起身，把手滑進她的浴袍裡，摩挲著她一絲不掛的酥胸。

「什麼地方都好。」

她的嘴唇迎上我的，直到我們的雙唇分開，火熱的衝動旋即被喚醒。把她的身子拉向我時，她張開腿，我們貪婪得像是好幾個星期都沒有滿足過了似的，而不是才幾小時前的事。當我把自己從她身上拉開，剝下她整件浴袍，暴露出她繃緊的興奮時，她凝視著我，雙眼閃閃發光，耀動著一份和我同樣激昂的慾望。

❖

幾個月後，她搬進了我的公寓。我們成天黏在一起，再繼續付她原本的房租變得沒什麼意義。除了最初幾個月熱情高張的性生活之外，我們也陪伴彼此度過了事業上的種種起伏。在認識她之前，我對於行銷工作所知甚少，不過，很快地我就見識到那些無止盡的預算編排、品牌規劃、包裝、新產品發表會等種種活動。對於擅長溝通的她而言，好像天生下來就該做行銷這份工作，一如奈米科技研究之於我同樣的順理成章。然而，對比我在科學上是真的找到了一個由衷投入的領域，銷售軟性飲品和伏特加卻從來不是伊莎貝拉真心感到熱情的所在。儘管表面上看起來只有一步之遙。

她十二歲那年，在一次的晚餐上，爸媽允許她品嚐自己的第一杯葡萄酒，伊莎貝拉從此就一直受到葡萄酒的釀造工藝所吸引。這主要是來自於她父親的影響。伊莎貝拉的爸爸是個以自己的義大利血統為傲的人，曾經想要以侍酒師為業，是他把對葡萄酒的熱情和景仰傳遞給了女兒。在她的青春期後段，伊莎貝拉曾多次跟著旅行團前往義大利和法國的葡萄酒產區探訪。她也參加過品酒課程，而且我很快就留意到，她會花上大半天的時間耗在小型的獨立葡萄酒專賣店裡，搜索特定的年份、莊園或品種。

對我個人而言，葡萄酒就只是葡萄酒——有些我喜歡，有些我不喜歡。然而對伊莎貝拉而言，葡萄酒是一份她樂於向人分享的喜好。她喜歡盲測，試著去分辨出白詩南和榭密雍之間，或是希拉茲和梅洛之間有什麼不同。以往我總是對那些聲稱可以從一瓶酒裡面，品嚐出黑莓或百香果風味的所謂專家感到狐疑，是伊莎貝拉讓我重新用全然不同的眼光看待這一切。

她也熱衷於食物和葡萄酒的搭配，過了好幾個月之後，我才漸漸意識到這背後其實有特定的原則。為什麼甜白酒和味道濃烈的藍紋起司這麼對味？勃根地紅酒是有什麼樣的魔法，可以讓一道家常的燉菜幻化成一道美味的珍饈？

和她一起去外面用餐永遠像是一場探險。我們攜手走過的旅行，永遠給我帶來意想不到的驚喜。無論是待在英國泡泡酒吧，或是偶爾去趟巴黎或布拉格共度週末，伊莎貝拉讓這個總是沉浸在思考中的我，看見和品嚐到我從來不曾留意過的事物。

當然，我們也漸漸認識了彼此之間那些不那麼浪漫的面向。像是有一次，我訂購了一套去加勒比海度過聖誕假期的旅行，我把行程表放在一個紅色的信封裡，和一瓶香檳擺在一起，等著伊莎貝拉從週末的採買行程結束後發現。原本我預期她會高興得尖叫，結果得到的卻是心煩意亂的回應，她怪我為什麼不事先和她商量。打從她出生以來，她每一個聖誕節都是和家人一起度過的，如果要改變這個習慣，她的媽媽會非常傷心。

我永遠忘不了當我推開門時，她臉上那山雨欲來的表情，與隨之而來的義大利式暴風雨。我感覺自己彷彿被一條看不見的繩索絆倒，因為我誤以為伊莎貝拉的家人和我的家人應該差不多，聖誕節分開過不是件什麼大不了的事。我犯下的另一個更嚴重的錯誤是，認為和我一起去一趟充滿異國情趣的聖誕假期，能夠勝過她的家人對她的羈絆。

結果是，我們沒有去加勒比海。在一場激烈的爭吵，加上一整個星期的緊繃氣氛之後，我撥了一通電話給旅行社，取消行程。我賠掉了押金，但是保住了女朋友，還學到了昂貴的一課：千萬不能低估伊莎貝拉和家人間的緊密程度。

即便伊莎貝拉和我生活在一起，對我而言這已是一切所需，然而，伊莎貝拉和家人間血濃於水的情感，是我從來不曾體驗過的。在我成長的過程中，父親長年在外出差，我大學還沒畢業，他就過世了。而我的母親，經營著自己的園藝事業，滿足在她所建造出的美麗花園裡。媽媽、哥哥和我，我們三人之間共享著一份溫暖的關係，不過是一種給彼此很大空間的連結方式。一有什麼事，只要一通電話，我們會為對方出現，但是我們並不要求彼此必須要花上特定長度的時間陪伴對方。完全不同於伊莎貝拉住在不遠處的達利奇（Dulwich）的家人們，所散發出來的那種恆常的、地心引力般的強大拉力。

而那個我們十天前才剛得知的震撼消息，將會更大幅度地增強這股拉力。這正是為什麼我對搬到加州一事，不敢做出任何多餘的遐想。也因此，我帶著艾瑟拉瑞的合約回到家的那晚，我緩頰地對伊莎貝拉說，我們有一整個週末可以慢慢想。工作了一整個星期，我們都又餓又疲倦。於是我提議一起去諾斯科特路上，我們最喜歡的印度餐廳吃咖哩晚餐。

❖

不過，在收到艾瑟拉瑞那樣的工作合約之後，實在是很難假裝一切如常。儘管那一晚還有隔天一整天，我們勉強試著分心，卻是第一次，在這段關係裡感受到，有某個問題是我們都不知道該如何解決的。我們第一次覺得，這份關係面臨了威脅。

伊莎貝拉拒絕去加勒比海過聖誕節的那次，雖然是種震撼，倒從來不曾對我們的關係造成任何真正的危機。它就像是路上突起的一塊石頭，是我們有能力跨越的困難。它僅僅需要我承認自己犯下的錯誤、吞下我的驕傲，然後放手。

可是艾瑟拉瑞的合約就是截然不同的兩回事了。伊莎貝拉對家人的忠誠比起過去都要來得更加複雜，加上我們又已經訂婚，所以我也成為了這張複雜的家族情感網路的一部分，牽動著她的家人。還有她在貝托里尼的工作，她好不容易才爭取到的升遷，這也成為了她難以丟下倫敦的理由之一。假使我為了這份愛，決定放棄自己過去七年來的一切努力，留在倫敦，是不是很愚蠢？而伊莎貝拉又是怎麼想的呢？儘管我們把整個星期六都花在一些假惺惺的活動上，刻意忙著不重要的瑣事，我整個腦子還是不停地在好奇，到底伊莎貝拉現在怎麼想——還有，她的心最終的去向。今天這個情況，對她而言真的是一場天人交戰，還是她其實早就有了無可避免的定論，只是不知道該如何對我說出口？

❖

星期天凌晨三點左右，我醒來，發現伊莎貝拉不在床上。我起身走到客廳，看見她穿著卡通睡衣，斜倚在凸窗旁，把玩著手上的訂婚戒指。月光灑在她臉頰上，形成銀色的細小斑點。

我不忍心看她這麼難受，走向前，把她擁入懷中。我抱著她很久很久，感受她的身體貼著我的身體，聆聽她無聲的抽泣。

最後，她和我分開，用手摀住了她的臉，說：「我不想拖住你。」滿臉淚痕令她難為情，「如果我像是一根船錨似地把你釘在這裡，你最後會恨我的。」

過了好半晌我才能開口回她。看見她因為我傷心成這樣，我的心都碎了。「我也不想要妳為了我放棄工作，因此討厭我。」

我刻意提到她的工作。我想，如果她的工作也是阻礙之一的話，那麼就更不用去提她的家人了。

「那不過就是個——」她把手伸向面紙盒，抽出了好幾張面紙，準備擦臉，「領薪水的工作而已。跟你的情況不一樣。不是什麼個人生涯的追求，或者什麼真的很重要的東西。奈米博特會改變很多人的生命。貝托里尼伏特加在斯洛伐克銷量比其他地方好——這是什麼真的很重要的事嗎？」

「對妳而言很重要啊。」

「只是因為那是我負責的地區。在我升職前，你就知道是什麼情況了，我已經開始覺得無聊。真的很無聊。我都已經想再往上跳一級了，只是我還得等。再過十八個月，也許兩年，我知道我就會到達這個工作的頂峰。然後同樣的事情再重演一次，我又會開始想找別的刺激……」

我不太確定她要把話題帶往哪個方向，也解讀不出她語調裡的那份矛盾。

「到了洛杉磯，我會照顧妳的。」

「我自己有存款，」就算在心情這麼沉重的時候，她仍然不忘維護自己的獨立性，「我不會靠你過活的。」

「不是這樣的！我是真的想照顧妳。」

「說不定就像哈利說的，」她聳聳肩，「也許我到了那裡也很快能找到工作。」

「那是肯定的！」

「我不是想和你較勁。」她的語氣楚楚可憐。

「我和你的關係應該不只是職業頭銜的配對而已吧，不是嗎？」她別開目光，望著克拉普罕公園，裝飾著公園的燈串散發著黃色的光暈，照向我們不常見到的空蕩景象。

「妳真的可以放棄在貝托里尼的工作嗎？」

「你之前說過，沒有什麼人是不可取代的。」她迎向我的視線，「如果他們可以在沒有你這個發明人的情況下繼續進行研究，那我想貝托里尼也能夠從跟在我屁股後面的那一堆聰明伶俐的年輕小伙子裡面，找到另一個集團產品經理。」

我走向前去抱住她。我很明白她在自己的工作上投注了多少心力。無數趟清晨一大早從希斯洛或蓋特威克機場匆忙飛往歐洲各大城市的班機。總是耗在修改預算和預測數字的週末。為了發表新產品和推展各種行銷活動所花費的巨大精力。如今就因為我，她準備拋下這一切。

「這也不是真的跟工作有關啦。」她在我胸口嘟囔著，默默地端出了我們迴避了一整個週末的話題。

伊莎貝拉排行老三，是家裡唯一的女兒，也是爸媽和外公外婆捧在手心的掌上明珠。漂亮可人的小伊莎貝拉，是家人投注了許多期盼與希望，才終於迎來的寶貝女兒。伊莎貝拉也是貼心可愛、從來不曾令家人失望的女兒。她是家中唯一一個取得大學學位的孩子，唯一一個事業蒸蒸日上的孩子。她在家族中運籌帷幄，總是負責召集大家共度母親節、聯合慶生會和復活節聚餐等各種活動。

事實上，在這幅幾近完美的家庭圖像中，唯一一個顯得突兀的元素就是我。不是刻意針對伊莎貝拉的父母，不過，他們很有可能更加歡迎一個純正的義大利男孩——勝過接受我和伊莎貝拉同居的事實。伊莎貝拉把舊公寓退租之後好幾週，她還是只會在自己的手機上接到她父母打來的電話。她不斷地含糊其詞，直到最後，在某個即將出發去她父母家過週末的傍晚，她才不得不招認，她一直沒有告訴爸媽我們已經同居的事。她說自己還沒有準備好，因為她知道爸媽會有多失望。

最終當然她還是必須向他們坦白。他們也真的很失望。她的母親諄諄教誨地給我上了一堂課，說明婚姻的神聖性，她的父親則是刻意地與我保持著一段距離。和他們的家人建立起關係，起初並不容易。直到幾個月後，我和伊莎貝拉一起去佛羅倫斯過週末，在老橋上的一家珠寶店裡，伊莎貝拉看上了一只非常漂亮的鑽石戒指。

「不如我們訂婚吧？」我對著興奮的她說，「這樣妳就有非常充分的理由戴上這枚戒指了。」我們早就討論過結婚的事，也確認過這是彼此都想要的，只是我並不著急。跟我們同年齡層好幾對交往中的朋友們中，已經結婚的人很少。但是那天在老橋上，一家珠寶店門口，我們許下了終身。帶著新科未婚妻回到倫敦後，不只是伊莎貝拉可以驕傲地向人展示她星形切割的鑽石戒指，她的家人對我也變得更加包容。幾年下來，在我們彼此之間，一種真摯溫暖的情感逐漸穩固，尤其是在我和朱力歐（Julio）之間的那份君子之交。同是切爾西足球隊的球迷身分助長了我們的友誼，數不清幾個週六下午，我們一起去球隊的主場史丹佛橋球場替球隊加油，或是黏在朱力歐家的電視機前面看他們比賽。

但十天前得知的那個消息，讓這一切蒙上了陰影。前陣子朱力歐以為自己是壓力大，去找醫生做檢查。雖然說幾年前他就已經放下電氣技師的生意退休了，不過今年已經七十二歲的他，還是掌管著一切家計，以及所有他扛在肩膀上的家庭責任。檢查完以後，家庭醫生沒有給他開立處方箋，反而替他安排了驗血、電腦斷層、然後是腦部的核磁共振造影檢查。最終的檢查結果出爐，給所有人拋下了一顆震撼彈：朱力歐得了阿茲海默症。

整個家沒有人知道該怎麼反應，過了好一陣子，這個消息才慢慢沉澱下來，滲透進生活裡。朱力歐把自己封閉起來，整天關在他的工具間裡，抽他最喜歡的哈瓦那雪茄，沉思他終將無法逃離的、一步步走進遺忘的旅程。

❖

此刻，在黑暗的公寓裡，看著空無一人的公園，「爸爸現在這種情況，這整件事發生的時機真的很不巧。」伊莎貝拉幾乎不需要說出這句話，我也能明白。

我抱緊她，回應盡在不言中。朱力歐的病況，以及這對伊莎貝拉而言的意義，正是在哈利辦公室裡時，我第一個浮上腦海的念頭。

「就算是爸爸沒有生病之前，我的家人都已經那麼依賴我了……」

「我懂。假如今天這個工作機會不是好到這種程度，我連念頭都不會動一下的。不過如果朱力歐能好好按時服藥、改變一下生活習慣的話，妳也知道醫生是怎麼說的。他的病情發現得很早。很有可能兩年後他的狀況跟現在差不多。」

我們最近一次去拜訪時，朱力歐已經從自我隔離的狀態裡走出來了，改用一種比較坦然的態度面對自己的病情。

「兩年後，」伊莎貝拉順著我的話尾，往下質問，「你就會在艾瑟拉瑞把奈米博特的原型系統做出來了嗎？」

「會的。」

「如果到那時候，爸爸的病情惡化了，你可以灑脫地放下研究案嗎？」

「那不會是一件容易的事。不過如果要我選的話，我會選擇那個時候才離開，而不是現在。」我低頭看她質疑的表情，「在艾瑟拉瑞用力拼個兩年，各式各樣的大門將會打開。我可以把我的研究帶往新的方向。說不準什麼樣的機會都可能會出現。」

「如果我現在放棄貝托里尼的職位，而你兩年後放棄奈米博特，感覺像是個雙輸的局面。」

「直到我們知道取而代之的會是什麼之前，下這樣的斷言還太早。也許是更好的情況也說不定。重點是我們倆還能繼續在一起。」

至少，這一點是我們彼此都毫無保留地同意的。

……是吧？

「就算先不管爸爸生病的事，光是聽到我要搬去美國這件事，就能讓他們傷透心了。」伊莎貝拉說著，從我的懷裡抽離，「這太令人意外了。我還沒有讓他們做好心理準備。」

交往的期間以來，我留意到，她在跟家人交涉各種生活上的變動時，向來很小心翼翼。就連把家庭聚餐的時段從午餐改成早餐這種小事，都要先暗示這個可能性，接著在之後聊天的時候提到一下，然後才正式進行充分的討論，直到最後取得同意。我不會假裝我知道為什麼。這是身為女兒才有的特性？還是義大利式的家庭文化？或者這就是你應該用來對待年邁雙親的作法？

「我想，試試看讓他們慢慢習慣這個想法——」我起頭。

「在六個星期內？！」

我必須謹小慎微地留意自己每一句話。雖然說伊莎貝拉自己常常抱怨她們家人的行事風格，不過如果是從我口中說出的，就算是最微不足道的批評，也能讓她立刻劍拔弩張。

「就算用上六個月，他們也不會理解的。」

「我相信妳的爸爸會懂的。」令我驚訝的是，伊莎貝拉搖了搖頭：「這個大好機會是對『你』而言。」她和我四目相對，流露出痛苦的神情。

「對我是好事的話，對妳也一定是好——？」

「他們只會看見，我要放棄我的工作，丟下一切，就為了和你在一起——」

「而且我們根本連婚都還沒結。」我懂了，替她把話說完。

她沉默不語。其實也用不著她說什麼。我腦海中幾乎能聽見，如果我們去了洛杉磯，她家人餐桌上可能會出現的對話：馬特是個不錯的年輕人啦，可是他這樣是在占伊莎貝拉便宜。搞不好他到了加州，看到那些漂亮女生，一昏頭，伊莎貝拉就什麼都沒了。

接下來我說出口的，是從星期五晚上以來，就一直在盤旋在心裡的話：「如果妳想要我對妳做出那個承諾——」

「不！」她舉起手，灼熱的目光穿透幽暗的空間，直射向我，「我刻意不想提起這件事，正是因為你現在是被逼到了角落。我希望它是因為對的理由才發生。」

她的語氣十分果決，我知道沒有再繼續爭辯下去的空間了。我們佇立著，互相凝望，時間彷彿過了一世紀那麼久，最後，我終於承認：「伊莎貝拉，我不想失去妳。只要這段關係能維持下去，我真的什麼都願意嘗試。」

02

丹增．多傑
西藏，羌塘省（Jangtang Province-Tibet）

儘管慈仁喇嘛已經警告過我們，離開西藏的旅程不會是一場夢幻的冒險，但剛開始的時候，它感覺起來確實是這樣。可怕的消息傳進正波寺不到一小時之後，慈仁喇嘛的供養人，一位住在隔壁村子的富人，就雇來了一輛小巴士。它是一台老舊的十二人座公務車，不過當我們出發的時候，巴士裡擠進了二十一個僧人。巴士司機是當地人，熟悉羌塘每一條大大小小的道路。我們晚上八點出發，在西藏的偏僻地區，這個時間是沒有路燈的，然而我們必須儘可能在天亮之前，有多遠走多遠。

在巴士上，慈仁喇嘛向我們說明了更多撤離正波寺的計畫。過去十年來，遠遠早於我成為一個小沙彌之前，寺院裡的住持和資深喇嘛就開始為今晚的可能性做準備了。向來我都十分景仰這些修行道路上的前輩，但我從來沒想過，他們可以做出如此一絲不苟的計畫，來關閉整座正波寺。整套撤離計畫設計得非常地縝密。

在利用各種公務車或私家車把所有的僧人往東南方撤出，穿越羌塘地區之後，所有的六十人會被分成三支小隊伍。分頭走進西藏和印度邊界的山區中。

「我們研究過游擊戰術，」慈仁喇嘛語出驚人，「一大群人一起穿過鄉村的風險太高了。我們必須避開所有的路障和主要城鎮。把人數分散成比較小的團體，行動起來就容易多了。」

每三個人就會分到一個帆布包，裡面裝著地圖、罐頭食物和水壺——這些都是從正波寺的儲藏室裡搬出來的。每個人也都會分到一小筆錢，好讓我們在需要的時候可以支付交通費或任何必須用錢的東西。撤離計畫不是在我們離開正波寺之後就結束。慈仁喇嘛告訴我們，村民們會撤走寺院裡所有的掛飾、酥油燈、儀式用的法器，帶回家裡藏起來，等待將來有一天，我們有機會重返正波寺。在住持的指揮之下，他們會把沙土和木灰灑在平常都打掃得很乾淨的房間和寺廟裡、燒毀藏經閣，然後在院子裡扔進一大堆石頭。他們要讓正波寺變得像是一座廢棄的寺院。

「假如紅軍覺得正波寺是一座荒廢的寺廟，」慈仁喇嘛對我們解釋，「他們就不會出動搜索僧人們。或許，」他臉色一沉，「他們也就不會有把正波寺夷為平地的衝動。」

不過撤離計畫中最重要的部分，在更早之前就計畫好了。這個部分就是慈仁喇嘛在他房裡和我們解釋的那一部分，那個要和他一起流亡就必須要同意的條件。讓我升起了命運般的使命感的那一個條件。

「這趟任務的主要目的不是保住我們的小命。」酥油燈搖曳的火焰映照出喇嘛沉重的表情，「如果你們決定加入這趟旅程，必須是為了一個比自保還要高的目的。」

從眼角餘光我能看出，巴登·旺波想要追隨上師的心意和我一樣熱切。

「你們倆都知道，佛法如此珍貴，其中一個理由，就是因為它是一個具有生命力的傳承。自從釋迦牟尼佛的時代起，佛陀的智慧一代接著一代，從上師的口中傳給了弟子。我們修持不是因為我們相信了什麼。我們實踐佛法，是因為上師可以向我們展示它的力量，而我們可以從他們身上親自去驗證它。不過這一切——」他搖了搖手指，「有賴於正確的教導。為了維持佛法的純正，確保傳承的教導和我們的精神領袖相符一致，我們必須要倚靠什麼？」

「神聖的經典。」巴登．旺波馬上回答。

「沒錯。」慈仁喇嘛堅定地點頭。「沒有經典指引我們，上師們在教導時也許就會產生不同的解釋。或者，他們的記憶可能不完整。弟子們會學到某些部分，缺失另一些部分。如果我們僅僅仰賴口傳，用不了多久，佛陀和其他大師們無與倫比的教導，就會受到減損，迅速腐化。這就是為什麼，」他壓低聲音，我們要把身子往前傾，才聽得見他的話語，「這趟旅程真正的目的，是把正波寺裡最珍貴的典籍帶離這個國家，帶到自由的地區。」

剎時間，我的想像力開始萬馬奔騰！正波寺的藏經閣是藏傳佛教之中最受尊崇的藏經閣之一。雖說我們是一個只有六十名僧人的小寺院，但我們可是格魯派（Gelug）的傳承裡最古老的寺院之一，而我們的藏經閣則是珍藏著某些最古老、最珍貴的經書的寶庫。每一年都會有僧人為了研習這些原典，或是為了抄寫複本，輪番從其他的寺院前來拜訪。有些訪客甚至從美國或是歐洲的大學遠道而來。有時候，他們只待個幾天，不過，他們通常會待上好幾個星期，甚至好幾個月，流連在經書之間。

身為一個小沙彌，我只被允許接觸其中幾本最重要的經書。更高深的學問是嚴格禁止觸碰的，只有接受過特定的灌頂的人才能親近。

一想到我，丹增·多傑，將要保護這些經典躲過紅軍的侵略，心裡頓時湧現一股難以克制的熱望。這突然間從天而降的任務，讓我有機會達成一件意義重大的——甚至可以說是歷史性的重責大任！

「可是我們的藏經閣那麼大，」巴登·旺波提問，他頭腦敏捷，總是高瞻遠矚，「我們要怎麼把所有的經書帶走？」

「過去那麼多年來，你們都見到了許多訪客。」慈仁喇嘛從地上一堆整齊綑綁的包袱中抬起頭來，「他們已經幫大部分的經書抄寫了複本，留下複本，然後把正本帶去了印度。」

「要把經書一路帶到印度，」巴登·旺波說道，這時更多倉促跑向寺院大門的腳步聲，從慈仁喇嘛房間外頭呼嘯而過，「那可是非常遙遠的路途。」

「我接下來要告訴你們的事，除了我們三人，絕對不能有第四個人知道。」慈仁喇嘛非常嚴肅，「我們要負責保護的經書，很久以前就被移出寺院了。幾年前，一九五一年之後沒多久，被侵略的威脅變得越來越不容忽視，我們就把它們轉移到了喜馬拉雅山，一個祕密的洞穴裡。它們所在的位置已經很靠近邊界了。我們的任務是，去把它們從存放的位置裡取出來。不到必要關頭，我們其實不想讓它們輕易離開西藏。可是現在時候到了。」

我越聽越感到震驚。所有的這一切，似乎都經過了經年累月的計畫，而我們卻一點蛛絲馬跡都沒有察覺到。

「我們要帶走的是密續法本嗎？」

「不，丹增．多傑——我們被指派的是更重要的任務。我們要去取出的幾本經書，是祕藏了超過千年的經書。」

此刻，我和巴登．旺波都瞪大了眼睛，驚奇地看著我們的上師。

「有一些是密勒日巴尊者（Milarepa）的詩作——」我簡直喘不過氣，十二世紀的密勒日巴尊者是西藏所有人都崇敬的精神指標、是藏人心中的傳奇。「那是他從十一世紀的大成就者那洛巴（Naropa）那裡直接領受的教導。還有一些是蓮花生大士（Padmasambhava）的親筆著作，雖然已經很脆弱易損了，但上面的字跡還是清晰可辨。」

蓮花生大士！關鍵的歷史性人物！八世紀時，是他讓西藏重新認識了佛法，他是受到西藏整片土地上的人民所尊敬的聖人。

「你們也都清楚，蓮花生大士不僅是建立了西藏第一座佛寺的人，他也是一個達到了極大成就的證悟者，留下了很多預言。其中一則也許你們記得：『當鐵鳥在空中飛行——』

「鐵馬裝著輪子奔馳，」我們與上師齊聲朗誦，就像我們平常背誦經文時那樣，「藏人將如螻蟻般星散世界，而佛法將傳遍紅面人的國度。」

「把這些最珍貴的經書帶出西藏，帶進紅面人的土地上、帶進西方人的世界，」慈仁喇嘛說道，「我們三人，不只是實現了蓮花生大士的著名預言，我們將會是把他本人的話語，親自背負在我們的肩膀上，包括了你們剛才唱誦的那一段。」

❖

巴士駛離正波寺的頭一晚，搖搖晃晃開在窄小的山路上，帶來舒服的韻律，我卻因為過度興奮而無法成眠。我不斷遐想慈仁喇嘛領著我們深入喜馬拉雅山的叢山峻嶺，帶我們走進神祕洞穴的景象。我幻想我們三人將如何智取中國士兵，護送珍貴的經書翻山越嶺，像英雄人物般地抵達北印度，然後所有的喇嘛們，甚至是尊貴的達賴喇嘛本人，也都會知道，是慈仁喇嘛和他的兩個弟子，拯救了藏傳佛教中最為神聖的典籍。

我還記得巴登．旺波曾經一臉認真地追問，為什麼蓮花生大士要把西方人叫作「紅人」或「紅面人」。

「我不確定理由是什麼。」慈仁喇嘛回答，「也許是因為，他們一曬到太陽，臉色就會發紅，跟我們西藏人不一樣？」

❖

深夜裡，巴士時不時就得在農村的邊緣停下來加油。這種時候，就需要叫醒某個村民，替油槍解鎖。在車上沒睡著的人可以趁機下車伸伸腿，不免也會跟村民或他的妻子，或任何還醒著的人聊上兩句。而我們的話題永遠只有一個。

有個村民說，尊者達賴喇嘛已經平安抵達北印度。他說自己是在收音機上聽到的，所以這消息一定是真的。但另一次加油的時候，聽到的消息又不同了。有個來自拉薩的信差說，紅軍燒毀了布達拉宮、尊者已經淪為戰俘。我們問慈仁喇嘛，該相信誰說的才好，他告誡我們，除非是可靠的消息來源說出的第一手消息，否則應該通通忽視。然而，有一件事情我們是百分之百確定的：紅軍正橫掃西藏，他們最主要的目的，看來是摧毀每間寺院、根除所有的出家人。

「為什麼他們要這麼恨我們？」清晨時分，我對慈仁喇嘛提出了我的疑問：「既然我們所追求的，是幫助眾生從受苦中解脫——這裡面也包含了中國人啊？」

我指望著慈仁喇嘛會說出他們多麼無知、尤其是他們的領導人毛澤東，這類的話，不過，就跟平常時候一樣，他的回答總是令我意想不到。「我們應該替所有紅軍裡的士兵感到遺憾，丹增．多傑。他們加諸在我們身上的苦難，只會讓我們在此生感到痛苦而已。他們加諸在自己身上的苦難，卻是會延續好幾世的。」

「更重要的是，我們不該忘記，發生在我們身上的事，也是從業力中升起的。紅軍只不過是把我們自己所製造的因果，傳回到我們身上的媒介。對他們生氣，就好像無視揮動鞭子的人，卻對著一根鞭子生氣。」

不知道我前世是埋下了什麼樣的業因，才會經歷到這樣的業果，大半夜的，一個小沙彌，擠在一台古董巴士裡，躲避士兵的追擊。不過就算喇嘛常常向我們解釋，業因很可能是在許多世以前就種下了，我還是不免好奇，會不會是因為我這一世做了什麼錯事。

特別是有一件事，我到現在都還覺得後悔。打從我進入正波寺以來，沒有一天不想起那件事的，每每憶及，總是心痛到認為，也許我不夠有資格成為受具足戒的比丘。

我家鄉的村子叫作林村，在西藏西邊，靠近普蘭縣（Purang），村子裡許多人家都會遵循藏族的傳統，把家裡其中一個兒子送到附近的寺院裡，接受佛法的訓練。這麼做背後的理由很多。獻出孩子去支持佛法的傳遞，被視為是一種貢獻於傳統的偉大服務。而且在西藏，最好的教育是由寺院所提供的。其他的理由就沒有那麼高尚，有時候是家中孩子太多，無力養育，或是有些孩子太難管教，那麼家人也可能因此尋求寺院的幫忙。

說到我自己家裡的情況，第一胎被生下來的巴登．旺波，是公認的適合寺院生活的。母親在懷他的整個期間，經常清楚地夢見空行母達吉尼（dakinis），穿著白色的衣裳，手舞足蹈慶祝他的出世。有一次，一個高階喇嘛路過林村，看見懷孕的母親時，他向她預言，她將會生下一個兒子，而這個兒子會把非常、非常多人帶進佛法的世界。

巴登．旺波出生後，出現了更多吉祥的徵兆。跟村子裡大多數的人一樣，我的父母都是農民，靠種青稞和養犛牛過活。我的父親同時也是一個手藝很好的木匠，許多年來，他也靠做傢俱掙了不少外快。母親生下巴登．旺波後沒多久，附近一家寺院就委託他去製作從地板高到天花板的大櫥櫃，並且幫寺院中的每一個僧人訂做了打坐專用的木箱。家中的經濟情況突然間改善了，父親精緻的手藝還受到了其他寺院的賞識，很快又被邀請去了別的寺院工作。

同時間，巴登．旺波也長成了一個特別出眾的孩子。從他三歲起，人們就常常發現他靜靜地結跏趺坐，持咒誦念。他四歲就能認字，幾乎毫不費力就能記住經書裡的內容。以前母親常說，那是因為他只是需要一些提醒，去回想起更早之前就已經記住的東西。每當有穿著紅黃相間的袍子的僧人經過，要是巴登．旺波看見了，他一定會衝上前去頂禮。

與其把寶貝兒子交給當地的老師來教育，我的父母們倒寧願出發去尋找合適的寺院。他們希望巴登．旺波能進入一所規模不是太大、可以提供一對一指導，但同時，又能夠像色拉傑寺（Sera-je）或哲蚌寺（Drepung）那樣具有聲望和地位的寺院。最後他們找到了正波寺，這所寺院距離林村要三天的路程。等到巴登．旺波八歲那年，父親把他送進了正波寺，展開他人生的新旅程。

這時候，母親也已經生下了姊姊和我。我們出生的時候都沒有什麼吉祥的異象。不過我的姊姊德臣（Dechen），是村子裡眾人都讚賞的大美人，從很小的時候起，我們就知道，將來想要娶她的人一定很多。而身為老么的我，跟母親一直有一份特別的連結。我們是一個關係很緊密的家庭。隨著父親在外工作的時間越來越多，田裡和家裡的各種活兒就落在了我們三人肩上。

就我自己的情況來說，我一點巴登．旺波那種好沉思、充滿求知慾的氣質都沒有，實際上，我學習的速度很緩慢，閱讀和背誦經文對我來說都是件吃力的事。但是我天生具有一種特質，我打從心中對其他的眾生有所感應，尤其是對動物格外有感情。

在村子裡散步時，若是看見動物處在痛苦之中，總是令我於心不忍。就連看到其他的男孩用腳去踩螞蟻，我都會感到心疼。十一歲那年，我碰巧經過了屠夫的房子，那天，有人請他殺五頭犛牛，我走過他肉鋪旁邊的巷子時，他已經殺完四頭了，割下來的牛頭雜亂地堆成一團，恐怖的牛眼圓睜，臉上的皮毛已經被血水濡濕。這幅畫面令我大為驚恐。

更可怕的是最後剩下來的一頭氂牛。牠被緊緊拴在兩根柱子之間，口吐白沫，嗚咽著，大口大口喘氣，恐慌的眼珠子亂轉，露出大大的眼白。滿身是血的屠夫就站在牠身邊，正磨刀霍霍。

我想也沒想地衝向屠夫，撲倒在他的腿邊。我用力抱緊他的雙腿，哭喊著央求他別殺掉最後一頭氂牛。氂牛鮮血沾滿了我的臉和衣服。起初他想把我推開，但這只讓我變得愈發堅持。感受到氂牛的恐懼，我知道我絕不能放棄。這麼無辜可憐的氂牛，他怎麼下得了手呢？

從我有記憶以來，這位先生就一直是村子裡的屠夫，宰氂牛就是他的生計來源。然而自從我抱著他大腿痛哭的那天起，事情就變得有所不同了。是我慷慨激昂的懇求喚醒了他的前世記憶，讓他想起氂牛或許曾是他的母親？還是他只是單純對自己的謀生方式所要承擔的恐怖景象感到厭煩了？

無論理由是什麼，在我抱著他雙腿的那個當下，他放下了屠刀。他解開氂牛，把牠放到了村子外的草地上。幾個星期後，我們聽說，他改行不幹屠夫了。

每一年，在一場比較長的閉關之後，巴登．旺波會回到村子裡，和我們共度一小段夏日時光。這段期間是我一年之中最開心的日子。在他回到家之前好幾天，我就會天天爬到村子外圍的山頂上，遠眺通往正波寺的馬路，看看能不能發現即將載著巴登．旺波回家的巴士的蹤跡。坐在山頂上等待時，我會從口袋裡掏出隨身攜帶的繩索，玩起我最喜歡的遊戲，一遍又一遍地替繩索打上複雜的結，然後拆開，如此反覆，度過好幾個小時。

等他到家之後，我喜歡追著他問各種有關寺院生活的問題。他們要很用功嗎？寺院裡的東西跟媽媽煮的相比，哪一個好吃？寺院裡的比丘人好不好？是友善還是嚴厲？

免不了地，巴登・旺波也會對我談起佛法。有時在夏天裡，尤其是在幹了一整天活兒之後，我們會一起爬上小丘頂，享受溫暖漫長的傍晚，這時巴登・旺波會告訴我們，他在寺院裡學到的教導。

我不確定自己是什麼時候第一次瞭解到佛法裡最重要的一個道理──學問雖然很重要，但是擁有一顆開放的心遠比學問更加重要。漸漸地，我開始認為，也許我也應該成為一個沙彌。可能我在做學問方面不如巴登・旺波聰明，但是我對眾生懷有一份自然的同情。我的心底還有一份難以言喻的感受，覺得如果我進入寺院，也許就能發現生命中的特殊使命。

當我第一次試著把這些想法解釋給母親聽時，她笑了。她對我說，寺院裡的生活很辛苦、要求太嚴格，我一定受不了的。她說我的性格不適合在寺院裡生活。

「可是，你不用很聰明也能當出家人！」我抗議道，「就連巴登・旺波也這麼說。」

「是嗎？」母親捉弄地嘲笑我，「那你想當哪一種出家人？」

「我要當瑜伽行者。」我早就都想好了。大部分的僧人都把時間花在儀軌和讀經上面，可是有另外一小部分的人，將精力投注在禪定上，藉由禪定來提昇他們的精神境界。這群人被稱為瑜伽行者或是成就者（siddhas），通常，他們在境界提升的過程中，會自然而然發展出某些特殊的神通，例如天眼通之類的。我對那樣的成就者感到很著迷。

「你的意思是，你想要成為一個魔法師？」母親逗我。

「為什麼不可以？」

「接下來你大概要對我說，你要去拉薩，住在布達拉宮裡了。」

「那又如何？」我和她的幽默感起不了共鳴。

「拉薩的魔法師！」她笑著說。

我對她堅持了這個想法好幾天之後，她就不再笑我了。她正色告誡我，爸爸經常在外工作，大部分的時間都不在家，所以這個家需要我留在家裡，幫忙照顧氂牛和田裡的青稞。

還有德臣在啊！我態度強硬。她也能幫忙幹這些活兒，而且她一點想出家的意思都沒有。更何況，爸爸老是說，這個家其實不需要再繼續種田了。他做木工的名聲持續在提升，邀請他工作的需求從四面八方湧來，他賺的錢就足夠我們一家人過得舒舒服服了。

可是母親堅持不改變她的觀點，跟她同一個模子打造出來似的我，當然也不會改變我的立場。我那些不被理解的心聲，只能被迫吞進自己心裡，每想一次，它們就變得更加強烈。

再下一回巴登．旺波回家時，我以前所未有的熱情，問了他一大堆有關慈仁喇嘛的問題。很顯然地，巴登．旺波和慈仁喇嘛之間有一道很特殊的連結，雖然慈仁喇嘛是正波寺地位最崇高的喇嘛之一，他對待弟子的態度依然十分親切與溫柔。我沒有對巴登．旺波透露我的計畫，我偷偷猜想，假如我能夠說服慈仁喇嘛讓我成為沙彌，也許他可以幫我向父母求情。

我正是帶著這樣的想法逃家，自己跑去正波寺的。一天早上，我趁著一大清早，走上了通往普蘭的路，後來一個政府公務員讓我搭了便車。整趟車程裡，我的思緒奔流不止。我知道，媽媽應該很快就會發現我留給她說要去正波寺的那張字條。我覺得留張字條是起碼的責任。可是，她看了之後會追上來嗎？她會把消息傳給父親，父親會來阻止我嗎？三天的路程裡，我沿路乞討食物和便車，感覺自己像是個逃犯，下意識地期待著某個大人會突然把我逮住。

出乎意料的是，第三天的下午，我發現自己順利走到了正波寺。巴登．旺波也一樣地吃驚。我穿過寺院大門時，院裡的僧人們正從廟裡湧出。看見我佇立在門口，小小的包袱放在腳邊，巴登．旺波急忙跑過庭院，衝向前來，臉上滿是擔憂。他以為我一定是捎什麼壞消息來了。等我對他坦白我的計畫時，他對我很有信心！

不過，他沒辦法把我藏起來，所以我很快就被帶到慈仁喇嘛跟前，擁有了跟上師的第一次會面。我結結巴巴向慈仁喇嘛解釋我的處境，多少帶著點害怕，擔心會觸怒他，結果他聽完卻放聲大笑，用接納的態度看待我這個逃家加入寺院的點子。他的反應讓我放鬆許多，我立刻喜歡上了慈仁喇嘛。不過他說，他不能做出違背我父母意願的事。所以，讓我在正波寺休息兩天，緩解旅途的勞頓之後，他就把我送回家了——還附帶了一封給我父母的信箋。後來家裡開了一場慎重的家庭會議，母親表達了強烈的反對，父親則是充滿了憂慮之情。期間，桌上攤著慈仁喇嘛寫給我父母的那封信，信上寫說，假如父母們樂意的話，他願意收我為弟子。

我逃家前往正波寺的這場冒險雖然沒有讓我徹底得逞，但至少向父母展現了我的決心。最終，他們決定，如果我那麼處心積慮地渴望走入佛門精進智慧，那麼，他們就不應該絆住我。

我第二次前往正波寺，就是正式地離家了。爸爸、媽媽、德臣、鄰居和一些村民們，全都一起為我送行。就連那個曾經是屠夫的人，也來到公車站送我。

不過就在我出發的前一天晚上，母親的態度有了一百八十度的大轉變。原先她一直是一副冷冰冰、責難的模樣，但那天晚上，她流露出另外一種不同的情感，讓我的心深深受到了衝擊。原來她非常地難過！

母親向來是一個含蓄的人，總是把感情隱藏在她冷靜自持的禮節背後，出發的前一天下午，我撞見她在家後面的柴房裡，悄悄地擦掉眼角的淚痕。

不用開口問，我也知道她哭泣的理由。我感到內在似乎有什麼東西炸開了。比起看見她傷心的樣子，她的反對意見更容易承受得多！我原本擔心，一直以來我們之間所擁有的那份親密感，是不是就此改變了？變得遙遠了？但是現在，我明白事實並非如此。

我用雙手環抱住她，發現她全身都在顫抖。

「妳不希望我去寺院裡修行嗎？」等到她的淚水漸漸收乾，我這麼問。我希望這能提醒她一些榮耀感——家裡有兩個孩子都是出家人。

「不是這樣的。」她退開身子，「是你這一走，你這輩子我就失去你了。」

「才不會呢！」我堅決否定，「我會時常回來的，就跟巴登．旺波一樣。」

母親卻搖了搖頭，聽不進我的抗議。「從今以後，一切都不同了。」她說。

❖

此刻，擠在小巴士裡，我不禁猜疑，當時我使母親蒙受的痛苦，會不會正是讓我必須像個小偷似地，半夜逃離正波寺的業因？我是不是應該留在家裡，好好當個乖兒子，照顧青稞和犛牛就好？可是，如果我這麼做，就永遠不能認識慈仁喇嘛了。我也無法在佛法中成長。更關鍵的是，我就沒有機會擔任今天這個重責大任了——這千年以來，藏傳佛教的歷史上，最重要的任務之一。

如果我留在家裡，我還會錯過另一件事情。那件事情也是讓我渴望前往印度的理由之一。說起來雖然不太好意思，不過，自從慈仁喇嘛提起我們即將穿越喜馬拉雅山邊界的事之後，我就一直想起那件事情。

藏曆火雞年的夏天，有三位比丘從拉薩前來拜訪。正波寺有訪客並不是什麼稀奇的事，但這三位訪客所帶來的東西，卻讓人印象深刻。一天晚上，住持宣布，取消那晚的禪修晚課，寺院要播放電影給大家看。在拉薩，達賴尊者一直以來也對電影有著濃厚的興趣——事實上，這三位比丘帶來的放映機和影片，正是尊者本人所使用過的。

消息宣布後，寺院裡鬧哄哄的，大家都感到十分好奇。正波寺裡沒有人親眼看過電影，我們都想知道它實際是怎麼運作的。如果晚上一片黑漆漆的，我們怎麼看得見電影？我們一共有四十個人，要怎麼擠在一起才能一次讓四十個人都看到電影？

直到天黑，我們一夥人按照住持的指示，帶著自己禪修用的坐墊走進庭院，對著廟宇的牆壁坐下之後，我們的疑問都得到了解答。頃刻間，牆面上出現了一個大型的亮光方塊，接著下一秒，就是令我們目眩神迷的一連串光影和音樂了。

那部電影的名字是《晝夜搖滾》（*Rock Around the Clock*），由搖滾樂團「比爾．哈雷和他的彗星」（Bill Haley and His Comets）所主演。電影裡每個角色都是美國人，他們說的話，我一個字也聽不懂，但這一點都不妨礙我。畫面上美麗的女性、晶亮帥氣的汽車、富麗堂皇的房子，看得我目不轉睛，電影流瀉出來的音樂，更是令我神魂顛倒。一聽到主題曲，我就充滿了活力——我的腳在座墊上打著拍子，彷彿它們擁有了自己的生命。

不是所有的比丘都對電影感興趣。大約半小時後，有些人覺得受不了了，就離席回房裡禪修。大多數人又多看了一會兒。我則是一直看到了最後一秒。電影播完後，我跑去和操作放映機的比丘說話。他拿了一個唱片的封套給我看，上面印著比爾．哈雷和他的彗星成員的照片，並且告訴我，比爾．哈雷發明了一種曲風，叫做搖滾樂。我飢渴地盯著唱片封套時，他又對我說，這些東西都是屬於布達拉宮的財產，所以他走之前，他會把歌詞裡的每個字，手寫成複本送給我保存。

接下來好幾個星期，我拿出背誦重要禱詞那樣的決心，立下目標，一定要學會歌詞上的每個英文字彙，將它們銘記在心。後來的幾個月，每當我做著正波寺的例行雜務，比方說掃地或擦窗的時候，不像其他乖巧的沙彌會一邊唱誦著咒語，我發現自己總是情不自禁地哼著：

當時鐘敲響了兩下、三下、和四下，
如果樂隊放慢了速度，我們就大喊著要求更多，

今晚我們要搖滾，直到時鐘轉了一整圈，
今晚我們要搖滾、搖滾、搖滾，直到天空露出魚肚白

除了約略知道這是一首有關跳舞一整晚的歌曲之外，這些句子確切是什麼意思，其實我並不明白。同時我也覺得，歌詞什麼意思，根本無關緊要。是它琅琅上口的旋律發揮了強大的力量，讓它常常浮現在我的腦海，在某些特定的情況下更是如此。

就像現在，坐在巴士裡，老舊的引擎聲在我們背後發出刺耳的聲響，大多數的比丘在他們的座位上沉睡著，像是一綑一綑的青稞，隨著車子搖晃。我想像自己在正波寺的庭院裡，坐在我的禪修坐墊上，廟宇的牆面上出現了比爾．哈雷和他的彗星，耳邊響起那令人無法抵擋的動人歌曲：

一點、兩點、三點鐘，四點鐘，搖滾吧，
五點、六點、七點鐘，八點鐘，搖滾吧。

❖

快接近清晨的時候，我一定是睡著了，因為等我回過神時，發現天都亮了，巴士的速度慢了下來。我意識到車裡有些騷動，一睜開惺忪的睡眼，看見的第一個景象，是坐在我前面的慈仁喇嘛，手指著車窗外面，正在搖醒巴登．旺波。

我們已經到了一個不熟悉的地區，巴士開在一條環繞著陡峭懸崖的山路上。路很窄，散落在前方的落石個頭看起來也很驚人，不過，騷動並不是由它們所引發的。

一開始，我的視線還有點模糊，在黎明前的灰暗天色之中，我揉了揉眼睛，聚焦之後，才看清楚真正的原因是什麼。兩個四十加侖的汽油桶就擺在路的正中央，它們中間還橫著一整段原木樹幹。

這下子我徹底地清醒了。設下路障是紅軍最愛用的手法。他們用這種方法控制占領區域的交通，他們也用這種方法，抓到了很多僧人——包含貨車上躲藏在牲口或稻草堆後面的那些僧人——而僧人們通常會當場被處決。

車上的騷動平息了下來，跟著是一陣長長的、令人毛骨悚然的寂靜。儘管八小時前我們就匆忙地逃離了正波寺，但現在看來，我們還是出發得太晚了。

03

馬特．萊斯特
倫敦，帝國科學研究院
二〇〇七年，四月

哈利要求我，星期一早上一進辦公室，就要告訴他我對艾瑟拉瑞的回覆。出發去上班的路上，心裡真是百感交集。這次的週末，是我和伊莎貝拉開始交往以來，殺傷力最強的一個週末。我們幾乎避不開這樣的矛盾：我事業上最具前景的一次機會，成為了最令我們倆心痛的理由，我們也不得不承認，我們的關係已經出現了裂縫——那是某種深刻的、不曾被言明的分歧，而我卻從來沒有察覺到它的存在過。

這天的天空一片雲朵都沒有，湛藍而開闊，伴隨著冷冽刺骨的寒風，是倫敦典型的春天早晨。這跟我的心情再呼應不過了，我心想，一邊加快腳步，沿著尤斯頓街，從地鐵站走向辦公室。

哈利為了避開交通最壅擠的時段，每天都很早就上班了。七點四十五分時，我已經踩著上樓的階梯，穿過三樓的開放式辦公區，也留意到那些經過人資部門時，上下打量我的目光。哈利辦公室的門是開著的，音響安靜無聲。我走近時，他從辦公桌後面抬起頭來，仔細地看著我。看得出來，他的週末也過得不太好。毫無疑問，他的心思一定也被艾瑟拉瑞提的合約占滿了。不只因為他是帝國科學研究院的負責人，還因為他也是奈米博特這項研究計畫背後，最重要的精神領袖。

在我開始到研究院上班之前，哈利我的生活中就已經具有很大的影響力。哈利是我大學時代，在學校的生活圈之外，第一個對我的奈米科技研究感到興趣的人。打從一開始，我們倆就都對奈米博特這項研究將會創造的可能性，抱有一種共通的興奮。只是如今看來，這些可能性，將永遠不會由帝國科學研究院來實現了。

「這個決定真的很難。」我多此一舉地吐出這句話。週一早晨冷硬的光線，刺穿哈利的辦公室。

哈利的五官被疲倦淹沒。「我刻意忍著不在週末的時候打電話給你——」

「我也是。」我在他的對面坐下。

「她那麼機伶又活潑，到了洛杉磯，很快就會發光發熱——」

「她的工作是個問題，但不是主要的問題。還有她的家人，和他們對婚姻的傳統觀念。」

伊莎貝拉搬進我的公寓之後，推託老半天才跟家人坦白的事，哈利也知道。在酒吧裡跟哈利聊到這件事時，這不過就是個配啤酒用的逗趣話題，但是，自從上個週末過後，這件事顯露出的意涵，就變得再也有趣不起來了。

哈利認真聽著，眼神帶著一抹警覺，懷疑我還有更多沒有向他透露的事。

我老實招認：「我還沒有跟你說過朱力歐的事。」

「她爸爸？」

我點頭。「朱力歐確診了阿茲海默症。幾個星期前的事而已——除了最親近的幾個家人，沒有別人知道。」

哈利舉起一隻手，托住臉頰。沉默了半晌後，他低聲說：「那肯定很麻煩。」

「尤其她又是那麼孝順的女兒，」我同意，「是遲發性的，但算是及早診斷出來了。跟控制病情有關的事，該做的已經全都做了，誰曉得，說不定幾年後他的情況都還跟現在差不多。」

哈利陰沉地望著我。「所以這對你會有什麼影響？」

前一天早晨，天將破曉前的昏暗裡，伊莎貝拉和我坐在公寓凸窗的窗台上，花了數小時，面對面地檢視了正在我們之間裂開的這道鴻溝。我們討論了接下來幾年內，朱力歐精神狀態維持穩定和活躍的機率有多高。也設想了伊莎貝拉在洛杉磯找到工作的可能性和前景，無論有沒有這幾年她在貝托里尼建立的人脈的幫助。有好多事情要考慮、好多不容輕忽的選擇，但在伊莎貝拉心中，如果她不能提出一個足夠堅強的理由，來說服家人讓她跟我去美國的話，那麼前面考慮的那些，也全都不重要了。

然後我們聊到了有一次，在家族聚會時，朱力歐對大家宣布了他準備如何對抗病情的計畫。當時他提到，他對於自己沒能把他喜愛的文化傳承下去，感到十分遺憾。

「妳覺得他那麼說是什麼意思？」我問伊莎貝拉，「妳對葡萄酒的知識已經很豐富了不是嗎？」

「我只能算是個愛好者，」她說，「只有業餘的程度。我懂的不如我爸爸多，不過我們倆的程度，也比不上真正專業的水準。」

「妳想這會不會是妳爸爸希望妳走的路？」

她點點頭。「能在葡萄酒產業裡有一份好的職業，或是接受正式的訓練。某件可以象徵他把火炬傳給下一代的事。」

我安靜了一陣子，才開口問道：「美國的葡萄酒產業，主要基地不就是在南加州嗎？」

到了這一刻，我們才突然把所有的想法都串在一起。我們馬上動手上網調查更多資訊。雖然我們早就知道位於舊金山不遠處的納帕谷是美國葡萄酒產業的中心，但是洛杉磯周圍似乎也有不少產業活動。考量到這個城市的規模，它一定會是個重要的市場吧？既然洛杉磯有那麼多葡萄酒業相關的公司，我們覺得，伊莎貝拉一定能找到一間可以發揮她長才的去處的。

我們的心情從絕望轉變成了希望，我們快速地瀏覽各種網頁，試著弄清楚一切。加州有幾家比較大型的葡萄酒商有在把他們的產品行銷到英國和歐洲——那是伊莎貝拉再熟悉不過的市場。這麼一來，伊莎貝拉就能因為工作經常回到倫敦，好讓她保持和父母的聯繫。沒錯，短期間她會搬離英國，不過這些都能透過公差往返加以平衡。

「我們和她的家人提的時候，會比較強調這是她的機會，跟我的工作調動沒那麼大關係。這對她來說也會是個進入她一直想進的產業的機會。她也將來也可以透過這個機會，實現朱力歐的夢想。」

「完美的解套辦法。」哈利的表情鬆懈下來。

我掛上一抹淺淺的笑容。「起初我實在看不到有什麼路可以走。後來才發現，原來真的可以找到兩全其美的辦法。」

「所以，我十五分鐘後打電話給艾瑟拉瑞的時候，答案是肯定的？」椅子上的哈利往前傾，作勢指著桌上的電話。

我點頭。

「幹得好！」他向前倚在桌子上，伸出手來握我的手，眼神裡恢復了光芒。「伊莎貝拉也是！我相信你們作出了正確的決定。你們倆都走上了自己的道路。」

從我給出正式答覆的那一刻起，整件事進展的速度就快得超乎我的想像。不出幾個小時，艾瑟拉瑞人資部門一個聲調甜美的女士，就中斷她洛杉磯的週末假日，撥了越洋電話來和我談搬家津貼、車型選擇、健康保險和醫療保險等種種細節。她告訴我，有一名艾瑟拉瑞的員工正要搬離西好萊塢羅斯伍德大街（Rosewood Avenue）上的一處租屋。那間房子距離辦公室只要二十分鐘車程，她問我願不願意看一下房子的照片？

我馬上就要離開的消息一散播出去，就開始接到各種不同的人打來的電話，很多是平常不怎麼聯絡的人——好幾年連話都沒說過的人都有。有些人只是想確認消息的真偽，畢竟外面傳得風風雨雨，什麼奇怪的傳言都有。例如有人說我被獵頭招攬去幫美國軍方工作、有人說我是要去協助美國太空總署進行某項奈米科技的研究、甚至還有人傳說我已經變成了艾瑟拉瑞的副總裁。

比爾．布萊克利是最熱門的話題。有些人把他視為奈米科技產業的守護神，希望我幫他們牽線，讓比爾．布萊克利也能資助他們的研究計畫。另外一些人的看法則十分不同：他們問我，我知不知道比爾．布萊克利貪婪成性、曾經剝削了多少人辛苦工作的成果？我知不知道有多少才華洋溢的研究人員，被他吃乾抹盡之後再拋棄？

這種電話最令我擔憂。我對比爾．布萊克利所知甚少，只知道他是一個魅力非凡的創業家，趁著網路興起的年代賺了第一桶金，然後才重返生物科技新創圈。從那之後，他設立了艾瑟拉瑞，在東岸吸引了大筆投資，據說艾瑟拉瑞正準備要在納斯達克上市。

那一週稍晚，某一天我上樓去找哈利討論事情。巴洛克風格的弦樂聲輕快飄揚——顯然他的心情輕鬆了許多。他提醒我，除非是第一手消息，否則不管別人說了什麼關於布萊克利的事，都先不用理會。前一年，在簽署科學研究院與艾瑟拉瑞之間的合作案之前，哈利聘請了審計員對他們進行過詳細的盡職調查（due diligence），結果並沒有查出任何有關艾瑟拉瑞或布萊克利本人的負面事項。

哈利談判起來時的精明樣子令我非常驚豔。是哈利本人親自替我協商了我轉任艾瑟拉瑞的合約裡的關鍵條款。是他堅持我在艾瑟拉瑞的新位置應該要提升到總監的位階，而且我的薪水應該要跟其他的主管職擁有一樣的水準。

「那智慧財產權呢？」我問。身為帝國科學研究院的研究員，由我所發展出來的研究，我可以持有智慧財產權收益的百分之五。儘管現階段還只是理論性質，不過將來奈米博特商業化之後，這百分之五也可能累積成數百萬元的進帳。

「研究員智慧財產權的條文都照舊轉移到艾瑟拉瑞的合約裡。」他向我確認。「這去年我們跟艾瑟拉瑞簽約時就包含了這一部分的約定。」

哈利把厚厚一疊文件放到我面前——艾瑟拉瑞給我的正式合約——要我簽名時，他很正式地對我說，他們要求他建議我，先找一個律師來幫我檢查這份合約。

「這麼正式？」我揚起眉毛。我和哈利太熟了，熟到不需要做這種事。

「這份合約是我親自談的，」他用尼古丁染黃的手指在合約上敲了兩下，「滴水不漏。」

「這對我來說就夠了。」我肯定地簽下名字，「不過我還是會帶走一份保存起來。」

❖

在家庭的部分，經歷了整個翻天覆地的週末後，總算轉往了好的方向。伊莎貝拉父親的反應，不像我們原先擔心的那樣負面。朱力歐說，伊莎貝拉的計畫令他欣喜若狂，他相信，一旦伊莎貝拉踏進了葡萄酒產業，勢必會一飛沖天。他如此堅定地以正面積極的角度看待自己的病情和女兒的未來，以至於伊莎貝拉即將搬去加州這件事，就變得沒有那麼嚴重了。

當然也不是全然一帆風順的。伊莎貝拉的母親還有別的擔憂。

「你們日子定好了嗎？」沒多久後，伊莎貝拉的媽媽打電話來，刻意在朱力歐聽不見的地方問我們。伊莎貝拉把電話轉成擴音模式。

「等我們先把手邊的工作都安頓好了——」

「我不是問你們哪一天走。我是問婚禮的日子。」

伊莎貝拉臉上的光彩黯淡下來。「我們還沒有想到這件事。」

「如果妳想要爸爸牽著妳走紅毯，妳就應該好好想一想。」

伊莎貝拉瞪著電話。

「美國那麼遠，妳要怎麼從那裡安排婚禮的事？」她母親抬高音調，「妳不覺得妳應該趁爸爸狀況都還健全的時候，先把這件事安排好，好讓他有機會主持妳的婚禮嗎？」

伊莎貝拉把話筒從機座上抓了起來，衝出客廳，在我們的臥房裡說完這通電話。很快地，她從臥房走出來，臉上掛著一個我知道現在絕對不能惹她的煩惱表情。

工作的部分也是一大挑戰。伊莎貝拉突如其來遞出辭呈，公司裡出現各種激動的反應，有人擔憂、有人生氣，而伊莎貝拉這些年來在這份工作上投入了那麼多心血，也讓她十分不情願在公司這麼需要人手的時候離開。所以離職前的幾個星期，她工作得更加賣力，每天加班的時間更長，肩負起更多責任，試圖在離開前把一切都搞定。週末花在家人身上的時間也比以往更多了，因此，即便她希望能花更多精神上網研究加州葡萄酒產業的資訊，時間已所剩無幾。

至少，她還是設法查出了加州葡萄酒產業圈裡，在負責招攬人才的這塊領域，最德高望重的一位女士。工作區域主要位在舊金山的瑪夏・舒瓦茲（Marcia Schwartz），在業界的核心占有一席之地已長達三十年，至今仍非常活躍。伊莎貝拉持續不斷在不同的網頁或是貿易雜誌中，讀到這位女士的名字。於是她花很多功夫準備了一份更新過的履歷，讓它盡可能看起來和葡萄酒有所關聯，再加上一封精心寫作的求職信，將它們寄給了聲譽卓著的瑪夏女士。

❖

飛機降落在洛杉磯機場時，一輛加長型的豪華禮車前來接機，禮車從機場疾馳而出，開上十六線道的高速公路，帶我們初嘗了洛杉磯寬廣、急速、雜亂蔓延的車流拼湊起來的城市景象。決定接手位於西好萊塢、羅斯伍德大街上的房子的我們，望著郊區的風景從身邊流逝，心裡揣著一絲期待和緊張。當車子從拉辛納加大道轉進羅斯伍德時，看見的街景是兩旁排列著高聳濃蔭的行道樹，修剪工整的草坪，與互不相連、整潔的獨棟房屋，讓我們感覺放心了不少。我們的新家是一棟西班牙莊園風格的漂亮房子，外牆塗著白色石灰，有木製百葉外窗和一個小前廊。抵達後，拖著超重的行李箱踩上前廊的階梯，我們發現門廊的桌上放著一個紙盤，用廚房紙巾包裹著。掀開紙巾，裡面是一大串鮮豔欲滴的紅葡萄，還有一張白色的小紙條，寫著：「歡迎鄰居」。

「這種事是我絕對想像不到會在洛杉磯遇上的。」我一邊搖頭，手伸進口袋裡撈著公司事先寄給我的大門鑰匙。

「有人已經認定你了呢。」伊莎貝拉打趣地說。

我超級愛吃紅葡萄，這個禮物不只是讓人驚訝，還挑得非常好，好到有點奇怪。然而在慌忙之中抵達洛杉磯的我，並沒有時間細想。

❖

我們到的時間已經接近中午，同一天的下午，我就要和艾瑟拉瑞公司鼎鼎大名的布萊克利本人，進行第一次會面。

不把倫敦國王十字街上的帝國科學研究院拿來跟艾瑟拉瑞總部大樓互相比較，根本是件不可能的事。一個是已經沾滿灰塵、維多利亞時期的實用磚造建築，另一個是高聳入雲、閃閃發光，用藍色玻璃覆蓋的三十樓高帷幕大廈。大樓中庭懸在半空中的頂棚、層層傾瀉而下的噴泉裝置，跟研究院接待室低矮的天花板和破舊的木製辦公桌相比，簡直就是天壤之別。我的鞋跟敲響了鑲有艾瑟拉瑞商標、打磨得光潔發亮的地板，走向大理石櫃檯裡兩位妝容完美無瑕的接待員，感受著這一切巨大的差異，我的臉上禁不住浮現一抹笑容。

幾分鐘後，比爾．布萊克利的行政助理來到我面前。凱西．貝倫德（Casey Barrend）一身西裝樣式的套裝，年紀大約不到三十歲，我跟著她穿過了一整套令人印象深刻的保全系統，其中包含只能透過掌紋辨識或遠端監控攝影機才能通過的玻璃小隔間。要上到最頂層前，需要先輸入一組密碼，我觀察到，那組密碼是由四個數字加上日期所組成。

高速電梯讓我的耳朵嗡嗡作響，我們總算抵達了艾瑟拉瑞大老闆的頂樓辦公室。感覺猶如踏入了一座私人觀景臺，大片的落地玻璃，讓洛杉磯的景色一覽無遺，遼闊的空間裡鋪滿了長絨地毯，妝點著昂貴的極簡主義傢俱。我看見兩個瓶子擺放在特製的底座上——以我缺乏素養的眼光來推測，可能是中國古代的瓷器。另一面牆前方，有個玻璃櫃，櫃子裡展示著泛黃的卷軸，東方字體書寫成的經文，有種奇特的吸引力。比爾．布萊克利也是一位東方骨董收藏家嗎？再往前走一點，是一道旋轉樓梯，通向比爾．布萊克利的私人城堡——玻璃牆面的圓頂建築，猶如皇冠般地座落在艾瑟拉瑞大樓頂端，三百六十度全景，傲視整個洛杉磯市。

我們出現的時候，布萊克利正埋頭在他的辦公桌前工作。一見到我們，他馬上站起來，大步前來迎接。

就算先前已經在媒體上看過比爾．布萊克利的照片了，仍抵銷不了看見他本人時所感受到的衝擊。身材高大、髮色濃黑，健壯的模樣神采動人，他本人所散發出來的存在感，遠比媒體上的圖片更加懾人。所有的一切看上去幾近完美，從他修剪得乾淨俐落的髮型、到他工整燙出銳利線條的厚質棉襯衫。事實上，他看起來幾乎是太過完美了，完美得像是一個好萊塢明星，正在扮演一個精明實幹的 CEO 角色。

很快地我們一起在沙發上坐下來，面對著彼此，他恭喜我和奈米博特計畫。

「打從第一眼開始，我們就認定奈米博特是一項傑出的研究。」他凝視著我，冰藍色的雙眼極具穿透力，「奈米博特是讓我們想和帝國科學研究院簽署合作方案的主要原因之一。它需要的是資金。」

我用力地點頭。

「接下來兩年，我們打算怎麼發展奈米博特，哈利告訴過你了嗎？」我還來不及回答，他已經滔滔不絕說起來：「我們已經組建好一整支資源完備的專家團隊。下一步，就等你把整項計畫裡的每項細節下載進來，無論是目前正在進行中的，或是將來計畫要做的：所有的客觀現實、遇到的挑戰、發展過程中每一次的重大發現。我們想要知道，你腦袋裡出現過的每一個想法。」他對我說話的態度，彷彿我是一個活生生的寶藏似的。

「我們會讓整項研究計畫的進展加速。抵達關鍵的里程碑。目標是十二個月後做出原型系統。我要用艾瑟拉瑞的資源全力投入支持這個計畫。為什麼？因為奈米博特是這個地球上最令人興奮的科技研究。」

哈利也跟我說過差不多的話，但同樣的話，由比爾．布萊克利說出口時，彷彿多了幾分重量。或許是身處三十層高的頂層閣樓裡，覆蓋在玻璃圓頂下，面對著一位擁有黝黑健康膚色、眼神清澈、充滿說服力的男士，再加上知道他已經是個億萬富翁這則事實，讓這種感受增強了好幾倍吧。這一刻，很輕易就可以相信，我過往的幻想終將化為現實：奈米博特勢必會成為一個具有高度重要性的科學研究，它將會聞名於全球的科學界，被寫入《科學人》雜誌裡；而身為一名科學研究者的我，所得到的認可，將會提升至一個全新的層級。

「我讀過你的碩士論文。」他身體往前傾，手肘撐在膝蓋上，快速地切換了話題。

「你讀過？」我吃驚的同時也覺得有點跟不上他頭腦運轉的速度，而且還不太確定應該稱呼他比爾，還是布萊克利先生比較適合。

「辨識出動力學上的驅動因子將會是奈米科技領域裡，最重要的突破。」他引述了我論文中的某一句話，我更受寵若驚了，「你說得很對。不過比起其他的研究者還只是紙上談兵的階段，你已經做出了實際的進展。」

「謝謝……比爾。」我不太習慣面對這麼直接的稱讚。

「有個問題，自從我第一次讀到你的研究時，就很希望有機會問問你本人，」他用認真的眼神盯著我，流露出一種個人的好奇心，「你是怎麼開始奈米博特這項研究的？」

這不是我第一次被問到這個問題，不過實情是，我是無心插柳走進這個領域的。然而面對布萊克利熱忱的提問，我不太想用這個無聊的回答讓他失望。「從中學時代開始，我就一直對量子科學很感興趣，」我說，「量子物理學顛覆了人們對現實的基本概念，這一點我覺得非常有趣。後來我接觸到奈米科技，我很喜歡它呈現出來的悖論。」

「什麼樣的悖論？」

「直到現在，我們的科技，才終於發展到這麼精細的程度，開始有能力去複製大自然，由下往上地去創造事物，而不是由上往下。」

「現在我們正在進行的——」我的話似乎令他激動了起來，「是這個時代最重要的使命。知識就是力量，這毋庸置疑，而一個知識若是越具有革命性，它的力量就越大。」

身在這個圓頂玻璃建築中，背景襯的是比佛利山莊，舉世聞名的白色好萊塢標誌，淡然四散在遠方的山坡上，比爾．布萊克利穩健的風範，有一股渾然天成的戲劇感。

「廣島原爆不只終結了第二次世界大戰，它也讓美國因此奠定了世界強權的地位，為什麼？」

他有力地說道，「因為希特勒的迫害，讓一小群知道如何解鎖原子所蘊含的力量的猶太量子科學家，將這份知識從德國輸出到了美國。想像一下，假使當初他沒有迫害猶太人，是德國製造出了原子彈，我們現在的生活會有多麼不同！

「重點是，馬特，那樣的智慧是非常寶貴的。那些一開始發展它的人、持續推進它的人，還有將它流傳下來的人——他們才是真正的英雄，而不是那些監督著他們的創意如何被運用的領導人。」

從他讚許的表情，毫無疑問地，我也被算進了他頌揚的英雄們的其中一員。

「我的願景是，將艾瑟拉瑞打造成當今世界上，最重要的知識的寶庫。發展最能夠轉化人類生命的科技。最重要的是，對於那些正在實現著自己的天命、所作所為超越了個人的目的，成果將會觸及千萬人的先鋒者們，我希望，艾瑟拉瑞能成為他們的家園。」

❖

比爾．布萊克利的能言善道確實不在話下。當我滿心雀躍地回到羅斯伍德大街時，發現伊莎貝拉也有令她高興的消息。筆記型電腦接好網路之後，她看見電子信箱的收件匣裡，躺著一封來自瑪夏．舒瓦茲的郵件。信裡說，她覺得伊莎貝拉的履歷蠻吸引人的，請依莎貝拉隔天早上打電話給她，聊聊接下來的可能性。

「這消息真是太棒了！」我抱住她。當伊莎貝拉激動的時候，我的心情總是會跟著一起激動起來——我從來不曾和另一個人在情感上有過這麼深的共鳴。

「是掌門人本人耶！」我恭喜伊莎貝拉。

「我知道。不敢相信我可以直接聯絡到她本人——」

「是妳的履歷很精彩，」我說，「妳以前的努力——」

「還不能太肯定，」伊莎貝拉總是很快推辭掉讚美，「我猜我只是好運。」

「妳是在說，她寫了一封電子郵件，然後剛好不小心按錯，就把妳設成了收件人，是嗎？」我故意逗弄她。

「來。」她牽起我的手，拉著我穿過公寓。

我待在艾瑟拉瑞總部的那段時間裡，伊莎貝拉自己去附近逛了比佛利購物中心，買了一大堆東西回家，努力把這間租來的公寓，布置成我們的家的樣子。花紋繁複的掛毯、紅豔豔的抱枕，妝點了客廳裡原本平淡無奇的沙發。我們的 iPod 和電腦擴充座已經安放在角落的一個櫃子上，壁爐上擺了一個花瓶，插好花園裡剪下來的鮮花。其中一間臥室改成了書房，筆記型電腦、電話線路全都安裝妥當。至於主臥室，她買了一套全新的羽絨被和枕頭，是酒紅色和金色相間的格菱紋圖案。

「好華麗！」我環視著臥室。「不敢相信才短短幾個小時，妳一個人做了這全部的事。」

「櫃子裡原本擺的那套床單看起來舊兮兮的。我們應該要有自己的一套。」看得出來她很滿意自己布置的成果。「而且我覺得，我們應該一開始就展現出會一直在這裡待下去的氣勢。」

我捕捉到她眼中散發的，別具意義的神情。我走過臥房，來到窗邊，窗外的風景是鋪著地磚的小花園，後面有一座共用游泳池，我放下木製百葉窗，調整葉片角度，讓長條狀的午後陽光，柔和地灑落在床上。

我們倆都開始褪下身上的衣服，急急忙忙地把它們拋棄在地板上。是的，這是純粹肉體的渴望，是像膠水一般把我們兩人緊緊黏在一起的身體衝動，然而，這其中還有更多的意涵。我們需要給這一刻留下一個印記——紀念我們在洛杉磯的新家、新生活、和這嶄新的成熟風格的臥室。

還有我們的興奮和雀躍。自從我把艾瑟拉瑞的合約帶回家的那一天起，我們就一直活在由於伊莎貝拉犧牲工作和家人導致的傷痛中，直到此時此刻，一切的煩心事彷彿都消融了，一個嶄新的世界，已然展開在我們的面前。

❖

大半天之後，我們在這裡度過的第一個夜晚才過了一半，時差讓我在凌晨三點醒了過來。我決定出去外面散散步。在倫敦的時候，偶爾因為思緒太多而失眠時，我也會在半夜裡去克拉普罕公園走走。目前為止所見到的，西好萊塢感覺上還算是個安全的地方。在附近的餐廳吃完一頓慶祝大餐之後，伊莎貝拉睡得正沉，我離開熟睡的她，套上長褲和毛衣，悄悄地溜出家門。

我決定在附近的幾個街區繞一圈就好，打算走到梅爾羅斯街（Melrose）就繞回來，然而，就在這趟散步即將結束時，我遭遇了一次非常奇異的邂逅。鄰居的花園裡種了一株雞蛋花，它的香氣吸引我停下腳步。我細細欣賞起這些花朵——精巧的五片星芒狀花瓣——它們大方地揮灑出濃郁香氣，在黑暗中，放送著一縷又一縷的幽香。

「夜晚的時候，它們的香氣最是甜美。」有人的聲音從非常近的地方傳來。

我嚇了一跳，原來自己不是一個人。穿過重重暗影，我看見一張外國人的陌生臉孔，卻又莫名地感覺熟悉。他是一個東方人，年紀不小，頂著一顆大圓光頭，有爽朗的五官。他的笑容像月亮一樣寧靜。

「你也失眠嗎？」我問。

他向我走來，這時候我才注意到，他穿著僧袍和草鞋。月光下，僧袍看起來幾乎是漆黑的，除了靠近脖子一帶那抹鮮明的橙黃色。我意識到他是一位佛教僧侶，為自己剛才的問題感到彆扭。不過就算他覺得我沒禮貌，他也沒有表現出來。「通常我這個時間就起床了。」他回答，「在西藏的寺院裡，這時候是一天中第一次靜坐的時刻。」

我瞄一眼手錶。「你們三點半就要起床了？」

「憑個人選擇。」他露出促狹的目光，「如果你想更早的話也可以。」

我笑了，這時他說，「我很小的時候就開始了。到了現在這年紀，」他聳聳肩膀，「就是一個習慣而已。」

我更仔細地端詳他，好奇他現在的年紀。他的皮膚光潔，沒什麼皺紋，讓人很難猜測，而他的雙眼，散發出一種恆常的光輝。不知怎麼地，我感受到自己和他之間，存在著某種無形的、奇妙的連結，但同時間，出於某種我說不上來的理由，我發現自己也在抗拒著這份連結，彷彿冥冥之中，我知道這個人瞭解關於我的一切。或至少說，他知道關於我的每一件重要的事。

「所以，你失眠了嗎？」他問。

「時差。」我告訴他，「可能是我想太多跟工作有關的事了。」

他點點頭。「什麼樣的工作？」

「我是一個科學家，」我說，「研究奈米科技。」每當我不想讓對話拖得太長時，我就會加上後面那句。「奈米科技」這四個字擁有神奇的力量，總是可以讓話題就此打住。

然而，在這棵雞蛋花樹旁，它們似乎展現出了相反的力量。「奈米科技。非常好的選擇！我曾經去聽過一場理查・費曼（Richard Feynman）的演講。」

真是令人訝異。我從來不覺得任何量子力學領域外的人會聽過費曼的名字。尤其是一個出家人。

「你是從英國來的，是嗎？」他聽出了我的口音。

「我接到了一份令人無法拒絕的工作提案。」在英國，需要向家人和朋友解釋的時候，我逢人就用這句話。不過，這句先前常常是帶著一股驕傲在說的話，卻第一次聽起來異常地自我中心。不用說，眼前這位僧人，他來到美國的目的，一定是和我大為不同的。

「你是從——？」

「西藏。」他說，「我們很多人在一九五九那年流亡。」

那一年我都還沒出生呢。「為什麼來洛杉磯？」我問。

他眉宇間一直蘊含著的輕盈氛圍，轉眼間化成了一臉燦笑：「為了你而來。」

我局促地向後倒退了一步。一時間我當真了，接著趕緊告誡自己，一定是我誤會了。怎麼可能跟我有關。我們會跟對方說話，唯一的理由，只是因為我們住在同一條街上，然後現在三更半夜的，我碰巧被雞蛋花的熱帶香味迷住了才停下來的。

「我在禪修中心裡幫忙。」他用手指著背後。

我突然聯想起來。「送我們葡萄的人是你嗎？」

他微笑，「是管家明太太（Mrs. Min）。」

「請替我向她道謝。」

「也許你該親自來打個招呼？明太太會想見你的。」

「當然。」我點點頭，一面暗忖，一個亞洲的管家太太怎麼會想要見我？

我轉身準備回家前，問他：「你對失眠有什麼建議嗎？」

僧人沉吟了一會兒，仔細思考之後才回答：「有一件事情永遠是可靠的，」他大大地點了一下頭，「無常。隨著時間流逝，萬事萬物的起因都一定會改變或消逝。就連時差也是。」

洛杉磯生活第一天的結束方式，竟然是在凌晨三點的街上，遇見了一位藏傳佛教僧侶。按理說，這種結局應該會讓原本就令人覺得超現實的新生活，再添上一筆奇異的情節，但我心裡卻不是這種感覺。相反地，這次相遇，給我帶來了某種深刻的、安心的感受。

我思考著他給我的回答。關於時差，他的論點當然是正確的。我一定會漸漸適應，幾天後，我就會完全恢復，真正融入洛杉磯。不過，當他提到無常時，感覺上像是刻意選了這個詞，為了傳達更多的用意，不只是要講時差的事而已。我好奇那些其他的用意是什麼。他直覺地回應了我的生活中正在發生的某些事嗎？

或者說，我們的生活？

我往前走了幾步，頓了一下，決定回頭。可是僧人的身影已經消失，只看見雞蛋花脆弱的花瓣，在深夜的微風中輕柔搖曳。

—04

隔天傍晚，我回到家，看見心煩意亂的伊莎貝拉。和瑪夏．舒瓦茲通過電話之後，不但沒有推開嶄新的地平線，還換來了心痛和哭紅的雙眼。

「我以為她對妳的履歷很感興趣？」

「她是很感興趣。她喜歡我在倫敦的經歷，和我做過的泛歐洲區活動。不過她以為我是想去舊金山上班。」

「像她這種地位的人，一定跟洛杉磯的紅酒產業也很熟吧？」

「那正是問題所在，」伊莎貝拉轉過身對著我，淚眼汪汪，「洛杉磯根本沒有紅酒產業。」

我放下昨晚熬夜趕讀的一疊文件，一時間覺得六神無主。「一定有吧——」

「瑪夏．舒瓦茲可不是這麼說的。她知道的應該不會錯。」伊莎貝拉轉著手上的訂婚戒指，「我覺得自己好蠢，沒有把這些事都搞清楚就跑來了。我是說，事先調查清楚應該是我的責任。應該先瞭解好外國市場。瑪夏說，在洛杉磯，我能夠指望的最好的機會，大概也就是業務代表之類的工作……」

我走上前去擁抱她。除了震驚，還有一股預料之外的責任感，突然間像鉛塊一般，重重壓在肩膀上。伊莎貝拉沒有回應我，她僵硬地站著，抗拒我的擁抱。

一會兒之後我放開她。「瑪夏．舒瓦茲也許是業界的頂尖經理人，甚至是最強的吧，」我說，「但是我相信一定還有別人有不同看法的。」

「瑪夏對我說的，不是看法，是現實，馬特，」伊莎貝拉只有在心情很不好的時候才會叫我的名字，「又不是說我跟她聊過天了，整個產業就會為了我搬到洛杉磯。」

「我不是——」

「不只是她，我今天也跟別的人談過了。超過十個人。他們的說法都一樣。我們拿來說服爸爸、說什麼可以傳承他的文化的偉大計畫——不過就是一個白日夢而已！」她的眼淚如此悲切，幾乎都要灼傷了她的臉，「以為可以藉著工作一年回歐洲四次——那也是幻想。瑪夏說，如果葡萄酒公司運作得不錯的話，一年去一次倫敦就很夠了。」

我知道她只是在發洩情緒，不過，實在很難不覺得她是在怪罪我。「辭掉貝托里尼的工作搬來這裡，是我工作生涯上最大的錯誤！」她大吼，「根本就是瞎忙一場！」

「還不用說得那麼篤定吧。」

「今天跟那些人談過之後，我他媽的就是可以說得這麼篤定！都只是我們自己一廂情願而已。無知的決定。我竟然為了一個空洞的夢想，拋下了一切！」

❖

氣氛太過緊繃，接下來整個晚上，我們都沒有說話。隔天早上我起床上班時，伊莎貝拉沒有起床。在艾瑟拉瑞的工作壓力一天比一天加重，我意識到，根本沒有可以慢慢適應的蜜月期——只有很長的工時、接連不斷的會議、還有下班之後，一大堆需要消化的資料。

筋疲力竭回到家後，面對的又是伊莎貝拉心不在焉、惆悵又冷淡的模樣。我們住進了一個錯誤的城市，這裡無法滿足她的追求，面對這則令人痛苦的現實，以伊莎貝拉向來極度細心嚴謹的個性，我知道，她一定上上下下，把每一種解決方案都琢磨過了。雖然沒有明說，但我總能感覺到她的暗示，要不是因為我，她一定不會放棄原本正要大展鴻圖的工作，和她最心愛的、生病的父親。

第一週的末尾，衝突的氛圍累積到了臨界點。一踏進被伊莎貝拉用來當辦公室的房間裡，我立刻就意識到，今晚將會是一場暴風雨。她穿著運動服坐在辦公桌前，頭髮往後梳成馬尾，低垂著臉。對我說話的時候，她沒有抬頭。

「我真的沒辦法待在這裡。」

「我們才剛搬來洛杉磯不到一個星期。都還不認識半個人——」

「我已經跟夠多的人談過了，」她搖頭，迴避我的視線，「他們的回應都一樣。想要進葡萄酒產業，那我是來錯地方了。我討厭這裡！」

「別這麼說！」

我應該不要堅持，放手讓她說想說的話的。可是我在艾瑟拉瑞受的折騰已經夠多了。每天晚上地獄般地熬夜工作、拼了命地開會，我過往的工作經驗，沒有讓我準備好面對這些。「我們甚至連洛杉磯長什麼樣子都還不清楚！」我扯掉脖子上的領帶，解開第一顆鈕扣，「有各種可能的機會——」

通常，她的桌面總是工整地擺滿各種文件，現在卻收得一乾二淨，這令我很訝異。伊莎貝拉從來不是一個輕言放棄的人。

「這裡跟我預期的完全不一樣。除非你是個追逐星夢的人，或是高科技產業推手，否則，在這裡是沒戲唱的。」

「軟性飲料產業呢？或是，伏特加。」

「伏特加？」她嗆回來，但還是不肯看我。

「也許妳可以先找一個跟貝托里尼類似的工作，等到——」

「我來這裡不是為了做我原本就在倫敦做的事的。」

「我知道妳不是——」

「我是來拓展我的領域的。」

我走到窗邊，瞪著漆黑的窗外良久。是我讓她陷入這種困境的，我發現自己的思考很難超越這個事實。終於，我開口：「可能我們需要換個不同的角度來思考這個情況了。」

「是的。」她同意，語氣冰冷。

我回過身去看她的眼睛，她只瞥了我一眼，又轉回去對著牆壁。我們似乎達成了某種共識，然而我的內在卻感到不安，擔心我們所謂的「不同角度」，最終的走向可能大不相同。她的口吻透著一種篤定，於是我問：「妳心裡已經有想法了？」

她點頭。「它不是一個會帶來收入的工作，不過，如果把它跟我的行銷經驗結合起來，將來也許能有些發展。是一套加州葡萄酒業界推廣的訓練課程。」

「聽起來不錯。」我花了幾秒鐘消化這個訊息，不過，如果她很確定這是她要的，「事實上，聽起來很棒啊！」

到了現在，她還是不願意轉過來面對我。「問題在於，就跟其他的問題一樣，這個課程要去納帕谷上。」

「妳說什麼？」

「星期三那天我聽說了這套課程，就打電話去諮詢，他們說，好幾個月前就額滿了——這種密集訓練課程一年只會舉辦一次。我堅持請他們收我。今天早上，我接到電話，他們說有人臨時退出，所以如果我可以在中午之前準備好入學申請文件的話，就讓我加入。我交了，所以現在我是學生了。」

「很快就要上課了嗎？」

「對。這個星期天開始。」

「星期天……妳就走了？」

「那是需要住宿的課程。」她繼續決然地看著別的地方。

我終於清楚了。「要上多久？」

「六個月。他們把一般來說要上兩年的課程，濃縮成六個月的密集訓練。」

「我還以為我們一起搬來美國是為了……」

這一刻我的心情如此激動，我很難分清楚哪些是真正的理由，哪些是合理化的藉口。長長的沉默之後，她不得不轉過來看我，才看見我有多麼震驚。

「這是頂級的釀酒課程，而且不只是美國，」她強調，「全世界各地都有人特地飛來上課。這是我在倫敦不會有機會做的事。」

當然，面對這種無可避免的局面，我應該接受才對。我應該擺脫我的訝異，試著順應這種改變。然而，除了吃驚和壓力，我的心裡毫無預警地湧現了一股怨尤。這不是什麼光彩的情緒。是那種，如果將來有一天我回頭看，我會全心全意地懺悔，但願我可以改變的情緒。但總之憤怒突然就冒上來了。「聽起來已經是既定事實了。」

「早上我試過打電話跟你說，可是你在開會。」

我一整天都在開會，這也是事實。

「中午前我就得把申請表交出去。」

我轉過身，往廚房的方向走去，同時說道：「看來妳已經決定好了。」

「我希望你的反應是為我高興！」這幾個字裡充滿了張力。

可惜這個當下我感受不到高興的心情。「我只是覺得，妳對待妳自己和對我的標準好像不一樣。」

「你什麼意思？！」

她一定知道我在說什麼，不過我也不介意提醒她一下：「我買了巴哈馬的旅行行程的時候，妳氣得要命，怪我都不跟妳商量。那也不過才是個十天的旅行。」

「我早上真的有打電話給你。」她為自己辯護。

「總而言之，妳怎麼知道別的地方沒有葡萄酒課程，或是其他的機會？」

「比方說什麼？」

「市面上有那麼多課程，妳有試過打電話給洛杉磯地區的大學看看嗎？」

「如果有的話，那我還真的沒聽說過。」她挑釁地回嘴，「我已經聯絡過每一個我找得到的經理人了，他們沒有任何人提過這種資訊。不過他們全都推薦納帕的課程。」

我頓了一下，然後聳肩。「那真是太好了。」說完，我往廚房的方向走去。

「不要走，給我們一個機會好好討論事情。」她態度軟化了，我知道我也應該放下身段。

但是我沒有。「聽起來沒什麼好討論的。妳已經打定主意了。妳只是想要我說沒關係而已。」

「不是嗎？」她的聲音變得僵硬。

「按理說，所有重大的決定，我們都該一起做才對吧？」走進廚房，我打開冰箱，拿出一瓶可樂娜啤酒。「這才是維繫關係的方法。」

「我還以為維繫關係的方法是為對方妥協呢，」她怒氣沖沖跟上來，「例如放棄你的工作、在家人最需要你的時候離開他們，還有搬去別的國家，因為你的男朋友得到了一個事業上的大好機會。」

我扭開啤酒瓶蓋，把它扔進垃圾桶。「至少我們有先討論過。」

「對啦，你說得對。」她雙手叉腰，「說得一副你會為了我拒絕這份工作似的。」

「我沒有要求妳放棄每一件事。」我知道這句話有點站不住腳。

「但是我這麼做了。」她綠光閃爍的眼珠盛滿怒火，「為了你。而我現在要的不過就是讓我離開幾個月。」

「好啊，那就他媽的去上妳的課！」我大吼，「但是別期待我會高興得像個猴子一樣跳上跳下。」

「那你也別指望我會像個猴子一樣，因為可以繼續當你的未婚妻就高興得跳上跳下，你連個承諾都做不出來！」她拔掉手上的戒指，用力甩向櫥櫃。

「妳在胡說些什麼東西啊？」她歇斯底里的樣子徹底激怒我，「當初我們在談這些事情的時候，我不是就跟妳提說要結婚了嗎？」

「那可真是浪漫啊！好像你跪下來跟我求婚了似的呢！」

「我沒有力氣繼續跟妳鬼扯了！」我激動地撇下她，下樓到客廳裡，轉開電視機。

❖

不只週五晚上我表現得很糟糕，就連隔天我也沒有好好和她相處。我們都堅持自己沒有錯。頑固。愚蠢。我們幾乎沒有和對方說上一句話。直到星期天早上，一輛計程車開到家門口，準備接她去機場時，我才突然發現，她正拖著行李箱走出門外。有好多話我應該對她說，我卻一句也沒有說出口。訂婚戒指還躺在櫥櫃角落，她丟下它的地方。

❖

已經太遲了。隔天早晨，清晨時分，我無助地意識到自己的失控。趴在冷硬的地面上，我掙扎著想要用膝蓋將身體撐起來，絕望地阻止自己滑向未知又恐怖的命運。倉皇地爬行時，我的心臟狂跳，四肢胡亂揮舞，賣力想找到可以立足之處。我搜尋著，只想找到可以抓緊不放的任何東西。

然而對於這股作用在我身上的無形力量，我卻無力抵擋。我止不住地向下滑落、越滑越遠。儘管我瘋狂地想要向上攀爬，我能做到的，卻僅僅是讓自己的頭從滑溜的表面上抬起來，左顧右盼，試著弄清楚究竟發生了什麼事。

但觸目所及，就只是一片無止盡的漆黑，從四面八方包圍我。還有一陣呼嘯聲。低沉，而且不祥。從我察覺到那一刻起，它就如同一個令人戰慄的凶兆，使我寒毛直豎。

又顛簸得更厲害了。我知道我快要滑到一個無法回頭的地方了。如果現在不能打住，我一定活不下去。現在一定要停。偏偏我已經下滑了太久了，而時機已經太晚、太晚了。接著我感到一陣重擊，驚恐中，我覺得自己好像越過了某種未知的界域，顫抖著，跌進黑暗的深淵，自由落體般筆直落入深沉的遺忘裡。我從來沒有這麼害怕過。

我驚醒過來，渾身是汗，床單已經扭成一團。我下床走向廚房，打開燈，從冰箱裡拿出柳橙汁，直接就著包裝紙盒大口狂灌。我試著安慰自己，這不過是場惡夢而已。可是這個夢是怎麼來的？它象徵的意義是什麼？更重要的是——為什麼是這時候？

❖

與此同時，艾瑟拉瑞的日程依然萬般緊湊。第二週的工作情形跟第一週差別無幾——接二連三的簡報會議上，我對著奈米博特團隊裡十個年輕、充滿幹勁的成員解說這項研究計畫所包含的每個面向。團隊成員裡有微生物學專家、奈米工程師、動力科學專家，應有盡有，全都是他們所屬領域的一時之選。而且艾瑟拉瑞付給他們的報酬都非常豐厚。這是我還在倫敦的時期夢寐以求的場景。如今夢想成真了，我卻也開始看見它的缺點：奈米博特不再是專屬於我一人的小寶貝了。

老套的俗諺總是告訴我們，要小心你所許下的願望，現在我開始覺得這句話應驗在奈米博特上了。很快地，我覺得自己被邊緣化，排除在不同的研究模組之外，而不是像原先那樣，對整項計畫的方方面面都瞭若指掌。彷彿是在強調這點似的，我的辦公室——布置精美、有著氣派玻璃牆面的辦公室——和其他團隊成員相隔了足足兩層樓那麼遠。

還有那個叫做丹・史坦納（Dan Stenner）的傢伙。他聰明過人、精力充沛，對我的研究尊敬有加，到了一種我有時候會覺得不好意思的程度。在奈米博特的團隊成員中，他的工作內容是我最摸不清頭緒的。「計畫監督者」，我第一天上班，比爾·布萊克利把這個人丟給我的時候，是這樣描述他的角色的。「你的左右手。」則是丹自我介紹時用的說法。他像影子一樣，跟在我屁股後面參加了每場大小會議，他的辦公室在我下面兩層，和整個團隊一起工作，還製作出了我想都沒想過的各種進度更新、時程表、里程碑計畫書。原本屬於我的研究案，似乎漸漸脫離了我的掌控。

❖

伊莎貝拉不在之後的第一個星期五晚上，我沉思起自己的生活已經起了多大變化，那麼快、又那麼戲劇化。回到羅斯伍德大街空蕩蕩的家裡，我才第一次驚覺到，已經沒有回頭路可以走了——奈米博特沒有，我跟伊莎貝拉之間也沒有。我們的倫敦生活已經劃下了句點。正如同住在我隔壁的僧人所說，唯一可靠的事，就是無常。

一整個星期都睡不好，惡夢一再重複，夢裡那種被遺忘的威脅感，也滲進了白天清醒的時刻，這一切都令我疲憊。我走向冰箱，想拿瓶啤酒來喝。打開冰箱門時，我憶起了兩個星期前在這裡發生的爭吵。從那時起，還有伊莎貝拉去了納帕之後，我們只給對方寫過幾封電子郵件，講過兩次電話。第一次她打給我，只是要跟我交代她的聯絡方式。那時我們都還太頑固和驕傲，沒有人願意向對方道歉，不過，從她宣布要離開起的那一刻，我胃裡感覺到的那份糾結，在這通電話之後，開始慢慢放鬆了下來。不管怎麼說，至少我們還保持著對話。

伊莎貝拉告訴我，她和法國同學柯萊特（Colette）在納帕的郊區找了一個便宜的小公寓，一起

分組。課業壓力會很大，因為已經有人警告過他們，熬夜待在研習中心將會是家常便飯。她被分配到一個義大利人帶領的讀書小組，那個組長的名字叫保羅（Paolo）。我問了她都在哪裡上課、去了哪些地方、課程中都會做哪些事。我們交往三年多來，這是第一次因為吵架中斷聯絡，現在又開始恢復接觸了，我總算鬆了一大口氣。這次的冷戰像是一拳重擊，提醒了我，她對我而言有多重要，還有我們的生活已經多麼深刻地交融在一起。我再也不想經歷這種冷戰了。

電話結束前，我對她說了我愛妳。她猶豫了一下，才回我同樣的話。她的聲音裡恢復了一種熟悉的暖意，我的心情更加放鬆了。我知道還得花上幾通長途電話和一些甜言蜜語，才能修補我們之間的裂痕，不過至少，現在看來像是回到正確的軌道上了。也許，等她回洛杉磯時，她會把訂婚戒指再戴回去。也許，我們甚至可以訂好婚禮的日子。

第二通電話的氣氛就大為不同了。昨晚，大約九點，我打電話給伊莎貝拉。她剛剛才結束另一通令她心煩的電話，是她媽媽打來的。雖然朱力歐自信滿滿地擁抱了他新的生活方式，相信可以控制好自己的病情，但是，前兩天晚上，家人們一起去附近常去的泰國餐廳吃晚餐時，朱力歐卻想不起他每次都會點的葡萄酒是哪一支。

「妳想喝什麼？」他問伊莎貝拉的母親。

「跟平常一樣就好。」蒂娜（Tina）回他。

所有跟朱力歐一起去過那家餐廳吃飯的人，都絕對不會懷疑，他選的一定是最適合跟辛辣食物搭配的葡萄酒。多年來，在同一家餐廳裡，他永遠忠貞地選擇澳洲布魯克伍德莊園出產的蘇維翁榭密雍白酒。但兩天前，他讀了半天酒單，顯然有點慌了手腳，轉頭問蒂娜：「平常喝的是什麼？」

接下來整個晚上，朱力歐異常安靜，從那之後，他陷入了憂鬱之中。屋漏偏逢連夜雨，這天晚上，蒂娜準備晚餐前翻開食譜，卻發現裡面夾了好幾張帳單。家裡的水電帳單向來是朱力歐負責打點的，他也一直照顧得井井有條，把所有的文件都收在家中的辦公室裡，所以，當蒂娜發現這疊帳單，其中有些還過期了，簡直是另外一場打擊。這也讓蒂娜陷入了兩難困境，她不想對朱力歐提起帳單的事，害怕他變得更加憂鬱，可是，如果她偷偷地處理掉那些帳單，之後被發現的時候，會不會對朱力歐造成更大的傷害？

「我真的很擔心我媽，」昨晚在電話裡，伊莎貝拉緊張地對我說，「如果我爸繼續這樣惡化下去，他們的生活會有很大變化。我不確定我媽能不能應付得來。」

「可是醫生說這算是正常的，」我試著安撫她，「他們說有時候他可能會忘記一些最明顯的事，但是這不代表他就永遠想不起來。」

電話另一端的伊莎貝拉似乎沒有被說服。就算沒有明說，不過，我們正在討論的話題，會直接牽連到我們的生活。離開倫敦前，我們約定好，假如朱力歐的病情突然惡化了，伊莎貝拉也許就會搬回家。朱力歐樂觀的樣子，和我們心裡抱持的希望，只是讓我們把恐懼暫時推到了一邊。這可不代表我們就能避開這些牽連。

我坐在前廊，望著星期五晚上，穿梭在羅斯伍德大街上的車流。我試過用看電視來分心，一台轉過一台，從討論氣候變遷的可怕紀錄片、有關自殺炸彈客的特別報導、吵吵鬧鬧的情境喜劇、一直到講述全球市場不穩定性的商業專訪。電視上的選擇多到令人眼花撩亂，我卻一個節目也看不進去。相反地，一個人的週末夜晚，我被一股突如其來的孤寂所襲倒。這感受雖然意外，卻也分外熟悉。我想起了自己剛搬到倫敦，還不認識伊莎貝拉的時期。那時，在一週的工作結束後，我也是這樣一個人回到公寓裡，望著克拉普罕公園街上熙來攘往的景象。此時的感受就和當年一樣，覺得好像每個人都有家可回、有愛人可以相擁入眠、有週末大餐和派對可以期待。有了這些，一切辛苦工作都值得了。愛人、朋友、家人——不正是這些人事物給生活帶來了真正的目的嗎？

又一次，我覺得自己像是個小男孩，把臉貼在甜點店的窗戶上，看著店裡的每個人，歡樂地享用他們的美妙點心。只是今晚的惆悵更加劇烈，因為，不像剛搬到倫敦那時候，現在的我，已經嘗過全身心地愛著一個人、也被對方愛著的滋味。我們那麼地如膠似漆，分享過彼此的每一個想法、每一個祕密。

我們在床上的時候是如此忘我，但現在我卻連一秒鐘都不願回想，畢竟這份思念太過痛苦了。

而且，從我們最後一次對話來判斷，我很有可能就此永遠失去那些珍貴的時刻。畢竟朱力歐的情況一天比一天糟糕，我知道，一旦課程結束，就沒有任何事情可以阻擋伊莎貝拉搬回倫敦。就算我決定犧牲艾瑟拉瑞的工作，回去和伊莎貝拉在一起，我們的關係也不會和從前一樣了。沒有人能保證什麼。

我喝下了第二瓶，然後第三瓶啤酒。夜晚的溫度變得越來越涼。我依舊找不到答案。心力交瘁的我，甚至走不回前廊坐下，三瓶啤酒下肚之後，我向倦意投降。

❖

隔天，星期六早上，我想我得把髒衣服洗一洗。通常，我可以把洗衣服的事交給伊莎貝拉，不過既然她不在了，我就必須自己處理這件事。諾伯特洗衣店（Norbert's Launderette）就在幾個街區之外，根據它窗戶上瀟灑的公告顯示，他們提供一日內清洗、烘乾和熨燙的一條龍服務。還有什麼比這個更方便？

我決定開著我閃亮帥氣的銀色賓士 230 SLK 去洗衣店，這是艾瑟拉瑞給我的津貼之中，最令人滿意的部分。直到現在，當我用車主的眼神驕傲地看著它時，我的臉上還是能漾起微笑。要洗的衣服不只是一籃子而已，還額外裝了好幾個垃圾袋。我小心翼翼地把它們安放在後座，正打算關上車門時，眼角餘光瞥見了一隻手在揮舞。鄰居的前廊有人在揮手叫我過去。很快地我想起了和僧人的對話，意識到我是被喚去見明太太的。

當初送我們「歡迎鄰居」的葡萄的人就是明太太。我還沒有向她道謝。過去五週來，每天早上出門上班的時候，我總是會看見隔壁前廊坐著一位亞洲老太太，裹在一件紅色大披肩裡，直挺挺的背脊，姿態宛如王公貴族。我並沒有刻意迴避她，但也沒有任何和她接觸的衝動。一位來自亞洲的年長女性——我跟她能有什麼可聊的？

話雖如此，我還是決定做點敦親睦鄰的事。我繞過去見她，一邊對自己說，這用不了幾分鐘。另一名中年亞洲女性站在台階前迎接我，她滿臉笑容，用某種帶有禮節的方式領著我走向前廊的末端。明太太坐在一把結實的藤椅上，有兩件事立刻吸引了我的注意力。首先是我每天開車經過都會注意到的坐姿，那麼端正，讓她散發出近乎莊嚴的氣息。其次是她那雙彷彿洞察一切的烏黑雙眼，而且打從我一走上前廊，就感覺到這對神祕的眼珠子盯在了我身上。

我接近她時，發現她臉上布滿了皺紋，銀白色的髮絲紮成非常乾淨的髮髻。她收起蓋在腿上的格紋毯子，交給另一位女士。

「請不用站起來，」我做手勢阻止。她不理會我，逕自走了過來。

我伸手和她握手，她沒有回握，而是用兩隻手一起包住了我的手，把手拉近她的心口。她非常仔細地打量我，令我頗為訝異，打量完畢她才露出了微笑。接著她轉向旁邊的女士，用很快的速度說了一句藏語。

「明太太說，你長得好高啊。」翻譯的女士笑呵呵地對我說。

我從來不覺得自己特別高，不過和她嬌小的身材相比，我確實顯得蠻高大的。

明太太依依不捨地放開我的手，作勢要我在她旁邊坐下。這違背了我的計畫，不過我猜，拖個五分鐘，諾伯特洗衣店也不會消失不見吧。

「謝謝妳送的葡萄。」我說完，靜待著這句話被翻譯。

明太太的眼神中，有種緊迫盯人的親暱感，我有些不自在。

「明太太想知道，你的父母是住在城裡還是鄉下？」

「在英國，罕布夏郡裡的一個小村莊。」我回答，對這個問題感到微微訝異，「父親過世了，母親還住在罕布夏。我十八歲那年搬到倫敦。」

「那一年是哪一年？」

「一九九〇年。」

才剛答完，明太太又提了另一個問題：「你喜歡吃的東西是什麼？」我喜歡吃什麼？為什麼這麼問？令人意外。被一個才剛見面、年紀差距這麼大、完全不同文化背景的人問這種問題，感覺怪怪的。不過，我還是笑著回答：「什麼都喜歡。尤其是紅葡萄。」

明太太聽完翻譯的答案之後，臉上的表情依舊神祕莫測。她伸出手，摸了摸我的上衣。這件棉質休閒上衣我已經穿了一星期，還是去洗衣店之前從地上撿起來穿的。

「明太太說，」翻譯向我解釋，「以後你的衣服都交給我們來洗。」

她們一定看見我悄悄把洗衣籃和好幾袋髒衣服塞進車裡了，我猜。雖然我很意外她們會有這種提議，另一方面又覺得很高興。隔壁鄰居說要幫你洗衣服，天底下還有比這更好的事嗎？

「你早上把衣服拿來這裡，」翻譯繼續說，「隔天早上就會洗好了。」

「你們……也幫別人提供這種洗衣服的服務嗎？」

翻譯的女士笑得樂不可支，她沒有對明太太說什麼，就直接回答我：「不是、不是！這是明太太要送你的禮物。」

「我一定得付錢。」

「不用了！」兩位女士的笑聲更多了，「明太太說不用付錢。」

我可沒打算成為她們救助的對象，想要問清楚究竟該支付多少報酬。同時我又止不住感到好奇，明太太的動機是什麼？為什麼她要免費幫我洗衣服？

沒多久後，我就把我的洗衣籃，和那好幾包裝在垃圾袋裡的髒衣服從車上搬下來，搬進鄰居家裡了。

穿過屋子走向廚房，我發現這是一間簡樸的房子，木地板已經很舊了，不過擦得清潔光亮，走廊上整齊地排著一排鞋子。在翻譯女士的指引下，我脫下自己的鞋子，和其他鞋子擺放在一起，接著才繼續往前，穿過一個飯廳和廚房，走到洗衣房。這裡也打理得乾淨整潔，沒有任何多餘的擺設。我好奇那位僧人的房間是哪一間？而這位翻譯女士是不是也住這裡呢？

走回屋外，明太太站在前廊上，儀態端莊，宛如小巧精緻的骨董瓷器。她吩咐翻譯女士回到屋裡去忙，然後招手要我過去她的身邊，她又一次捧住我的手，點頭微笑。

這時，我感覺到有東西擦過我的小腿，低頭一看，發現是一隻長相很特別的貓，身上是乳白色的長毛，臉是炭咖啡色，兩隻寶石般的眼珠驚人地藍，正抬頭望著我。

「扎西。」明太太告訴我。

「扎西。」我彎下腰去撫摸牠。我不是特別愛貓的人，不過扎西長得非常漂亮，又比一般的貓友善很多。

又過了一下子，翻譯女士拿著一個鞋盒又出現了。

「明太太想送你一個禮物。」她打開鞋盒的蓋子，對著我湊過來。「你選一個。」

這出乎意料的慷慨善意，再度令我大感吃驚。可是我不想冒犯她們。也許這種對待新鄰居的方式，是西藏人的文化吧。我瞄了鞋盒裡的東西，發現是蠻有趣的組合：一個銅質握把的小鈴鐺、一條巧克力，還有一條木頭珠子串成的項鍊。

巧克力恰好是我最喜歡的牌子，很誘人，不過，我最後選了那串項鍊。從鞋盒裡揀起來之後，我把它往上舉，對著光仔細看。這不是伊莎貝拉平常打扮的風格——有別於這種亞洲風格，她比較是穿戴金飾或鑽石的類型。只是這串木珠對我而言有種莫名的吸引力，說不定她也會被它，還有它來到我手上的奇妙過程所吸引。

「我可以要這個嗎？」我問明太太。

她和翻譯的女士都笑了，點點頭。這時我注意到她們背後有些動靜，定睛一看，那個僧人就站在門口。正如同第一次和他相遇，一見到他，我心中立刻湧現一陣暖意，但對於我們之間的互動，又同時覺得有種說不上來的遲疑。

「明太太送你禮物？」他的表情非常爽朗。

「是啊。一條項鍊……我的未婚妻也許會想戴這條項鍊。」

「這不是飾品。」他糾正我，「這是念珠。誦經的時候計數用的。」

「念珠？」我驚奇地用手指撥了撥項鍊上的珠子。我不知道任何經文，當然也沒想過要誦經。不過這些木頭珠子帶給我一種舒服的慰藉感。

一群訪客打開了大門，走向車道，明太太對著他們鞠躬道別，接著和翻譯女士一起回到了前廊的末端。

我往後站一步。「我差不多該走了。」我對僧人說。

「去哪裡？」

沒想到他會問我這個問題，我很快地思考了一下。本來，我是打算回家的，不過這時我改口回答他：「厄斯咖啡館。」頓了一下之後，我問，「你要一起來嗎？」

這是個算計好的問題，因為我料想他不會答應。僧人不會追求世俗享樂的，對吧？說不定他午餐前得先頌經頌個幾百遍咧。

我沒想到的是，他竟然點頭了。「我很樂意！只不過要你請客才行。出家人沒有屬於個人的錢財。」

「那沒問題。」我心裡有些猶疑，直到他示意我們該走了。

「不知道你叫什麼名字？」要走到人行道上時，他問。

「我是馬特，那我應該怎麼稱呼——」

「學生們都叫我格西拉（Geshe-la）。」他說。

沐浴在斑斑點點的陽光中，我們沿著羅斯伍德大街往下走。這是一個清新的早晨，天空很藍，走在一個全身穿著正式僧袍的西藏僧侶旁邊，我有點害羞。

「時差好了嗎？」格西拉問我。

「好了。」我點頭。不知道該聊什麼話題才好。你要怎麼跟一個佛教出家人聊天？一般人平時聊天的話題都不適合吧。有種除了非常有意義的話題之外，沒什麼可聊的感覺。多少也是因為這樣，所以我的態度有點保留。

走了一段路之後，我才對他說：「我一直在想你對我說過的話。你說，所有事物的起因，最終都會改變或消失。這有點令人喪氣，不是嗎？」

「噢，」他的嘴角勾起微笑的彎角，「為什麼呢？」

「因為如果真是這樣，那無論你多麼努力追求幸福、找到好工作、經營一段好的關係、最後還是會發生個什麼事，把這一切都改變。」

「那是當然的！」格西拉輕聲笑著，「這就是我們的生命經驗。不過我們不必因此沮喪。」

「怎麼可能？」他似乎沒有把我的話當一回事，有點惹惱我。

「因為你剛剛提到的那些事──工作、關係──都不是幸福的真正原因。」

「它們當然是！」我有點憤慨，語調拔高了起來。我想起了伊莎貝拉，還有我們最後一次纏綿的情景。傍晚的夕陽透過百葉窗，我們交融在一起，她急切地呻吟，直到我們都抵達那個至高的狀態。也許格西拉從來沒有體驗過這種狂喜的滋味，但他不能否認這種經驗的存在。

他突然話鋒一轉，「如果你把水加熱，」他說，「這是產生水蒸氣的真正原因，同意嗎？」

我聳肩，不知道他的用意是什麼。

「無論是哪個人把水加熱、加熱的次數頻率、在洛杉磯加熱或在倫敦加熱。只要熱源加諸於水，就一定會產生水蒸氣。這就是真正原因。」

「嗯。」

「你說說看，有哪樣東西是無論誰擁有它、在哪裡擁有它、什麼時候擁有它、或是擁有了多少數量之後，就一定會感覺到幸福的？」

我飛快動起腦筋，努力想要回答時，他已經接著往下說：「你聽說過哪一個人在得到關係之後，就永遠、百分之百地，只有快樂和喜悅？」

伊莎貝拉宣布要去納帕那晚的記憶浮現腦海。她把訂婚戒指摔在櫥櫃上的畫面。那整個週末我們幾乎沒有說話。還有兩個星期之後，我們的關係又轉變成了另外一種氣氛。

如果照格西拉的說法，我絕對不可能把伊莎貝拉當成我的幸福的真正原因。走到梅爾羅斯街口的紅綠燈底下，我轉過頭看他，很驚訝他那麼迅速又平穩地摧毀了我的論點。

不僅如此，他還暴露出了我一直以來信奉的許多假設。

❖

不久後，我們已經身處在厄斯咖啡館裡了。這是一家潮流新穎、匯聚了各種時尚男女、社會新貴、觀光客和當地人的時髦咖啡館。跟這個城區裡許多地方相似的部分是，來這裡的客人多半會東張西望，下意識期待某個明星或是半公眾人物會突然出現，走進來買杯拿鐵。

點好我們的有機雨林咖啡坐下之後，我迫不及待地繼續剛才的話題。

「如果你的論點成立——」要找到適當的措辭並不容易，「那為什麼每個人都追求著一樣的東西？我是說，為什麼一個好工作或女朋友，不是幸福的真正原因？」

「還有金錢，」格西拉打趣地說，「你漏掉了西方人認為能給他們帶來幸福的頭號理由。」桌子對面的他，慧詰地眨著眼睛，「你是量子科學家吧。」

我皺眉。這跟量子物理學有什麼關係？

「你說……馬特，」這是他第一次叫我的名字，眼睛裡閃爍著淘氣的光芒，「你很年輕的時候就開始研究量子物理學了，對嗎？」

我點頭。我從小就喜歡理科，而且對量子物理學特別著迷。沉迷到就算已經深夜，臥房熄燈了，我還會躲在被子裡，用手電筒繼續讀有關量子理論的書。我花了數不清的時間，熟記這個定義、那個理論，從愛因斯坦到理查．費曼，我把所有偉大老師們所教導的知識記得滾瓜爛熟。

「那麼，量子理論的核心要義是什麼？」格西拉問道。

「應該是說，」他突然發動攻勢，我有點動搖，「有一個實質存在的現實這個想法，其實只是一個幻象。」

「非常好！」

「量子科學家們已經證實了，原子不過是能量暫時地凝聚成了粒子，之後還是會瓦解，重回能量的狀態。」

「所以說，」他進一步確認，「沒有任何一個物體具備了實質？」

「是的。」

「我們周遭的一切，都有可能形成某種特定的形式，也可能不會？」

「沒錯，更像是一個蘊含了各種可能性的場域，而不是一個實體。」

「也就是說，沒有任何東西具備自己固有的特質？」

「完全沒有。」我很驚訝他那麼快就理解了這個概念。我曾經試著對朋友和家人解釋這個道理，大多數人都要聽個四、五遍，才開始有一點點概念。

格西拉簡短地停頓了一下，才說，「這很驚人，不是嗎？每一件看得見、摸得著的事物——都只是個幻象。」我替他把話說完。接著想起教科書裡的一句話：「就像是玻耳（Niels Bohr）說過，『第一次接觸到量子理論，卻不為它感到震驚的人，他們一定是沒有弄懂量子理論。』」

說完這句話，我才意識到，為什麼格西拉要我對他解釋量子理論。也是從這一刻起，我才開始發現，他比我一開始想像的更有深度得多。樸素的僧袍和仁慈的笑容，讓我完全錯估了他。伊莎貝拉，或別的人——或任何東西——不是我的幸福的真正原因，那是因為，他們都不具有固有的本質。

「佛法裡也有同樣的說法，」格西拉說，「這個世界裡所有的事物，都不具備任何固有的實質。」

「你的意思是說，」我想把話直接說清楚，「我的女朋友依莎貝拉不是幸福的真正原因，是因為她不具有能夠造就幸福的特性？」

「你真是個優秀的學生！」格西拉眉開眼笑。

「可是有時候她讓我很開心啊。」

「那份開心的感受來自哪裡呢？」

「這就是我在問你的問題！」

「它只能來自於一個地方。」他往前傾，身體倚著桌子，全神貫注在我身上，彷彿像是他的智慧，正在用一種不只是語言的方式傳輸給我。「如果我們周遭的萬事萬物，都不具有實質的話，那麼我們所感受到的，無論是快樂或不快樂，都是來自於我們的心識。所有的特質、吸引我們的、不吸引我們的，都只是心識的產物。」

即便是在討論如此嚴肅的話題，格西拉的身上仍然散發著一種輕盈、柔軟的氣息，一切似乎都因此變得簡單。

「你和我可以正在經歷著同樣的事物、聽同樣的音樂、看同樣的電影，卻產生不同的反應。」

這些概念非常棒，我想，充滿了足以改變人生的意涵。

「並非外在世界的事物致使我們幸福或不幸福，」他說，「是這裡所發生的事，」他指了指自己的頭，「在你身上發生了什麼事並不重要，重要的是你如何看待它們。」

「我很喜歡跟學生們開玩笑，說西方人多麼迷信，」他彷彿是在把我領進他自信的領域，「他們全都相信，發生在他們身上的事，跟他們的感受之間，具有直接的關聯。我們所有人都需要破除這種迷信。我們必須要親自體認到，快樂或不快樂都是我們可以掌控的投射。」

格西拉說出這些話時，一字一句都聽起來非常有道理。不過我知道，要思考的東西還很多。特別是，他所說的幾乎都和量子理論方向一致，這實在令我倍感驚奇。就像是西藏的神祕學和當代的物理學、西藏佛教徒和德國猶太科學家，這兩個同樣受到迫害的群體，他們各自所攜帶的真理，在這裡會合了。

而我有一種奇怪的直覺，雖然不知道打哪來的，我覺得自己好像是被安排在這個特別的位置，註定要肩負起聯繫這兩者的角色。

❖

格西拉的洞見與我熟悉的科學領域，這兩者的整合還有待發生，不過很快地，將會發生一個戲劇性的事件，加速它的進展。在和格西拉喝完咖啡的隔週，當我正在我優雅的梣木辦公桌上辦公時，收到了一封電子郵件，是比爾·布萊克利的行政助理、苗條又時髦的凱西·貝倫德寄來的。信裡說，下個星期會有一場針對創業投資人的重要簡報會議，到時候，要對投資人簡介艾瑟拉瑞的幾個主要研究平台。信的附件是簡報時會使用的投影片電子檔，她請我幫忙審查第二十八到第三十五頁，有關奈米博特計畫的部分。

之前不曾聽過有關這場簡報會議的消息，我自己的研究計畫的簡報材料在編寫的過程中竟然沒有我的參與，有點令人擔心。不過，瀏覽完七張介紹奈米博特的投影片後，我倒是讚賞有加。它們精準又有力地介紹了這項研究能在商業上取得的主要成果、研究各階段的重大成就也整理得清楚簡要、報告目前的研究進度時，表現方式也很平衡且樂觀，甚至還加上了一些我不知道什麼時候出現的，十分熱情誠摯的背書。

我翻閱了這份投影片的其他部分，全都表現出一致的專業水準。不用說，正是標準的比爾·布萊克利風格。我能想像他在台上辯才無礙、精準掌握具有張力的時機，風靡一屋子投資人的場面。

不過，我又想到，這份投影片未免也太長了，那麼多頁，不可能只由一個人上台講完全場。所以我往前查看投影片的開頭，看到的內容卻讓我錯愕又困惑。在第二張投影片上面，標題底下，列出了四個講者的名字。比爾·布萊克利放上了四個艾瑟拉瑞主力研究案的負責人。奈米博特負責人的名字寫的是丹·史坦納。

這一定是搞錯了。很快地我就猜到應該是怎麼回事。很可能這份簡報的材料是丹發給凱西·貝倫德的。也許她以為他是負責人，所以把負責人寫成了他的名字，而不是我的。

不過，突然發現自己過幾天後就必須向投資人進行簡報，還蠻令人緊張的。對公眾演講本來就是我會想要準備周全再上場的事，尤其是當我要面對的是這麼重要的聽眾的時候。

提起桌上的話筒，我撥給了布萊克利的行政助理。

「奈米博特的簡報投影片做得很棒，」我說，「不過我在第二頁看到了一個錯誤。」

「是嗎？」她的口氣同時帶著驚訝與懷疑。

「奈米博特負責人的名字寫成了丹·史坦納。」

「這就是他的頭銜啊，不是嗎？」

冷淡的回應令我吃了一驚，她應該知道我的工作職務吧？「我不知道他正式的職稱是什麼，」我解釋，「不過我才是負責人。他只是協調工作內容的人。」

「我跟比爾確認過之後再回覆你。」她說完，掛上電話。

我從座位上站起來，跨過辦公室走向窗邊，眼睛盯著比佛利山，卻視而不見。被一個二十來歲、對這項研究計畫一無所知的年輕女孩弄得神經緊張，真是可笑的事。不過她理所當然的一句：「這就是他的頭銜啊，不是嗎？」令我不禁懷疑起自己。我發現自己已經不是第一次，在心裡懷疑著丹・史坦納每天都在那個比我低兩層樓的辦公室裡忙活著些什麼。還有他正式的職位到底是什麼？沒有更早提出質疑，是不是我太天真了？

走回辦公桌，我查閱了公司內線電話聯絡簿，可是上面沒有寫明職稱。點開艾瑟拉瑞官網，對他的描述也只寫了奈米博特計畫團隊成員。而我的介紹欄位則標明了總監職位。

然而，一個不曾有過的想法突然浮現出來。這突如其來的念頭感覺很糟糕。

會不會比爾・布萊克利只是在利用我？會不會他重金聘請我過來，就是為了要把研究內容從我手中拿走，讓他自己的人馬、那個藍眼睛的小弟來接手？會不會，這一直以來就是一個企圖奪取奈米博特的計謀，用這種蠶食鯨吞的方式，好讓我在發現的時候，為時已晚？

一陣子之後，我的電子郵箱裡傳來了一封新的郵件，凱西・貝倫德的回覆短到只有半行：「比爾確認過丹・史坦納的頭銜了。」

我瞪著螢幕，簡直無法相信自己所看到的。沒有模稜兩可的空間了。我還記得布萊克利是怎麼把丹．史坦納介紹成一個「協調聯絡人」的。也記得丹．史坦納是如何地出席了我的每一場會議，而且每一次我把研究內容交接給團隊時，他也在場。同時間，他們大方冠給我的漂亮頭銜和辦公室，顯得如此毫無意義。這全都屬於同一個邪惡計畫的一部分。

倘若布萊克利膽敢以為這樣行得通的話，那他可就大錯特錯了。無論已經發生了什麼事，我依然握有奈米博特百分之五的智慧財產權。國際專利登記文件上，依然有我的名字。他也不用妄想可以再從帝國科學研究院裡挑走任何好點子。

怒火沖天，我大步走出辦公室，走進最近的一部電梯，按下通往頂樓的按鈕。系統立刻跳出了輸入密碼的提示，我想起第一天來到這裡時，凱西．貝倫德輸入的四個數字，再加上今天的日期，幾秒鐘後，電梯已帶著我迅速向上爬升。

電梯門打開時，辦公桌前的布萊克利私人助理，驚訝地望著我。

「我要見比爾。」我逕直走向旋轉樓梯。

她跳起來。「你不可以這樣直接上去！」她錯愕又生氣地對著我的背喊叫。

我才不管比爾．布萊克利有多大來頭，身家幾百億，現在正在忙什麼東西，如果他以為可以在我身上胡搞什麼詭計的話，那他錯得可嚴重了。

「我就去給妳看！」

走進艾瑟拉瑞頂樓，看向窗外的風景，不同於第一次踏入這裡時，老鷹似地掃視洛杉磯全景的那種驕傲心情，一種截然不同的情感刺進了我的心臟。艾瑟拉瑞大廈頂層邊緣高聳得令人頭暈的景象，把我捲進了那個反覆出現的惡夢裡，我想起自己顫抖著、陡然墜入漆黑深淵之中的畫面。

會不會這個夢境並不是出於我對舊事的反應？它並不是在反映我和伊莎貝拉之間的爭執？會不會，其實它是一個凶兆，正在預告著，一個更可怕的事件即將來臨？

05

丹增．多傑
西藏，羌塘省

巴士行進的速度漸漸放緩，來到了路障前方。這時，巴士上所有人都徹底清醒過來，緊張戒備。我們抱著頭保護自己，預期會聽到槍響和車窗碎裂的聲音。在冰冷、昏暗的清晨光線中，死亡的威脅籠罩，恐懼觸手可及。

慈仁喇嘛平靜地直視前方，一邊默唸咒語，一邊撥動手上的念珠，就坐在他後面的我和巴登．旺波兩人緊緊依著，努力跟隨他的領導。

儘管我盡全力想要讓自己冷靜下來，腦海中的幻想卻瘋狂翻攪。我們全都聽說過紅軍是怎麼對待「反革命分子」的。成千上百名僧人受到了難以想像的酷刑。由於誤解了僧人的「信仰」，他們將無數的修行者驅逐出道場。然而以事實來看的話，他們才是真正的「信眾」，他們信仰的是毛主席的意識形態，反之，出家人則是竭盡所能擺脫一切對實相的本質的迷信。只可惜軍人們沒有興趣探討這一類智慧。出於無知、憎恨，或純粹無聊，他們將會繼續動手摧毀寺院。

我們的司機耿先生（Mr. Keng）坐在駕駛座上，瞪著前方，滿是驚恐。也許他開始後悔這趟載著僧人逃亡的義行了。我看見他老舊褪色的咖啡色袖子顫抖得很厲害。他手指緊緊抓著方向盤，終於，巴士停了下來。

等待顯得無比漫長。紅軍在哪裡呢？他們打算對我們做些什麼？指望他們已經撤離這個哨點，是不是太天真了？會不會這只是一個圈套，想引誘我們下車，前面其實埋了地雷？

我們竊竊私語，交換這些想法，盡可能壓低聲音，避免錯過外面任何動靜。我們探頭探腦、豎直耳朵、不斷思考，壓力越來越高漲。

直到巴士前面的路上出現了一個人。

一個瘦骨如柴、衣著破爛的人。接著，他背後又出現了另外兩個人。他們跟這個路障有關係嗎？還是他們只是路過的乞丐，碰巧往我們這個方向走來？

後來又出現了一個人，手上握著步槍，槍的樣式在我這個小沙彌眼中看來都覺得很老舊。我們總算弄清楚，這確實是一個軍事路障——不過，是由一小支西藏軍隊設立的。

危機解除的氣氛瀰漫在巴士裡。大家的語調提高，笑聲也出現了。慈仁喇嘛也帶著大大的笑容轉過頭來說，「看來我們不必進入中陰了。」

耿先生把自己從駕駛座上抽出來，爬過前座，打開車門。那些西藏士兵們正聚集在門邊。他很快轉達了大家都看得出來的事實：士兵們沒有糧食，已經餓了好幾天了，我們能幫忙嗎？

馬上，僧人們奉上了幾包青稞、一罐氂牛奶油，還有一整條珍貴的燻肉。

幾個比較年長的比丘，和我們的上師一起下了車，把路障移開。飢餓的士兵們一心忙著餵飽肚子，用刀子切下大塊燻肉，塞進嘴裡狼吞虎嚥。

把汽油桶推到路邊後，比丘和士兵們說了幾句話，才回到巴士上。

進行了小小的儀式後，我們再度上路了。

緊張過去，能夠自由地繼續前進，我們的心情暫時獲得了解救。巴士駛過這一小群衣衫襤褸的士兵身旁，他們貪婪地大口嚼著燻肉，也讓一開始驚悚的氣氛帶來了奇怪的轉折。從窗戶看出去，我發現，疲憊的神情已深深刻進了他們的臉龐。

「他們打算用大石頭砸中國兵。」慈仁喇嘛告訴坐在巴士比較前面的人。當然我們看不見峭壁的上方，但是可以想像我們頭頂上有一顆巨大的石塊。

「他們只有兩把步槍，彈藥很少。不過這條路上幾乎沒有車，也一直沒發現紅軍的蹤影。」

這條情報讓我們更加安心了，想到只要我們往前走一哩，我們和侵略者的距離就能再拉遠一哩。

欣賞窗外風景消磨路程的想法，馬上就被慈仁喇嘛打消了。他告誡我們，別以為我們坐在巴士上，就可以暫停佛法的修持。在這種環境下，凝神專注的禪修也許不容易，不過我們可以練習分析式禪修。

「我要你們沉思四無量心（Four Immeasurables）的內容，」他說，「練習曾經修習過的觀想方式，默念偈文。」

四無量心——慈、悲、喜、捨——是我們代代相傳的基礎，在寺院裡，每一天的生活，都從誦念這四句偈文開始：

願一切眾生具足樂及樂因，
願一切眾生遠離苦及苦因，
願一切眾生永不離失無苦之樂，
願一切眾生遠離親疏愛憎安住平等捨。

稱作「無量心」的原因是，當誦念偈文時，我們要將世上無數無量的有情眾生懷抱在心中，為他們祈禱。慈仁喇嘛說的觀想，是要我們想著家人朋友、陌生人，還有我們不喜歡的人。就連毛主席和他的軍隊，我們也只能祈禱他們遠離受苦、得到快樂。所以呢，當我和巴登・旺波一起擠在巴士裡，躲避紅軍追擊時，我們腦海裡觀想的都是，如果中國人全都脫離幻象、幸福快樂，那可就太好了。如果是這樣的話，我心想，那他們也不會來追殺我們了！不過即便現實不是如此，這個修持的目的，是要鍛鍊我們的慈悲心和愛的能力——這兩者是幸福的真正原因。

偶爾我會睜開眼睛，看著遠方的高山離我們越來越近。長久以來，巍峨的喜馬拉雅山一直都是人們讚嘆和嚮往的對象。不過現在，我望著它連綿的山峰，一座比一座高大，冰雪覆蓋的景象，讓我充滿擔憂。怎麼可能只靠兩隻腳翻過那些山峰？我們才三個人，而且全都不是登山健將。

我想起自己應該專心冥想的，所以回頭繼續專注修持四無量心。

只不過，巴士開過通往林村的小岔路口時，專注變得格外困難。小的時候，我常常沿著那條小路，從村子裡走到這個路口，在這裡等候平日的巴士把人送來或送走。這裡是我唯一認識的馬路口。而這幾年來，我和巴登．旺波放假搭巴士回家時，這裡也是我們下車的路口。

巴士慢慢彎過山路，開到山的另一面，突然間呈現在眼前的，是一幅再熟悉不過的景象。我認出那一群刷了白灰的小農舍，背景襯著終年冰雪覆頂的山峰，房子因而顯得更加矮小。受到強風吹襲而發育不良的杜松成排長在路邊，它們的樹蔭曾經為我遮擋過夏天的豔陽，也曾經保護我不被雨淋濕。回憶一股腦地接連湧出，全都跟家人有關，我格外思念起爸爸、媽媽、姊姊……誰知道什麼時候才能再見他們一面？

我想起要去正波寺出家前，媽媽激動的反應。「你這一走，」她說，「你這輩子我就失去你了。」當時我並不相信她說的。接下來的幾年，每次跟巴登．旺波一起回家幫忙家裡的小生意，我都只是更加相信，這將是年復一年持續下去的生活模式。我們會陪伴逐漸年邁的雙親、會看到德臣出嫁生孩子，開始擁有自己的生活；我們會永遠和家人、和村子、和這片高低起伏、陪著我們長大的土地牽繫在一起。他們就是我們的歸屬。

然而，母親的直覺終究還是成真了。

我試著回想最後一次見到她的情景。那天很奇怪，要離開的時候，她和爸爸陪著我們，從小路一直走到了馬路口。已經在家裡待了一個半月，那時我們之間已經沒有什麼重要的話好說了，她還是堅持陪著我們，直到開往正波寺的巴士抵達。無論是迎接或道別，爸爸向來都是舉止平淡的人，媽媽也是。可是這一次，看到巴士快要開過來時，媽媽輪流抱住了我們，流露出比以往更多的情感。

「巴登．旺波，丹增．多傑，你們倆讓我很驕傲。」那是她頭一次說這種話。這一刻在巴士裡，我懷疑，她是不是老早就已經知道了。那次也是我們被灌頂成為沙彌之後，她第一次叫我們的法名。在藏傳佛教的傳統中，出家人要放下原本的身分和俗名，換成具有特殊意義的法名。舉例來說，我跟尊者達賴喇嘛共有的法名「丹增」，意思是「佛法的守護者」。

熟悉的風景慢慢退後，快要經過巴士站時，我也想起慈仁喇嘛總是那麼地尊重我們的家庭，想起我們是如何不假思索地答應加入他的流亡之旅。他細心慎重地強調過，就算我們決定回家、甚至是還俗，他也不會批評我們。他甚至沒有利用祕密經書當作說服我們跟他一起走的誘因，反而是在我們下定決心之後，才把這次逃亡真正的理由告訴我們。

就連現在，巴士快要開到通往林村的小路口時，他還是轉過頭來，提醒我跟巴登．旺波。

「還來得及，」他說，「想回家可以回家。我會祝福你們。」

可是巴登．旺波拒絕了。「謝謝喇嘛。我想留下來。」

家人最後一次相聚在這個巴士站的情景、媽媽說的那句「你們倆讓我很驕傲」、還有出家時她因為即將失去我而傷心欲絕的模樣，種種回憶壓在胸口，讓我不敢輕易開口說話。我只能贊同地點點頭。

慈仁喇嘛轉過頭，看向前方。巴登．旺波看見我的表情，靠過來把手搭在我的肩上，給了我一個安慰的擁抱。

❖

路邊出現了四個比丘，揮手要巴士停下來，這讓專心禪修又變得更加困難了。他們是從一個更靠近西藏東部、也更靠近拉薩的寺院逃出來的。他們比我們早一個星期逃亡，但是過去的兩天，只能靠徒步的方式慢慢前進。他們央求我們帶他們一起走。

巴士本來就已經超載了，如果讓他們上車，情況只會變得更不舒服。不過想當然耳，我們還是揮手叫他們儘快上車。同是出家人，很榮幸可以在落難的時候幫助到他們。我們用明快的笑容、尊敬的鞠躬，歡迎新夥伴上車。

才硬擠出空間讓新乘客坐下，巴士馬上又被攔了下來，這次是一個帶著孫子的老婆婆——幼小的孫子像是剛學會走路的年紀。小孫子生病了，最近的醫院在下個村子，是我們會路過的地方。我們願意幫他們節省一大段上坡路嗎？

巴士現在塞進了原本載客量的兩倍人數。這種情況下，是不可能用功或禪修了。雖然我們全都擠在一個窘迫的空間裡，但是沒有任何一個僧人抱怨。我們認為自己是幸運的。

新加入的比丘告訴我們，他們聽說尊者達賴喇嘛在布達拉宮被捕的消息，說尊者已經被上銬，抓去北京了。不過那位老婆婆說，早上她從自己家裡的收音機聽見廣播上說，尊者已經抵達印度，受到當地政府的歡迎。

車上的人吱吱喳喳聊著有關尊者和中國入侵的話題，慈仁喇嘛回頭對著我和巴登·旺波，低聲唸了一句：「像狗吠似的。」他不用再多說一句，我們馬上就懂了。喇嘛很早就教導過我們，沒有意義的閒聊和空想就跟狗吠一樣，沒有任何益處。最好把心思轉向更積極的、可以創造喜樂的目的上。

到了有醫院的村子後，我們讓老婆婆和孫子下車。也是時候給巴士加油了。車子已經開了十二小時。所有人都下車休息，伸伸腿。年長的喇嘛們前去關心耿先生，問他會不會太累，還能不能繼續開車。耿先生說，他很習慣長途開車——他每個月都要跑一次長途，而且之後會有很多時間可以睡覺的。再不遠，他說，巴士能走的路就要到盡頭了。

在這裡，我們遇見了一個人，他慎重地提醒了我們，我們正在面對的是什麼樣的危險。村子邊緣有一個幾乎算不上是房子的小棚子，從裡面走出了一位年邁的寧瑪派（Nyingma）比丘——寧瑪派是藏傳佛教中，最古老的宗派。他髒兮兮的僧袍被扯得破爛不堪，痛苦地佝僂著身體，舉步維艱，腫脹的臉青一塊紫一塊，左邊的臉頰有一大片烏黑鞭痕。當他張開撕裂的嘴唇時，可以看見，他嘴裡的牙齒都被打碎了，只剩下斷掉的牙根。

在萬般痛苦的狀態下，他盡最大的努力告訴我們，五天前，他從拉薩附近，逃離了紅軍的追捕。他催促我們盡快離開西藏，越快越好。由於他的身體已經太脆弱，所以他別無選擇，只能繼續躲藏，但願能夠逃過一劫。

慈仁喇嘛送給他一套新的僧袍，他很高興地收下了。我永遠不會忘記，當他轉身走回小棚子時所看到的景象。他背部的僧袍完全被扯破了，一條大大的傷痕橫過整個背部，深可見骨，而且都化膿了。這位七十幾歲的老先生，被鞭子打到脊椎骨都露出來了。

巴士又繼續轟隆隆地載著我們走了好幾個小時，一路往山上爬，有時車速慢到我們用走的也許還比較快。終於，我們開到了路的盡頭，石礫鋪成的狹小山路完全消失，只剩下好幾條步道，通往深山裡的幾個村莊。坐了這麼久的車之後，從車窗外看出去，我一方面很高興可以下車透口氣，另一方面也明白，等到巴士開走，我們和文明世界的最後聯繫也就斷了。

我心頭一凜，彷彿這會兒才意識到，真的沒有回頭路可走了——回不了正波寺，也回不了家了。

車上許多人想必也有同樣的感觸。等全部人都下車，拿好自己的行李之後，我們看著耿先生艱難地從一小塊空地迴轉，回頭往我們最後一個經過的村莊開去。

下午過了快一半，我們一行二十四人，此時站在一塊全然陌生的土地上，猶如大災難的倖存者。眼前的平原向前鋪展，延伸向喜馬拉雅山腳，我們眺望著羌塘省這片土地，彷彿在回顧一條永遠無法回頭的道路。轉身迎向未來，迎面而來的是世界上最冷酷嚴峻的高山。一個念頭突然閃過，翻過這個山頭之後，就是另一個世界了，我想起電影啊、唱片啊——還有比爾·哈雷和他的彗星。

一時間我很想知道，會不會真的有一天，我可以造訪紅人的國度？在我有生之年，有沒有可能親眼看見那些宮殿般的漂亮房子、美豔動人的女人，還有閃閃發光的凱迪拉克？我會不會有機會參加一場搖滾樂派對，聽見派對上演奏著比爾·哈雷的音樂？雖然說不上來為什麼，但我有一種感覺，如果我能去參加一場這種派對的話，一定會得到某種天堂般的啟發。

離別的時刻來臨了，從這裡開始，大家必須分頭前進。我們拆成許多個三人一組的小隊伍，脫下平時每天穿的草鞋，換上適合爬山的鞋子。由於我們的任務均具有高度的機密性質，所以彼此之間不會知道對方接下來的目的地是哪裡。我們希望能夠有機會再跟對方見面，但願不久後，可以在北印度相會。而我們生命中屬於正波寺的篇章，就此劃下句點。

揹起各自的行囊時，有些比丘們異常安靜，另外一些人則刻意做出精神抖擻的樣子。然而，就連平常最吵鬧的比丘，在聽見轟隆隆的聲響越來越大聲地呼嘯而來時，也不禁沉默下來。我們抬頭看見一架飛機低空盤旋，逐漸靠近之後，發現它是一架紅軍的飛機，灰色機身上顯眼地漆上中國的紅星標誌。

「你覺得他看見我們了嗎？」有人緊張地問。

「二十幾個穿著大紅袍子的出家人，站在一個鳥不生蛋的地方，」有人回答，「你說呢？」

一陣恐懼襲來，我們的逃亡之旅該不會在這裡就結束了吧？

慈仁喇嘛示意我和巴登．旺波跟隨他走進一條小路，遠離其他的比丘們，我的心情這才放鬆了一點。

「那個洞穴離這裡要一整天的腳程。」和其他人離得很遠之後，慈仁喇嘛才開口說話。他一開始的步伐就已經很快。「我們不能浪費任何一分鐘。」

過去幾年間，這條路線他已經走過很多次，前來將神聖的經書隱藏在祕密洞穴中，確保它們不會被任何人發現。我想像著慈仁喇嘛揹著蓮花生大士的預言、密勒日巴的詩作，和其他無比珍貴的寶物，踽踽穿行在西藏鄉間的模樣。不會有人相信真的有這種事的。我想，這也是這個計畫那麼精巧偉大的原因之一。

一面想著正波寺其他帶領三人小組的資深喇嘛，一面跟著慈仁喇嘛走著，我不斷抬頭望向前方黑壓壓、高聳得不可思議的群山，感到格外慶幸，幸好領隊的人是慈仁喇嘛。不只是因為他以前走過這條路——起碼他最遠曾經到過祕密洞穴所在地，還因為慈仁喇嘛是這個世界上，我認為最值得倚靠的人。

最初也是因為他寫的信，才讓我的父母同意我出家，儘管這不是他們原本的計畫。從那以後，慈仁喇嘛對我而言，不只是上師，也是等同父母一樣重要的人。

喇嘛這個詞，是藏語的「la」和「ma」兩字合起來的音譯，「la」的意思是「至高無上的」，「ma」的意思是「母親」。正如同一位母親所具有的慈悲與愛心，令她願意將孩子養育成人，一位喇嘛也是因為他內心那至高無上的愛與慈悲，驅動著他帶領弟子開悟成佛。

尤其是我剛到正波寺那段時間，為了要讓我跟上寺院的教導，除了我所付出的全部決心之外，慈仁喇嘛也給予了無盡的耐性。我不如巴登．旺波聰穎，不像他瀏覽個幾次就能把經文銘記在心。可是一想到我出家這件事令母親有多麼傷心，我決定拼盡全力把佛法學好。

每當夜深人靜，幾乎寺院裡所有人都睡了之後，我會坐在我禪修用的木箱前，靠著香頭發出的一小點微光，繼續用功苦讀。日以繼夜，我記住了經書的內容、釋義、與所有偉大聖者們的教導，從宗喀巴（Tsong Khapa）、龍樹菩薩（Nagajuna）、無著菩薩（Asanga）到當今的達賴喇嘛。我知道自己也許永遠趕不上其他那些天縱英才的沙彌們，但我竭盡每一分努力。

出家到正波寺幾個月後，有一天，我傻呼呼地把母親戲稱我「拉薩魔法師」的那次聊天內容告訴了某一位比丘。他覺得這名號十分逗趣，所以又把它轉述給其他人。從此，這五個字就成為了我的綽號，很多比丘都喜歡拿這個頭銜挖苦我。

可是慈仁喇嘛沒有笑我，有次他甚至對我說，「也許有一天，你的願望會實現。」很多次，考試結果公布，我只得到了中等成績，慈仁喇嘛也從來不曾因此苛責過我的笨拙。有些弟子因為懶惰，成績考差了，他會嚴厲斥責，但是對我，他則是說：「丹增．多傑，你一定不能忘記，你的人生有一個重要的使命。有一天你會發現它是什麼——也許答案會來得比你想像得快。」

在逃離正波寺之前，我一直都知道，每當喇嘛慈仁說話時，他的話語都是汲取自一種特殊的智慧，是一種其他人都還察覺不到的先見之明。我是從很多小地方發現到這點的。正當我亦步亦趨地跟緊他步伐的這一刻，我明白到，自己正在實現他曾經對我許諾過的偉大使命。我對他的信心又更加深了。

❖

我們已經快步疾走了大約一小時。這時，慈仁喇嘛停下來休息。我大大地鬆了一口氣。即使我很習慣長途步行，不過今天我很快就累了，可能是因為昨晚在巴士上幾乎都沒睡吧。

轉過身，回頭望向來時路，環顧一望無際的鄉間景色，午後斜陽的光線拖得長長的，放眼看去，已沒有半點顯眼的紅色僧袍蹤跡。二十四個人似乎全都消散於無形，耿先生載我們來時的那條小路，現在看上去也只是遠處一條朦朧的細線。再度轉向前方，遠望目的地的方向，感覺卻也像是這一小時一點進展也沒有。前面的山頭遙遠依舊。

「再走一小段路之後，」慈仁喇嘛說，「路會開始變得更不好走。幾乎要用爬的。那裡有一個只有六、七戶人家的村子。如果我們腳程夠快的話，也許天黑前就可以走到村子附近。」

「附近？」

慈仁喇嘛點頭，「到我們紮營的地方。」

「我們不住村子裡嗎？」我洩氣地問，甚至沒有嘗試掩飾我的失望。在西藏，僧人在行腳時借宿民宅，已經是一個很普遍的傳統。尤其是在特別偏遠的山村裡，這樣的場合也常常成為一個慶祝的理由，主人藉此準備一頓豐盛的餐食，交流外界的消息。在我的幻想中，我早已經舒舒服服地待在某個人的家裡了。

慈仁喇嘛慎重地對我說：「如果紅軍出現在這一帶，他們第一個會去搜的就是民宅。停留在村莊裡並不安全。」看著我倦乏的表情，他接著說，「到了隔天早上，也許我們可以去要點吃的。」

他轉頭繼續往前走，步伐跟一開始一樣快速穩健。

巴登．旺波走在喇嘛背後幾步，他問：「您覺得紅軍出現在這個區域的可能性有多大？」

「你也看到那架飛機了。」上師答道，「很有可能他們已經降落了。」

又走了幾分鐘，巴登．旺波追問：「可是為什麼他們要這麼大費周章跑來這麼偏僻的地方？」

「為什麼他們要這麼大費周章跑來西藏？」

這種激將法是巴登．旺波最難以抵擋的，慈仁喇嘛很清楚。也許他認為辯論一番可以幫助我們稍微忘卻腿腳的痠疼。

「中國人怨恨我們擁有佛法這個珍貴的寶藏。」巴登．旺波說。

「可是他們說佛法只是未開化的胡說八道。」慈仁喇嘛回他。

巴登．旺波花了一些時間思考，才回：「就算他們嘴巴上批評佛法只是胡說八道，可是他們知道西方人認為佛法是靈感的泉源，而西藏是奧祕的國度香格里拉。也許他們自己並不珍惜西藏人所擁有的東西，可是他們想要把它摧毀，這樣西方人就得不到它。」

「觀察得不錯，」慈仁喇嘛讚美他，「那麼你一定會注意到其中的矛盾。」

又走了好一段路，巴登．旺波才承認：「我看不出來，喇嘛。」

「丹增．多傑，你呢？」他問。

「是不是說，」我突然有個靈感，「中國人入侵了西藏，反而會促使我們把佛法帶出西藏？」

「很好！」他的讚許中充滿了溫暖，「不久的將來，也許只要五十年、一百年，」他側過頭對我們說，「紅面人的土地上，那些西方人，他們將會感謝中國入侵西藏，使得他們因此獲得了史上最珍貴的禮物。」

❖

走到快接近村莊時，是兩小時後，這時候我們三人都露出了疲態。爬上通往村莊、岩石遍布的狹小山路，最初由慈仁喇嘛領頭的輕快步伐，速度也減慢了許多。

從沿途上種種虔誠奉獻的跡象，就能知道我們的確已經走了非常遠，深入了人煙稀少的區域。像是杜松枝頭上掛得滿坑滿谷五彩鮮豔的風馬旗，以及時不時會在拐彎時看見，路邊排成一列的石頭上刻著西藏最著名的咒語：「嗡嘛呢唄咪吽」，意思是「向蓮花中的摩尼寶頂禮」。無論當時我們的心思正纏繞在任何事物上，這些石頭都是一個很有效的提醒，幫助我們重新專注在佛法。

慈仁喇嘛口中的村莊，其實不過就是零星幾棟房子，聚集在兩條山路的交叉口。我們要走的路通往西南方，直接深入山區。另外一條和它交會的路，則是沿著喜馬拉雅山麓腳下向東方延伸。

村莊進入視野時，薄暮已然落下。屋外見不到任何人，幾支煙囪飄出了幾縷捲捲的炊煙。廚房裡炭火散發出溫暖的光芒、柔軟誘人的被褥和草蓆，這些畫面躍入了我的腦海之中。硬撐著疲累的身體已經很長一段時間——我知道今晚我一定會睡得很好，無論有沒有草蓆可以睡。我偷瞄一眼巴登．旺波和慈仁喇嘛的表情，看得出他們跟我一定有同樣的感覺。以慈仁喇嘛的年紀來說，他的體格向來非常硬朗，但想必他也費了一番功夫掩藏他的疲憊。

腳步越靠近村子，我們就走得更加小心。至少在明天之前，慈仁喇嘛不希望任何人知道我們來到了這一區。我清楚他謹慎的理由，不過我也多少覺得，他會不會太過小心翼翼了。畢竟在主要的道路上，一直沒有看見紅軍的蹤跡。就算我們看到了飛機，我們也不知道裡面載著哪些人、他們有沒有看見我們。再說，如果他們看到我們了，他們也不知道我們現在在哪裡。更何況，比起在深山裡追著幾個僧人跑，他們難道沒有更重要的事可做嗎？

無論如何，我們還是跟隨著慈仁喇嘛的帶領，離開通往東邊的那條路，往村莊的反方向走去。轉往這個方向後，我們發現自己走到了村子的下風處。糌粑和炒過的青稞粉做成的湯麵，陣陣香氣，被山風吹到了我們的跟前。糌粑是藏人的主食，每一戶人家都有自己的做法，風味各有不同。經過這些人家時，我口水直流，大大懷念起母親做的糌粑。

巴登．旺波和慈仁喇嘛一定也聞到了食物的香氣，不過他們比我穩重多了，一點都沒有露出嘴饞的樣子。我想起行囊裡的罐頭。當然罐頭也很好，只是這一刻，坐在爐火前享受糌粑和酥油茶的景象，真是比罐頭吸引人太多了。

我們手腳並用攀著岩塊爬往高處時，我試著驅散那些畫面，它們卻更加洶湧而來，更加栩栩如生。我嘴裡幾乎嘗到了母親做的糌粑的味道，手裡像是已經捧著溫熱的酥油茶，它正溫暖著我的手。

直到走到了完全看不見村子的遠處，慈仁喇嘛停下腳步，勘查四周。「我們需要找到一處適合過夜的地方。」他打量著荒涼的山坡，「然後就能拿點東西出來吃。明天一早，如果情勢安全的話，我們出發前可以去村子裡要點食物再上路。」

他看著我沮喪的表情，「這樣比較好。有些別的村子，都是在傍晚或深夜遭到紅軍突襲。如果我們白天的時候去，就能看清楚每條路的動靜，確保沒有人接近。那樣會安全得多。」

我點頭同意。「他們做的糌粑很棒的樣子。」我本來想說的意思是，我很期待明天早上。但是我的舌頭背叛了我腦海中那些食物的畫面，脫口而出了。

「如果我們去要些食物當晚餐，再留一些明天吃，那我們就可以節省包袱裡的乾糧了。」看來巴登．旺波的心聲也跟我差不多。

他的看法頗有說服力。在正波寺把行囊交給我們的那晚，慈仁喇嘛對我們強調過儘可能節省食物的重要性。畢竟沒有人能說得準我們得走上多久的路。

天已經黑了一半，在昏暗的光線中，慈仁喇嘛分別看著我和巴登．旺波，這時，彷彿是要加強他的論點似的，巴登．旺波的肚子大聲咕嚕叫了起來。

「我認識其中一戶人家，她非常地好心，」終於，慈仁喇嘛開口。我知道我們突破他的心防了。「如果我們去她家，只能要點食物，絕對不能過夜。」他嚴厲地看著我，好像我腦海中的那些毛毯和草蓆的畫面都已經被他看穿了似的。

「不會的，喇嘛。」我和巴登．旺波一致搖頭。

「別忘了我們真正的目的。如果我們失去生命，那不只是我們個人的事。承諾完成這項任務，是為了利益所有的眾生。」

沒多久後，我們走近其中一戶人家。先前慈仁喇嘛前去祕密洞穴時，曾經在這裡留宿過。我們都還沒走到門口，就有一位女士笑容滿面地打開了大門。她沒有牙齒，五官不深，不過門打開的時候，我注意到的是廚房飄來的糌粑香味。慈仁喇嘛對我們介紹，她是嘉措太太（Mrs. Gyatsal）。

一小塊牧場的對面，另一些鄰居在對慈仁喇嘛揮手。顯然慈仁喇嘛在這裡很受歡迎。嘉措太太告訴我們，她的丈夫和兒子去山上照顧氂牛了，不過她很歡迎我們進屋子裡用點糌粑。慈仁喇嘛向她解釋，我們今晚不會留宿——這對我們來說不安全，他也不希望置嘉措太太於險境。她告訴我們，這一帶一個紅軍的影子也沒有。於是我們放心地跟著她進去屋裡。

屋內舒適溫暖，被山風刮了那麼久，現在只聽見廚房爐灶柴火霹靂啪啦的聲音，突然覺得祥和又寧靜。嘉措太太給我們每個人倒了一碗氂牛奶做的、又厚又濃的酥油茶，然後動手做起更多糌粑。走了那麼遠的路，這碗酥油茶真是多年來覺得最美味的一碗茶了。

我們交換了一些跟西藏現況有關的消息。這時候似乎已經可以確定，尊者成功抵達印度了，這是一個很大的鼓舞，讓我們能夠堅定朝向我們的旅途前進。嘉措太太也告訴我們，我們要走的那條通往深山的小路，這幾天她看到很多人走，比以往多上許多。

我們就這樣聊了好一陣子，接著是巴登．旺波先留意到一個奇怪的聲響。一種嗡嗡作響的噪音。「你們有聽見嗎？」他發問。

「什麼？」

慈仁喇嘛和嘉措太太正在說話。

「這個！」他趁他們停頓的時候更大聲地指出。

現在我們全部的人都聽見了。一種機械聲，可是跟飛機引擎聲不一樣。它更尖銳、也更多變化，而且越來越靠近。

慈仁喇嘛跑出屋外，我們迅速跟上。一出去我們就知道是什麼聲音了。好幾個摩托車的車頭燈光正沿著山坡路往這裡移動過來。它們離得非常近了，只差幾百碼而已。在村子裡，幾乎沒有人買得起摩托車，所以我們馬上就猜到了騎車的是什麼人。

「去柴房！」嘉措太太指著她家旁邊一個小小的石頭屋子。

我們狂奔而去。我正準備鑽進柴房時，慈仁喇嘛拽住了我的胳膊。

「去柴房後面！」他急促地說：「我們絕對不能被抓！」

幾乎是我們剛藏到柴房背面，摩托車就騎到了。車頭燈刺眼的白光掃射柴房、院子，然後對準嘉措太太的房子。

兩輛車上坐著三個士兵，是我有生以來第一次親眼見到的紅軍士兵。我有點訝異於他們的矮小——他們的個頭並不比我高。不過，他們跨下摩托車，大搖大擺走向嘉措太太的家時，囂張的氣焰比他們的個頭大得多了。他們身上穿著深色的制服，眼珠子像野狗一樣既警戒又充滿侵略性。其中一個人手上握著黑得發亮的步槍，散發出致命的氣息。

大刺刺闖進屋內後，立刻就聽見他們高聲叫囂：「妳這是煮給誰吃的？」隨之而來的是鍋子砸在地上的聲響。

我們三人面面相覷。我的心臟撲通作響。這是我見過最嚇人的事了。我注意到，嘉措太太的鄰居們也正在看著這邊的動靜。

「等一下有客人會來！」我們聽見她的抵抗。

「人都還沒到，酥油茶已經倒好了？」

從敞開的大門，我們可以看見，茶碗已經都摔在地上粉碎了。

嘉措太太啜泣著。

「這糌粑是給誰吃的？」紅軍繼續質問。

「朋友要來吃晚飯。」

「妳是不是給比丘吃東西？！」

「沒有！」

我們聽見士兵們用力推門、翻箱倒櫃搜索我們的聲音。不知道該不該逃跑，但那是不可能的。面山的那一側空曠荒蕪，不管怎麼跑都一定會被看見的。

「如果讓我們發現了妳做飯給比丘吃，」其中一個士兵用槍托頂著嘉措太太，把她推出屋外，「我們就殺了妳，因為妳說謊。」

他用力推她肩膀，嘉措太太撲倒在地上。

我看向慈仁喇嘛，他流露出痛苦的神情，彷彿被打的人是他自己。

巴登·旺波比著手勢問：「我們要投降嗎？」

慈仁喇嘛皺起眉頭。「智慧！」他的口形無聲地說出這兩個字。

另外兩個士兵這時也走到屋外，「什麼都沒有。」他們對看守嘉措太太的士兵說。

「去那邊看看。」他指著柴房。

這兩名士兵解開皮套，掏出手槍，一步步走向柴房。其中一個人筆直走向柴房門口。我們聽見他拉開門栓，再把門踹開。現在他和我們藏匿的地方只離幾呎遠了。從牆上的一個小縫，我看見他在柴房裡來回走動，像頭找尋獵物的野獸。他停了下來，對著空氣嗅了嗅，像是在搜尋我們的氣味。

慢慢地，他轉過身，盯著我們藏身之處的那面牆。

「後面！」他對他的同伴做出手勢。

06

馬特．萊斯特

艾瑟拉瑞總部，洛杉磯威爾希爾大道

(Acellerate Headquarters-Wilshire Boulevard, Los Angeles)

「馬特！」我走上旋轉樓梯後，比爾．布萊克利從辦公桌後抬起頭看我，表情像是正等著我來的樣子。他一身黝黑的皮膚，穿著開襟上衣，好整以暇地走過來迎接，親切地與我握手。「很高興看到你！」他示意我們一起坐到沙發，「今天怎麼有這個榮幸？」

「凱西剛才發了一份投資人簡報會議的投影片給我。」高速電梯導致的頭暈目眩已經消退了，不過坐在比爾．布萊克利的圓頂辦公室裡，感覺還是有點不真實。

「很好。」他自在地坐在對面的沙發上，熱心地看著我。「我們非常想要聽聽你的意見。你覺得丹做得好嗎？」

他有什麼毛病？難不成他覺得我會替史坦納背書嗎？「那不是問題所在，」我跳了起來，「我想知道為什麼你讓奈米博特的負責人寫成丹的名字。」

布萊克利聳聳肩，彷彿很吃驚，一副這有什麼大不了的樣子，「你希望我們給他別的頭銜

嗎？」

「一直到幾週前為止，我都是這個計畫的負責人，」我堅定地對他說，「我不認為我的工作職權已經改變了。」

布萊克利的額頭皺了起來。「我也不這麼認為。在倫敦的時候，你的工作職權是什麼呢？」這下換我吃驚了。這是什麼——某種腦筋急轉彎遊戲嗎？「我負責整個奈米博特計畫，執行所有的科學調查，主導全部的研究——」

「跟你在這裡做的事一模一樣，差別只在於你有了幫手。」

我們的對話似乎沒有交集。「照你這麼說，」我直話直說，「為什麼丹・史坦納在簡報上的頭銜是負責人？」

「你說，簡報上另外兩個專案的負責人，他們也都是總監職等嗎？」

我沒想過這一點，被他這麼一提醒，我搖了搖頭。

「身爲研究總監，你的工作是領導公司團隊的高階思考。當然，你的主力會用在奈米博特上，但是你千萬不能讓自己只是局限在這裡。我們在追求的是最領先的科學，馬特。需要有新鮮的思維。所謂的計畫負責人，性質上就是管理者。管理一個十人團隊，絕對要比管理兩個兼職員工複雜得多，」他刻意提起我在研究院時期的情況，「依照過往的經驗，偉大的科學家們，」他做了個手勢指向我，「通常都不太擅長管理。你真的想把時間花在跟人事問題、調整預算書這類的事情糾纏嗎？」他停頓了好一陣子，像是刻意在等這種明知不需要回答的問題的答案，「丹的存在，就是在幫你解決所有這類麻煩事的。這樣才能讓你把時間精力花在你最擅長的事情上——純科學。」

確實，這話說得挺漂亮的。可是這不就是比爾．布萊克利的絕活嗎？把各種事實乾坤大挪移一番，好符合他的目的？「我擔心的是外界會留下什麼印象。」我堅持。

「外界，」他皮笑肉不笑地，「在艾瑟拉瑞的官方網站上，我們很謹慎，盡量不冠職稱。至於簡報會議，只會給人數不到十個人的一小群投資者參與。不算是什麼外界。」

才幾分鐘的時間，布萊克利就把我的氣勢全洩光了，不只反駁了我每一個論點，還非常有效率地扭轉了風向，此時坐在他對面的我，感覺上變得像是個癡迷於頭銜地位的瘋婆娘。

「我想，讓丹來做你的計畫負責人，你會很滿意的。」布萊克利把結論推到底了，「如果你想參觀的話，歡迎來參加會議彩排。他主講的簡報都非常精彩。加入我們之前，他在一家企業顧問公司上班，從紐約到歐洲，每年負責主講好幾場大型簡報的。」

❖

傍晚開車回家的路上，我試著在腦海中重播下午經歷過的每一個畫面，從收到凱西．貝倫德的電子郵件，到結束與布萊克利的會面、走下旋轉樓梯的那一刻。我幾乎無法相信情況會轉變成這樣，甚至無法相信，居然是我，馬特．萊斯特，正在經歷這一切。才幾個月前，比爾．布萊克利在我的認知中，還只是一個在報章雜誌上會讀到，或是參加研討會時會聽說或聊到的傳奇人物，而我不過就是一個在帝國科學研究院上班的普通研究員而已。我從來不曾想過，自己會和他這種地位的人牽上線——更別說是火力全開地破門而入找他理論。

事情改變得太快了。

即便他出言保證了我的地位，我仍然不確定該如何消化他的說法。當然，出自個人的經驗，我也清楚科學家們往往不是非常好的管理者，而且自從來到艾瑟拉瑞之後，不再需要經手行政工作，對我來說真是一大解放。但是我也對於自己在艾瑟拉瑞該做的事感到憂慮；我的思維方式必須有所改變。假如我的職責真的是去發想新的科學研究，那可會比我剛才極力爭取的東西更具挑戰性。還在科學研究院的時候，要把自己看成一個具有開創性的研究者是很容易的事，只要專心致力於我的發明，讓奈米博特計畫可以實現就好。就算之前我沒有意識到，可是現在，很顯然地，曾經我以為自己是一個有創意的科學家的想法，其實是一個只存在於安全的溫室裡的概念。在倫敦做研究的時期，沒有人會期望我持續產出新點子、創作出類似奈米博特的新計畫。不過看來在艾瑟拉瑞，這才是他們付我薪水的理由。這新的局勢讓我冒了一身冷汗。

❖

回到家，看到路邊停了一排汽車，幾群人陸陸續續走進了禪修中心。我想起格西拉上次提到過禪修中心有晚間課程，還邀請我去參加看看。他提議的時候，我沒有想太多。喝咖啡的時候聊聊佛法是一回事，但我對它的興趣還不至於濃厚到想要花上一整個傍晚去上課。

只不過，在公司裡，還有跟伊莎貝拉之間發生過這麼多事之後，我的想法有點改變了。基於某種難以言喻的理由，我很想再去體驗一下跟格西拉相處時那種舒服的感受。也許是他的存在散發著一種讓人莫名安心的氛圍，彷彿當下所發生的一切本當如此。我想再次品嚐一點他那種平靜，那跟我眼前的心情是一種再強烈不過的對比。一個人在羅斯伍德大街度過的夜晚，我逐漸開始懼怕上床睡覺的時刻，還有入睡之後，經常隨之而來的夢魘。我也想要擺脫這些不完整的睡眠累積下來的虛脫感。

於是，沒多久後，我就踏上了他家的前廊，穿過玄關，走到了人們擺放鞋子的地方。我記得這個上次來這裡見明太太時看到的規矩。我有樣學樣地把脫下的皮鞋整齊安放在鞋架上，跟著其他的學生走進一條通往房子右側的走道。

走道蠻長的，木地板上鋪著深紅色地毯，唯一的光源來自於牆面上的兩個樹枝狀大燭台。我們只穿襪子踩著走道地毯前進，空氣裡瀰漫著一股克制的靜默，像是正在把外在世界一步一步拋棄在身後。

我不知道禪修教室看起來會是什麼樣子，不過一走進去，我禁不住驚豔地停下腳步。這裡的氛圍是我從來不曾體驗過的——有種出乎意料、但鮮明異常的魅力。

禪修教室裡有一尊十英呎高的銅製佛像，祂的臉上裝飾著金箔，藍色雙眼散發出禪定時的靜謐，俯視整個偌大的空間。四個插滿了混合白色和粉色百合花的花瓶，分別安放在佛像底座的四個角落。禪修教室正前方，上百個銅製酥油燈排放開來，燭光搖曳，照亮了佛像和花瓶。

吸進一口揉合了焚香和花香的空氣，我環顧四周牆面，欣賞上面精美的掛畫，還有佛像兩側擺滿經書的書櫃，書櫃上面也刻著繁複華麗的圖案，後來我才知道，這些圖案是八種吉祥的象徵，叫作「八吉祥」。所有這些陳設，讓禪修教室透出一種神祕又魔幻的光暈。

這裡沒有椅子，取而代之的是好幾排紅褐色的坐墊，坐墊下方鋪著正方形的紅褐色地墊。佛像的左邊有一個墊高的講台。大部分的位子都有人坐了，還好還有幾個地方是空著的。為了不引起任何人注意，我挑了一個非常靠後排的位子，模仿著禪修教室裡的其他人，盤腿坐下。

坐在這裡感覺真奇怪。我，一個從事研究的科學家，懷疑主義者，現在卻坐在一張禪修座墊上。這個空間、那尊佛像、焚香的氣味、酥油燈，這種種種種都顯得太過神祕了。可是呢，格西拉跟我說的每一句話，卻又跟我的科學背景一點衝突都沒有。相反地，他似乎是從一個不同的視角，在談論同樣的真相的本質。

不僅如此，身處在這個令人驚奇的陌生空間裡，我卻意外地自在。感覺像是外面的世界和日常的擔憂都被隔絕在另一個時空裡了。彷彿伊莎貝拉的事、工作的事，都一起消融在背景之中。大多數時候充斥在媒體上，或是占據我頭腦不放的那些東西——衝突、恐怖主義、所有的憂慮、已知的或未知的——好像變得比較遙遠。很奇妙的是，我有一種回到家了的感覺。

將近七點半的前一分鐘，原本在聊天的人，都突然安靜了下來。室內所有人都靜靜地期盼著格西拉的來臨。一位充滿吸引力的年輕女性沿著教室旁邊的走道往前走去，一手抱著一落用綢緞包著的經書，另一手握著一瓶依雲礦泉水。她赤腳走路的姿態很優雅，像是在長期練習瑜伽的人身上會看到的那種自在，金色的及肩長髮隨興地披散著，灑落在穿著淺藍色洋裝的肩膀上。她不拘小節的模樣彷彿她早已將自己的女性魅力遺忘在一旁，甚至可以說是渾然不以為意。

原本以為她會走到我前面幾排的空位坐下，她卻出乎我意料地逕直走到了教室最前方。跪拜完佛像之後，她走到了講台上，盤腿坐了下來。

她低著頭解開綢緞裡包著的經書，整個禪修教室似乎沒有人對她在那裡坐下感到一絲驚訝。我這才意識到，我做了一個錯誤的假設，以為今晚在台上的人會是格西拉。我仔細觀察這位低著頭的老師，留意到她飽滿的額頭、立體的顴骨，還有坐在禪修墊上時輕盈柔軟的體態。

等到她抬起頭，跟教室裡的人打招呼時，她鮮活的藍色雙眼令我精神為之一亮，那是像天空一樣燦爛的藍色，整個室內彷彿都因此充滿了能量。她微笑著歡迎大家的表情是那麼地熱切又真誠，好像她為了今晚這堂課已經期待了一整天、她確信接下來的一個小時一定會很棒似的。她看著每個人的笑容像是帶著一千瓦的電力，把上面那種熱情都傳送給了大家。

在帶領我們進入放鬆的冥想前，她指導我們先挺直背脊、閉上眼睛，只要專注在呼吸時的感官覺受就好。她用輕柔的聲音說道，這麼做可以幫助我們讓頭腦安頓下來，滋養內在平靜。

倒不是說我的頭腦有多安頓，或是我覺得有多平靜。不過這是我第一次和一堆人坐在一間教室裡，同時把眼睛閉上。這是我第一次踏進一間佛教禪修教室。這是我參加的第一堂禪修課。而這裡面沒一樣是跟我原來的想像相符的。我的思緒從一件事跳到了另一件事，這個跳躍的過程中有股躁動，是我以前從未注意過的。可是，思考是一件很重要的事，不是嗎？——我這麼對自己說。笛卡兒最著名的名言不就是那句「我思故我在」嗎？

我才正想到這裡，老師就開始幫助大家分辨，過程審慎的分析與缺乏調理、不受控制的雜念有什麼不同。她說，要把事情看得清楚，我們需要先允許躁動的頭腦沉澱下來。她要我們進入一種輕鬆的專注，好在今晚的課程中得到最大的收穫。她也告訴我們，阻止我們得到幸福的最大阻礙，就是過多的雜念。

她先跟大家介紹了今晚的課程主題是關於業力，接著才提到自己的名字叫作愛麗絲（Alice）。我坐直了身體專心聆聽。「業力」是個常常被人掛在嘴邊的字眼，但是用這個詞的人好像沒半個真的知道它是什麼意思。我很期待聽到一個從專家嘴裡說出來的解釋。

「業力的法則也被稱作因果法則，」愛麗絲說，「想想看，每一次我們轉動鑰匙汽車就會發動、按下按鈕電視機就會打開、把球往上拋，它就會飛向空中，我們幾乎都認為這些現象是理所當然的。」

「在這個物質世界中，一切事物都依據著這個法則運行。沒有任何一件事是碰巧發生的。所以，」她停頓了好一會兒，「我們的心念也是。」

我坐著聽她講課，她沉穩、流暢的表達，還有那種格西拉身上也有的自在氣質，讓我聽到入迷。我們年紀相仿，她卻散發出一種超越時間限制的智慧，激起了我對她的好奇心。這是佛教徒的特徵之一嗎？

「我們擁有的每一個念頭、說出的每一句話語、採取的每一個行動，都會形成一個業因。隨著時間過去，等到條件成熟，就會得到業果。就像是釋迦牟尼佛曾經說的：

思想化現成言語；
言語化現成作爲；
作爲發展成習慣；
習慣固化成性格；
所以，用心觀照思想，
令思想由關懷眾生的愛中升起……
一如影子必然跟隨身體，
我們將會成爲我們所思想的。」

這跟我一直以來認為的業力概念太不一樣了。居然沒有任何宿命或預先安排的命運的成分——還剛剛好相反。

「佛法講的是意識的續流，而不是單一的心智，那是因為，」愛麗絲說，「我們對心智的體驗不是一個固定的實體，而是一道持續不斷的意識流動。在這股續流之中，我們導入了行動，而這些行動則左右了將來我們對事件的體驗會是正面的或負面的。就這麼一個片刻接著一個片刻，」她閃耀著動人的光輝，「我們都在不停地創造著業力的命運。我們將會如何體驗未來的現實，都是由我們自己所創造的。愉快的體驗或是不愉快的體驗，都決定在我們手中。」

不用說，這時候我想到的當然是伊莎貝拉和我的關係。如果照愛麗絲的說法，一切的問題都是自己帶來的——這主意倒不怎麼令人興奮。那她是不是在說，伊莎貝拉在洛杉磯找不到工作、最後決定跑去納帕，全都是我的錯？朱力歐生病、還有他的病情加諸在我們身上的種種壓力，也都只能怪我？

「我們每個人體驗現實的方式都不盡相同，」她往下說，「在這間教室裡坐著二十個人，聽著一樣的課，卻能產生二十種不同的體驗。同樣的情況也會發生在工作或人際關係上。我相信你們都能想出一件事，是某些人這樣感受，另一些人的感受卻大不相同的。如果某人或某事具備一件固有的特質，那麼無論誰來體驗，應該都會得到同樣的感受，不是嗎？」

「試著回想你青春期的時候喜歡聽的音樂，」她微笑，「還有你的父母對它們的反應。同樣的音符刺激著同樣的聽覺受器，」她拉了拉自己的耳朵，「那為什麼產生了不同的反應？顯然，音樂本身並不是讓一個人快樂或不快樂的理由。反過來說，是我們的心智對它投射出愉快或不愉快的反應，這取決於我們的業力，或是我們的制約。這道理適用於每一件事。」

我能看出業力這個概念和我跟格西拉之間的對話有什麼樣的關聯，這和量子科學所呈現的也是一致的，沒有任何一件事物具備有固有的特徵。愛麗絲的意思是說，是我們的業力所投射出來的念頭，讓一件事情產生了特徵。這兩種說法，就像是同一個算式裡，等號的兩端。

從邏輯的角度來看，這些確實都很說得通。可是，我到底是造了什麼鬼業力讓我跟伊莎貝拉鬧得這麼不開心？還有工作上那些鳥事？

愛麗絲又說，我們此時此刻的意識，其實是一個更大的精神連續體的一部分。同樣地，我們此刻的生活，其實是一幅更大的圖像之中的一小部分。由於意識的續流會持續地一世流過一世，某個前世種下的業因，也許會在這一世成熟，結出業果。

「如果我們想要知道未來的生活會如何，甚至是下一世的人生會如何，」她對大家說，「就去看看此刻我們正在播下哪種業力的種子。一個負面的業因如何能夠結出正面的業果？假如我們希望將來能夠得到愛和慈悲的對待，那麼，是否現在就開始盡自己所能地去散播快樂、幫助人們脫離受苦，決定權在我們手中。」

愛麗絲又講解了更多有關業力的概念，我聽著，但是不太能吸收。前面講的那些，已經讓我頭昏腦脹了。我有些驚惶，這些佛法的教導竟然直接切中了我目前的處境。我也很訝異業力原來是如此精確又有條不紊的道理。不過講到因為意識是一股持續不斷的續流，所以業力也會從一世流轉到下一世時，我就沒那麼相信了。如果我們真的活過了數不清的前世，那為什麼我們連一次前世也不記得？誰又真的知道我們死後會發生什麼事？

❖

課程來到尾聲，其他人都閉上了眼睛，唱誦起他們早就熟記在心的經文。最後，整個教室靜默了幾分鐘。我原本以為自己在誦經、焚香和燭光環繞的情境下，應該會得到安撫，體驗到深沉的寧靜的，可是，這些事物對我來說實在還是太陌生了，加上業力的概念挑戰了我原本的看法，所以我的頭腦根本安靜不下來。

我還沒反應過來，人們已經紛紛站起來，伸展起自己的雙腿。他們又從來時的走道退了出去，去找自己的鞋子了。

我跟著離開教室，一邊東張西望，希望可以看見一眼格西拉的身影，可是毫無蹤跡。

在走廊上穿鞋子的時候，我詢問其中一位學員：「愛麗絲每個星期都在這裡講課嗎？」

「每個星期二晚上。」一個中年男子回答我。

「她和賈許（Josh）是這裡的台柱喔。」一個女人說。

「可不是嗎！」另一個人用讚美的語調出聲附和。她們提到的賈許，我猜是愛麗絲的男朋友吧。

❖

回家的路上，我思忖著，這些經驗真是太新鮮了。在倫敦安穩地生活了那麼多年，平常習慣的回家路線是從酒吧出來後，踩著垃圾滿地的人行道回家，今天的我卻是從禪修中心出來，走在一條路旁草皮都修剪得整整齊齊的大街回家。平常代步的交通工具，也從擠得要命的地鐵，換成了閃亮的銀色賓士 SLK。

安靜的夜色中，傳來一聲響亮的車門解鎖聲。我順著聲音的來源望過去，發現是愛麗絲。

「謝謝妳的課程。」我試著不要表現得太殷勤，不過還是期待她會說點什麼。沒有看到賈許。

她停在車門旁邊，把手中的書往胸前抱緊，身上的銀色飾品在路燈下反射出微光，我還留意到了，她左手無名指上的戒指。「你的口音很好聽，」她露出微笑，「你以前來上過課嗎？」

「沒有，是第一次。」

「你的第一堂佛法課。」她向我靠近了一步。

昏暗之中，她藍色的雙眼清澈得像是能夠透視人心。而這雙眼睛正盯著我看。我被看得有點不好意思。這一刻我又聞到了雞蛋花細緻的香氣，縈繞在夜晚的空氣裡。這香氣讓我回想起另一次邂逅。

「課程內容符合你的期待嗎？」她問。

「我沒有特別期待什麼。不過內容很有趣。」

「那就好！」

「我以為會看到格西拉。」

「格西拉？」她的語氣很驚訝，「他只教修習金剛乘的弟子。」

我不知道這些人是指誰，不過聽起來蠻神祕的。我一定是露出了困惑的樣子，因為愛麗絲接著對我解釋，格西拉大部分的時間都獨居在中心後院對面的一個房間裡。

「他只有在指導比較資深的學生時才會離開房間，大部分的時候，他幾乎是處在半閉關的狀態。」

「真的嗎？妳的意思是說，來禪修中心也不一定會看到他？」我問。

「很多人都試過了，」她笑著說，「不過有位專門照顧他的女士，明太太。她很嚴格，不讓任何人接近他。」

我回想起兩天前來這裡拜訪時的情景：明太太溫暖地歡迎我、送我禮物，還說要幫我洗衣服；格西拉主動出現在面前，我連問都不用問。我一點兒也沒察覺格西拉其實生活得像個隱士，截至目前為止，每次碰面都是他主動跟我接觸的。

「就連找他聊佛法也不行？」我堅持，「不能帶他出去喝杯咖啡聊聊天嗎？」

「要是可以的話就太棒了！相信我，這裡大部分的學生會願意花上一個月的薪水，只求能去幫他的房間擦地板。」

「沒想到是這樣。」我還不知道該怎麼看待這個情況。

愛麗絲帶著嬉笑的神情看著我，她的凝視如同海洋一般，我難以抽離與她相視的目光——被她浩瀚的藍色眼珠凝視時，我感受到了一種莫名的親密感。

「你知道很多格西拉的事嗎？」她問。

「我只知道他一九五九年從西藏流亡，」我期待她會告訴我更多關於格西拉的事。這樣她就會留下來和我多聊幾句話了。

「格西拉是禪修中心的學生們對他的稱呼，」她說，「這是一種敬稱，因為他是一位格西（Geshe）——格西就像是佛學的博士學位。所以很多高階的喇嘛也會被尊稱為格西拉。」

「我還以為他只是一位普通的出家人。」

「喔，他是很傑出的。」她的語調裡有種溫暖的敬意，「他在色拉傑寺取得最高等級的格西學位之後，還去牛津大學取得了比較宗教學的碩士學位。有很長一段時間，他在印度最有名的兩所密宗學院的其中一所擔任住持。」

她說得越多，格西拉對待我的方式就越是讓我感到驚訝。想到自己只把他看成一個普通的出家人，也覺得有點不好意思。「那他在洛杉磯幹嘛？」我說出了心中的疑問。

「這是個好問題。」愛麗絲說，「他說，他來這裡，是為了某個特定的目的。不過到目前為止，都還沒有人真的弄清楚那個目的是什麼。」她看向我的眼睛，我試著堅定地回視她。「重點是，格西拉受到極度的尊崇，不只是因為他的頭銜，還因為他擁有……非常特殊的視野。」

「妳的意思是說，他是類似瑜伽行者那種人物嗎？」我問，「還是天眼通之類的？」

「這麼說好了，」她轉身打開車門，慎重地把手上的書安放在後座，「他擁有的能力，是遠超越於一般人之上的。」

我能感覺到，我提到天眼通這種字眼，讓她的態度變得有些收斂。她不太願意深入這些話題。

「妳是……專職教禪修的老師嗎？」我問。這時她正把後座的車門關緊。

「噢，當然不是！我很喜歡講課，不過我的工作是科學方面的研究。」

「我也是！」

一道互相認可的電流穿過我們彼此，儘管我的似乎比不上她的明亮。

「哪一個領域？」她想知道。

「奈米科技。」至少這一次，我希望這幾個字不會成為對話終結者。

不過，這幾週來，這是第二次，當我說出這個名詞之後，對話沒有就此終止。如果我沒會錯意的話，愛麗絲的反應似乎還比格西拉更熱絡一點。「如果你對佛法有興趣，量子物理學是一個很棒的領域，」她說，「這兩者之間有很多概念是方向一致的！」

「我剛剛才開始發現到這件事。妳的研究領域呢？」

「我在南加大的『心智與身體實驗室』工作。我的研究計畫主要是在探討靜心冥想的效應。」

突然很想打哈欠，我勉強克制下來，覺得很尷尬。「真不好意思！」我對她說，「通常都是我說了奈米科技這幾個字之後，別人會對我打哈欠！跟妳的研究主題一點關係都沒有——」

「上課的時候我就注意到你在打哈欠了。」她同情的表情反而讓我覺得更不好意思了。

「最近睡得不太好，」我承認，然後試著把話題帶回原來的軌道上，「妳進行這樣的研究主題是因為——」我指了指禪修中心。

她搖了搖頭，「剛好相反。我是因為冥想才開始接觸佛法。很多人都是這樣。你也知道，我們的科技是到了最近幾年，才發展到有能力證明佛法帶給人們的好處。」

「聽起來很有趣。」

「是的！」她清澈閃耀的目光盯住我的眼睛，「我們對很多冥想中的人的大腦進行了功能性磁振造影，可以即時觀測不同類型的思想會讓大腦產生什麼樣的影響。」

我晃了晃我的頭：「真希望我的研究也可以這麼……看得見摸得著。」

「有空來實驗室看看，」她把手伸進駕駛座，拿出皮夾，從裡面掏了一張名片給我，「我帶你到處逛逛。再把賈許介紹給你認識。」

❖

沒多久後我回到家裡，盯著電話機看。輪到我該打電話給伊莎貝拉了，想到要做這件事，心裡就五味雜陳。因為她要搬去納帕吵的那一架導致的芥蒂還沒有完全消融，也讓我們的關係出現了不同的調性。我們之間還有很多話沒有說清楚。這是第一次，我們沒有跟對方分享自已真正的感受。

她去上六個月的課程對我來說感覺已經像是無期徒刑了，再加上倫敦發生的那些事，我意識到，局面很可能會變得越來越糟。每一次我走進廚房，看到的景象總是會再提醒我一次這些事。

之前的週末伊莎貝拉打電話回來過，我們生硬地聊了一下。她很明顯地處在高壓狀態中，因為訓練過程要求她們記住一頁又一頁有關各種葡萄品種的資料，「我已經很多年沒有這樣死記硬背過了，」她告訴我，「大學畢業之後就沒有。我真的覺得好難。」

「不過聽起來妳學到很多東西。」

「我現在總算知道，原來自己懂的東西那麼少。」她不接受我的鼓勵。

「當妳真的開始深入一個領域的時候都是這樣的。剛開始的時候，妳不知道自己不知道什麼。不過，」我提醒她，「朱力歐會為妳感到驕傲的。」

想到朱力歐，我們兩個人都沉默了下來。伊莎貝拉的知識領域正在持續擴充的同時，朱力歐以自己個人的經驗建立起來的世界，就開始顯得相對渺小。當伊莎貝拉對葡萄酒的理解變得越來越豐富、建構起越來越細緻的層次時，朱力歐個人的智慧所展現出的色彩，也將無情地逐漸淡去。

伊莎貝拉告訴我，她的母親還是打不定主意該拿那些過期帳單怎麼辦。她打電話給所有帳單上的公司，最後發現，除了其中一張帳單以外，其他的帳單已經全都付清了。唯一一張還沒有付的，是倫敦電力公司的電費帳單，隔天才到期，所以她順手付了電費，同時也鬆了一口氣，因為朱力歐雖然沒把帳單歸位，但至少大部分的帳單其實都已經付清了。

只不過，到了隔天，朱力歐衝進客廳，手上揮舞著一張電費帳單，她尷尬地接受他的質問。朱力歐說自己向來都是等到最後一天才付電費，所以，他打電話給電力公司時，卻發現電費已經繳清了，他問蒂娜，知不知道是誰付了電費的？

蒂娜不得不坦露實情。結果兩個人之間爆發了激烈的爭吵。無論蒂娜如何為自己辯解，說明她只是想幫忙，朱力歐卻重複地跳針，執著地認定蒂娜就是不信任他、她一定是覺得他的腦袋已經不靈光了。「我只是想不起來布魯克伍德莊園的葡萄酒名，不代表我的腦子已經不行了！」他吼完之後氣沖沖地離開家裡。

我從來都想像不到，一份位於達利奇鎮上的電費帳單，這種枝微末節的小事，竟然能夠對遠在加州的我們兩人造成如此巨大的影響。偏偏現實就是如此。後來蒂娜又提到，在一個老客戶提醒朱力歐他預約的時間之後，朱力歐長篇大論地斥責了對方，認為對方把自己當成小孩子看待，還生氣地質問對方，是不是已經把自己看成神智不正常的人了。這位老客戶被罵到都愣住了。自此，所有我們對朱力歐的樂觀期待，變得越來越難以維持了。

這一切，都把我和伊莎貝拉逐漸導向一個我不願思考的話題，反正大多數時候我也都太忙了，無暇深究。只是，現在的我不能繼續迴避打電話給她這件事了。看了看手錶，才剛過晚上九點。我猜她可能還在研習中心，不過試一試無妨。

電話接通後，響起的是答錄機的聲音，我並不意外。九點半、九點四十五分又各打了一次，結果一樣，我還是不意外。到了十點十五分，她還是沒接電話，我就開始覺得奇怪了。伊莎貝拉跟我都不是夜貓子型的人。我們向來都在十一點以前上床睡覺，有時候甚至更早。

胡亂轉台了好一會兒，我放下電視遙控器，從沙發上站起來，走進廚房，從冰箱裡拿出一瓶啤酒。我的腦袋裡已經開始緊張地構思起我們之間的對話，儘管我很清楚這種對話最好是在一個比較輕鬆的心態下進行。我猜想著伊莎貝拉會怎麼回我，我又會怎麼回她，然後我又在腦海裡把所有這些想像的對話又反芻了一遍。

十點二十分，沒接電話。十點二十五分，還是沒接電話。

終於，十點三十分，電話只響了兩聲就被接起來。說話的人有法國口音，應該是柯萊特。我表明身分，說我是伊莎貝拉的未婚夫，從洛杉磯打來，她的反應似乎有點驚訝。她的語氣裡感覺上還有些別的什麼，是批評？還是告誡？我是不是太過敏感了？

「她在嗎？」

「她不在。我也才剛到家。」

「她還在研習中心嗎？」

「研習中心十點就關門了。」她遲疑了一下，接著說，「我一整晚都在那裡，可是我沒有看到她。」

「噢。」我還在琢磨這句話的意思，她又對我說：「你有試過打電話到保羅那裡嗎？」

「沒有。」她的建議有股漫不經心的味道，讓我覺得有點心煩，「我沒有他的電話號碼。」

她很快地吐出了一串數字，要不是她記得很牢，就是這支電話號碼就寫在電話機旁邊的某個地方。我從流理檯上抓了一支筆，潦草地把這幾個數字抄在一個信封的背面。

「要留話給她嗎？」她問，看來是想掛電話了。

「嗯——」突然被這麼一問，我反而不知道要說些什麼。「能不能讓她知道我有打電話過來……」

掛掉電話之後，我又打開了另一瓶啤酒，開始思考起有關保羅的事。這傢伙是什麼人？我知道他是讀書小組的組長，可是都十點半了，她還在他家幹什麼？這真是一件我極度不願意思考的事。也許正是因為這樣，我反而想個不停。

我看著信封上那幾個數字。保羅的電話號碼。已經過了十點半了，我現在要打電話過去嗎？如果讀書小組正在熬夜用功呢？打擾他們用功，大概又會多一件讓伊莎貝拉對我不爽的事。我可以再等半小時看看。可是如果他們其實早就結束了呢？我打電話去吵醒保羅的話，伊莎貝拉應該也會因此不高興的。

剛才在電話裡，我應該問問柯萊特，讀書小組幾點結束的。可是她一副很想趕快掛我電話的口氣，我也不想再打電話給她。我也不想打電話給保羅。

我又灌了一口啤酒，本來是想打電話過去讓伊莎貝拉開心一下的，得到的卻是如此令人掃興的結尾。苦等了一個半小時之後，能夠證明我的用心的，只有三個空的啤酒罐，和一大串得不到答案的疑問。這些問題只能等到明天才有解答了。我打定主意，明天一大早，起床的第一件事，就是打電話到伊莎貝拉住的地方。

一會兒之後我爬到床上，鑽進被子裡，檢查完鬧鐘，正準備關燈的時候，我看見明太太送我的那一串念珠。從我帶它回家的那天起，就一直把它放在床頭櫃上。它對我來說像是個謎。我不假思索地拿起那串念珠，讓那些珠子滑過我的手指。如同第一次觸碰到它們時，那種奇妙的安心感再次油然而生。熄燈之前，我把念珠塞進了我的枕頭底下。

❖

夢境：今晚的夢跟之前一樣逼真、一樣恐怖。我不斷滑落，坡面潮濕又冷硬，我掙扎著，想找到可以抓住的東西，我知道我必須想辦法拯救自己。一瞬間我意識到——我正順著一大片冰塊往下滑。它微微往我的方向翹起，所以不是一片完全擋不住的滑坡，只不過當我湧現了也許真的可能得救的感覺時，緊張感反而更深了。

起初，這個新的發現似乎能夠帶來一些改變，或許我有機會拯救自己，不至於滑入被遺忘的深淵之中。只不過當我抓抓爬爬努力想要站起來時，這個新發現其實對情況沒有造成任何改變。我的身體持續失控地往下滑，絕望地想找到一個可以踩住的地方。我手腳併用，想用四肢把身體撐起來，結果只勉強伸長了脖子，讓頭探入漆黑的空中，然後聽到那陣邪惡的呼嘯聲。

顛顛撲撲沿著冰面往下滑，再一次，我意識到自己要超過那個無法回頭的臨界點了。同時我也意識到，如果今晚我能拯救自己的話，我就再也不用經歷同樣的事了。只是知道這些也沒用。冰面上的我手腳亂踹亂踢，耳裡聽見鮮血在血管中轟隆隆的雷鳴，我無論怎麼樣就是停不下來。越滑越遠、越滑越遠。終於，我逾越了那道邊界。

栽入一片漆黑之中。

我持續直線下墜了好一會兒，純粹的驚恐占領了我。神奇的是，我的腳突然踩到了地面，找到了一小塊可以踩得住的地方，我搖搖晃晃地撐在那裡。這個立足點並不穩定，隨時可能再摔下去。那陣不祥的呼嚎又變得更大聲了。

我知道這只是暫時喘口氣。我腳下的立足點脆弱不堪，支撐不了多久。被駭人的黑暗所包圍，我突然想起，有件事情非常緊急，我必須完成它。不過，是什麼事呢？該怎麼完成？還有，到底為什麼這一切會發生在我身上？

❖

早上七點，我最早也只敢這麼早打電話了。我按下接通伊莎貝拉公寓的電話號碼。接電話的人是柯萊特，聽起來像是還在半睡半醒的狀態。

「又是我，馬特。」我說，「我能跟伊莎貝拉說話嗎？」

「我看看她在不在。」

我試著想像伊莎貝拉公寓的樣子，卻半點畫面也沒有，這種感覺很差勁。既不知道她在什麼地方上課……也不知道她睡覺的地方是什麼樣子。我努力想像一個我不曾造訪的城鎮、一間我不曾造訪的公寓裡面，一個我不曾造訪的房間。柯萊特敲著房門。伊莎貝拉從一張我不曾和她共享的床上醒來。

「她不在。」柯萊特的聲音突兀地打斷了我的想像。「你有打電話到保羅那裡嗎？」

「我不想打擾讀書小組用功。」

「第一次的團體作業已經結束了。」我幾乎可以感覺到電話另一頭的法式聳肩，「你現在打過去看看。她可能還在他家。」

我愣住了。掙扎著想要理解這句話的意義。「還在他家，是什麼意思？」

喀的一聲，電話已經掛斷了。

我坐下來，瞪著話筒發呆。我試著說服自己，一定有個正當理由來解釋這件事的。只不過，如果第一次的團體作業已經結束了，那她一整晚待在保羅家是為什麼？

真的是我想的那回事嗎？

07

丹增．多傑
西藏，羌塘省

那塊小牧場的對面，有個女人對著這邊大喊：「我們來了！嘉措太太！對不起來晚了！」她打開了隔開自己家和嘉措太太院子的木門。後面跟著她的丈夫和兒子。他們三人一直從自己屋裡察看著所有的情況。

這三個人突然出現，士兵們嚇了一跳。負責指揮和監視嘉措太太的那個士兵，舉起手槍對準這三人。不過就算天色很暗了，他也看得出來，他們只是幾個無害的村民。女人捧著一個盤子，上面蓋著一塊餐巾。她身後的兩個男人懷裡都抱滿了柴火。

士兵咕噥了一聲，把嘉措太太推倒在地上。嘉措太太蜷縮起身體，用手抱著被撞擊的肩膀。「我們會一直盯著妳，」他對她咆哮，「還有你們全部。」他威脅地用槍口掃過嘉措太太，和她的鄰居們。「我們隨時都會出現。你們哪個人敢犯法給和尚吃東西，我們就槍斃你們。」

他把手槍插回槍套裡，轉頭看向他的兩個同夥，作手勢要他們離開柴房。

看著兩個士兵轉身走出柴房，走回停放摩托車的地方時，我們大氣也不敢喘一口。

他們還沒打算要走。還在耗著。他們其中一個人，黑色的皮製頭盔和臂章讓他散發出一種邪惡的氣息，他走向鄰居太太，翻開了盤子上面的餐巾。

他一聲不吭就抓起一顆餃子，咬了一口，然後啐到地上。

「西藏垃圾！」他叫囂起來，用力對盤子甩了一掌，盤子噴飛到黑夜的半空中，粉碎在石頭路面上。我怒不可遏。這位鄰居太太，就像我的母親一樣，用心花了好幾個小時的時間，為家人準備好晚餐。她和她的家人是那麼地勇敢，走過來假裝成嘉措太太的訪客。現在她苦心準備的晚餐被糟蹋了，還得忍受這個壞心士兵的羞辱！

憤怒從我的內在猛然升起，同時間，我也感覺到慈仁喇嘛用手捏了捏我的肩膀。我知道他的意思：要保持智慧。

鄰居太太僵在原地，臉上爬滿了驚嚇和痛苦，另外兩個士兵在一旁咯咯笑著。他們大搖大擺走回摩托車，引擎聲轟隆隆響起。宛如地獄來的魔鬼，車子發出噪音和黑煙，他們騎上繞著山腳的小路，終於離開了。

有好一陣子，每個人都保持靜止不動。我們必須確認那群士兵不會再回來。隨著摩托車引擎聲漸漸淡去，被捉到的威脅才慢慢消退。我們幾乎不敢相信，自己逃過了一劫。就我自己而言，我已經嚇得全身麻木了。

嘉措太太是第一個開始有動作的人。蜷縮在地上的她，先是慢慢跪著撐起身體，然後掙扎著想要站起來。她仍然用一手護著被士兵打過的肩膀，顯然還是很痛的樣子。

鄰居太太急忙走過去攙扶，幫忙她站起身，嘴裡低喃著安慰的話語。慈仁喇嘛要我們繼續等待，過一會兒再從柴房後面出來。

不知道接下來會怎麼樣。我知道我們不可能留下來了，而且鄰居們還得幫忙照顧嘉措太太。我還惦念著灑了一地的食物。我的肚子告訴我，如果我們幫忙把那些吃的撿起來，說不定鄰居們會允許我們把它們帶走。

慈仁喇嘛從柴房後面走出去之後，嘉措太太臉上的表情，就足以讓我明白，我們要求的已經太多了。才沒多久之前，她友善溫暖、熱情歡迎我們的表情，現在已經截然不同。強烈到無法掩蓋。看著她的神情，我心中一陣刺痛。嘉措太太瞪視著慈仁喇嘛的目光中，充滿了恐懼。

「真的很抱歉。」慈仁喇嘛從柴房後頭走向被鄰居攙扶著的嘉措太太，才走到一半，就彷彿被什麼隱形的東西擋住了似的，只能停在半途中，「有什麼能幫忙的嗎？」

嘉措太太搖頭拒絕。晚餐被灑了一地的鄰居太太，則是尷尬地別過頭去。丈夫和兒子低頭盯著地板。

「那我們馬上離開。」

「謝謝你。」

幾個人很明顯都鬆了一口氣。他們雙手在胸口合十，簡短向喇嘛鞠躬，喇嘛也向他們道別。然後他走回來帶我們。

我們跟著喇嘛走上了進入山區的那條路。一步步踩在狹小的山路上，繼續我們的旅程。此時只有幽微的月光指引著我們，誰也不需要多說什麼。

剛剛的遭遇，是從我出生以來，所經歷過最戲劇化的場景了。我一點都不懷疑，如果剛才被紅軍抓到了，我們大概已經死在他們的槍下了。最起碼，也會被毒打一頓吧。我想起坐巴士途中遇到的寧瑪派比丘，和他殘破的身體。他背上裂開的傷口露出脊椎骨的景象。他瘀青的下巴和碎光的牙齒。我想著，比起遭受酷刑之後痛苦地慢慢死去，被槍殺死說不定還痛快一點。

我們沿著光禿禿都是岩石的山路一步一步往上爬，我腦海中不斷重播著今晚遭遇過的每個畫面，從巴登．旺波聽見摩托車的聲音開始，到嘉措太太看到慈仁喇嘛從柴房後面走出來的表情。

回想這一切，我無法相信，自己真的置身其中——竟然是我，丹增．多傑，遇上這種千鈞一髮、差點被中國士兵抓走的險事，現在還忙著連夜逃進喜馬拉雅山區。不過才三天前，我還只是一個普通的小沙彌，每天用功唸書、禪修、在正波寺裡幹著最基本的活兒的小沙彌。在那樣的環境下，很容易就以為，自己已經逐步練就了一份沉穩的底氣，無論什麼樣的風浪或打擊，憑著我的精神鍛煉和禪修功夫，再大的事也可以像氂牛皮上的水珠一樣，輕輕一揮就能抖落。

不過離開正波寺也才一天的時間，眼前我已經心煩不已。由於剛才的事件，憤怒和恐懼在我心裡翻攪著。我為嘉措太太和她的鄰居們感到傷心，因為我們的出現害他們受苦了。更令我難受的是，我非常懊悔自己無視慈仁喇嘛的明智判斷，聯手巴登．旺波說服他讓我們進村子裡。

現在我認清了，我自認為的靈性成長，不過是溫室裡的花朵。一旦離開了安全的溫室，我對事情的反應跟一般人幾乎沒有兩樣。

我發現自己開始思索跟業力有關的問題。假如嘉措太太肩膀被打傷是因為她的業力，那麼，如果我們沒有去她家，她也還是會被打傷嗎？中國士兵還會出現嗎？他們會不會刻意找碴，然後再打傷她？

如果今晚我們沒有出現，說不定，鄰居太太也會在自己家裡把晚飯燒焦——無論如何，結局應該都一樣。

然而這種思考方式很快地就陷入了困境。我的頭腦開始玩起了它的老把戲，各種找理由、合理化，只是想讓自我感覺舒服一點。我想起某一年夏天，有天清晨，我們坐在正波寺的院子裡，慈仁喇嘛手裡握著一小把黑芝麻。

「看到了嗎？」他把手往前伸，好讓我們看清楚他手心上的那些小黑點。「它們就像是惡業。如果你們不把它種進土裡，它們會長大嗎？」

「不會，喇嘛。」

「如果我把它們埋進土裡，但是不澆水，它們會長大嗎？」

「不會，喇嘛。」

「如果我把它們埋進土裡，幫它們澆水，可是從來不讓它們曬到太陽，它們會長大嗎？」

「不會，喇嘛。」

「業力也是一樣的——無論是惡業或善業。需要有特定的因緣條件，它才會成熟。因緣不具足，它不會結出果實。所以說，我們要盡力免除讓惡業成熟的因緣條件，同時全心全意促成讓善業成熟的因緣條件。」

你看吧，我罵自己，是我們創造了讓惡業成熟的因緣。假如我們沒有求慈仁喇嘛讓我們在村子落腳，而是像經書上說的，遵照上師的領導，現在我們就不用這麼狼狽的漏夜爬山了。

❖

我們連續往山上爬了好幾個小時。我身體裡的腎上腺素老早就耗光了，現在滿腦子都只想著吃東西。進去村子裡之前，我們就已經餓了很久了，現在又辛辛苦苦爬了好幾個小時的山，我真的好餓，我的手臂開始發抖。

我試著用別的事情來分心。默念起在正波寺裡學到的最長的偈文，我挑戰自己從第一個字默背到最後一個字。可是才默背沒幾句，我就想起了嘉措太太廚房裡糌粑的香氣，不然就是那些被翻倒在地上的餃子。我改成默念咒語，解開纏在手上的念珠，開始誦念喚起善因緣的咒語。

就連唸咒語也沒用。我又試著在心裡回想「晝夜搖滾」的每一句歌詞。然而無論我怎麼轉念，我的心思最後都還是轉回到食物上面。我想起每次家裡有比丘和像我們這樣的沙彌造訪時，媽媽會準備的大餐。想起每次從其他寺院，比方說哲蚌寺或色拉傑寺，有高階的喇嘛來訪問正波寺時，我們特別為他們準備的餐點。

走在我前面的巴登·旺波雖然一句話也沒說，從他走路的樣子來看，我知道他也很餓很累了。只不過發生剛才那樣的事情之後，我們倆就算累垮，也不敢再央求慈仁喇嘛改變計畫了。

等到慈仁喇嘛終於停下腳步時，根據月亮的方位，我推測大約是深夜十一點了。我們走到了一塊稍微高起來的小空地，三面都有大岩石包圍。

「在這個地方歇個腳、吃點東西應該不錯。」慈仁喇嘛說話的語氣，像是我們不過才上山散步了二十分鐘似的。但光是聽到他的聲音，我就能打從心底感受到安心和暖意。

我們很快地找了一塊岩石安頓下來。用不著別人催促，巴登・旺波和我就忙著準備起食物來。我們迅速地解開了行囊，掏出小包裝的鷹嘴豆，豆子塞進嘴裡。我們一邊嚼著，一邊瞅著身旁的彼此。這麼直接就把鷹嘴豆塞進嘴裡，是我們從來沒想過的吃法。通常，我們會把它跟番茄和香料燉煮在一起。但是今晚我們顧不了那麼多了。此刻這一把完全沒有調味的鷹嘴豆，嚐起來比我記憶中所有的美食都還要好吃。我前一口都還沒吞下去，手又抓了另一把湊到臉前，嚼個不停，再配著水壺裡的水猛灌一大口。巴登・旺波和我狼吞虎嚥的樣子，跟野獸差不多。

一道彎月將月光輕輕灑落，坐在我們對面的慈仁喇嘛，雖然不像我和巴登・旺波吃得那麼急躁，卻也沒有矯飾自己的飢餓。看他細心地把乾的鷹嘴豆和煙燻魚片混在一起，專注咀嚼著食物的模樣，讓我忍不住想到，上師的年紀是將近我的四倍，可是他的體能卻比我好得太多了。當然，我知道這是為什麼。那是來自於他的心念的力量。他如此自制、如此堅強，不像我們，他禁得起最嚴酷的逆境，也不會因此失去他的冷靜沉著。又抓了一把鷹嘴豆塞進嘴裡，我心想，希望自己有一天也能像慈仁喇嘛一樣。

直到飢餓感最難受的部分被填平了之後，我們才開始有餘裕思考食物以外的事。巴登・旺波用手背抹了抹嘴，抬頭看著慈仁喇嘛，開口說道：

「對不起，我不應該求您讓我們在村子裡停留的。」

慈仁喇嘛還沒回答，我也搶著開口道歉：

「我也要說對不起，喇嘛。」

油脂沿著我的手臂內側往下流，我嘴裡還有半口沒吞下去的煙燻魚片，我並不想這麼失禮，雖然我知道，我應該像巴登．旺波那樣，先把食物吞下去再道歉的。

「是我決定要停下來的。」慈仁喇嘛看著我和巴登．旺波，表情有些糾結。

「我一直在擔心，我不過才離開正波寺一天——」巴登．旺波接著說，「就已經闖禍了。可憐的嘉措太太——」

「對啊，我也一直在想業力和因緣的事，」我插嘴，連珠炮一樣打開話匣子，「還有——」

「我們造下了那麼多惡業，」巴登．旺波接過去說。我沒有這樣想過，不過被他這麼一說，我意識到他說的也對。

「肯定是——」

「孩子們！」慈仁喇嘛打斷了對話，用一種我們很熟悉的逗弄我們的表情，輪流看著我和巴登．旺波，「你們知道自己的問題是什麼嗎？」

我們倆認真地看著他，嘴裡還嚼著食物，然後搖了搖頭。

「雜念太多！」

這不是他第一次對我們說這句話了。事實上，幾乎每個禮拜我們都會聽到他這麼提醒我們。

「有一個故事，裡面有兩個小沙彌，他們離開了寺院，就像你們倆一樣。」

慈仁喇嘛永遠都知道吸引我們注意力的最佳方法——講故事。

「他們來到了一條河邊。河邊有一個女人。她和他們一樣，都想過河。可是女人太孱弱了。其中一個沙彌讓女人爬到他的背上，揹著她一起過河。等到三個人都渡過河面之後，他放下女人，和另一個沙彌繼續走上他們的旅程。」

喇嘛把身體往前傾，仔細端詳我和巴登·旺波的臉，「兩個沙彌安靜地繼續走了好幾個小時的路之後，另一個沙彌轉過頭來，對他說：『你不應該揹那個女人過河的。我們曾經受戒，立誓不可以觸碰女人的身體。』這時候，第一個沙彌只回了他一句話：『我幾個小時前就放下那個女人了。』」

慈仁喇嘛要我們花時間自己沉思一下故事的寓意之後，才對我們強調：「讓你的思想糾纏在過去，尤其是一再重複回想過去的壞事，是沒有任何意義的。這種精神活動一點用處都沒有！事實上，它比沒用還更糟糕，因為它只會破壞我們的喜樂。」

我明白慈仁喇嘛不只是在說一個故事，也不只是在說剛才發生在村子裡的事。這也絕對不是他第一次提醒我們這個教訓了——可是我們還是那麼容易就忘記！

「您說的是，喇嘛，」巴登·旺波抵擋不了自己好辯的性格，「可是我們總要思考一下發生在自己身上的事吧，不然我們要如何從中學習？」

「那當然。你們要學著善用分析式禪修。我剛剛指的是缺乏管束的心念。被攪動的心念只會糾纏在沒有結果的幻想和投射裡，即便它總是喜歡披上一件虛假的外衣，認為自己是為了更高的目的。」

巴登．旺波羞愧地別過頭去。一如既往，慈仁喇嘛總是能運用不證自明的真理，一句話就點破看似聰明的合理化說辭。

「可是喇嘛——」我知道自己的論點比巴登．旺波的無力多了，但這是我由衷的問題，「把心思轉去思考業力和因緣條件的問題，比起一直專注在又餓又累的感覺上，不是更好嗎？」

慈仁喇嘛笑了出來。「把對佛法的實踐帶到當下，有更好的方法的。省思你的動機是一個好的開始。你人生的使命是什麼？」

「為了一切有情眾生，」巴登．旺波和我異口同聲，「開悟成佛。」

「那麼，拯救藏傳佛教最珍貴的寶藏，讓它不被摧毀，你們認為這會對眾生帶來幫助嗎？」

「一定會的，喇嘛。」我們答得毫不猶豫。

「你們協助保護的宗派傳承，未來將會裨益無數的眾生。」

「是的，喇嘛。」

「非常好！那麼，接下來的路途上，每當你四肢痠痛，就該想起：『無論我現在吃了哪些苦，都是為了利益無數有情眾生。』如果你餓到肚子疼了，就該想起：『這是一個難能可貴的機會，讓我能夠把佛法帶到紅面人的國度。』每當你累得想要停下腳步，就要堅定不移地立下決心：『我必定要完成這個使命，因為將來，有許許多多的人，要倚靠我把這份無上的教導帶給他們。』」

❖

慈仁喇嘛送給我們的那一番提醒，很快地就有很多練習的機會了。吃飽之後，我們只休息了一會兒，喇嘛就催促我們繼續上路。我們的目標是儘快走到藏著經書的洞穴。只要走到那個洞穴，就可以安全地休息了。只是現在離洞穴還有一大段路，而且我們必須在今晚趕到。

重新開始趕路沒多久，我就感覺自己好像根本沒有停下來休息過。熟悉的痠痛回來了，我的小腿、大腿都痛了起來，再加上吃過了晚飯，疲憊的感覺又更沉重了。我阻止不了自己開始想著，假如當初我決定回到林村的家裡，那我現在就是舒服地睡在床上了。我會一直睡到天亮，而且等我醒來，媽媽已經幫全家準備好了酥油茶和餃子當早餐。

不過，我不讓自己繼續遐想，我開始練習慈仁喇嘛教我們的思考方法。我對自己說，如果當初選擇回家，我就會錯失一個非常珍貴的機會，這是世代以來，只有非常少數的人才能享有的機會。雖然旅途很累人，但是它為我的人生賦予了使命，這是從我告訴母親自己想出家的那一刻起，怎麼樣也想像不到的事。除此之外，如果我回家，那也表示了，我將不得不和上師分開——光是這個理由，就足以讓我繼續這趟旅程了。

我緊跟著慈仁喇嘛的腳步，他的步伐從來不曾拖沓，過了好一段時間之後，我才意識到，我是如此沉浸於沉思自己的動機之中，甚至都忘卻了我的疲累。

❖

我們連夜趕路，雲層漸漸聚攏，看得見的視線範圍變得越來越小，使得旅途又增添了幾分困難。有時候，前面的路像是突然消失了一樣，我們手腳並用地翻過石堆和大岩塊之後，我覺得自己暈頭轉向，完全失去方向感。如果不是慈仁喇嘛帶路，就算只是要沿著山腳下的山路前進，巴登．旺波和我也永遠找不到路。不過慈仁喇嘛似乎已經將這條路線熟記在心了。

禁不住，我的心思又繞到了另一個讓我願意翻越喜馬拉雅山的理由上。「晝夜搖滾」的歌詞不請自來，在我的小腦袋瓜裡迴響了起來。就算我想要對它按下暫停鍵，它還是兀自唱個不停。我不知不覺琢磨起那個以前也常常好奇的問題：那句歌詞到底是什麼意思？打從拉薩來的比丘把歌詞抄給我的那天起，我就經常默默好奇這個問題。我沒有去問喇嘛，因為我知道，自己應該專心學習佛法，而不是把心思花在搖滾樂上。

只是今晚，也許是因為我太累了，那首歌又一直在我腦中唱個不停，讓我有個衝動，非得找出答案不可。

「喇嘛——」我們在喜馬拉雅冰雪覆頂的高聳群峰包圍下前進，在快要爬上一座山頭的頂峰時，我問，「『glad rags』這兩個英文字是什麼意思？」

「哈！我一直在想你什麼時候才會問呢，」他這麼說。我知道他其實一直都有察覺到，我老是想著這首歌。「丹增．多傑，我只怕我沒有答案可以告訴你。」

「可是您是英語專家！」我抗議。

「我只是比起其他比丘多懂了一點，不代表我就是專家。」儘管他這麼回我，我還是看得出來他被我逗得很高興。過了一會兒，他說，「可能『glad rags』不是很正規的英語。也許是某種口語的說法，我沒學到過。glad 的意思是高興的，rags 是破布條，會拿來擦窗戶的那種。這個詞的上下文是什麼？」

「Put your glad rags on and join me, hon,（穿上你的華服加入我，親愛的）
We'll have some fun when the clock strikes one,（時鐘敲響一點時，讓我們享樂吧）」
能夠從嘴裡大聲說出這幾個字，我有種好不容易把囤積在身體裡的壓力釋放掉的感覺。

我們又繼續走了好長一段路。高興的破布條？聽起來一點道理都沒有。接著我想起有一次，看到一個印度舞者經過林村的事，所以我問喇嘛，「『glad rags』會不會是類似女生跳舞的時候用的那種紗巾啊？」

「有這個可能。」喇嘛說。又過了一會兒，「等我們到了印度，我希望有人可以告訴我這整首歌的意思。說不定我還可以再看一次那部電影。」這個願望是我偷偷在心裡藏了很久的祕密，我第一次對喇嘛說出口。

雖然說這個願望對喇嘛來說應該不是什麼猜不到的事，但是他的反應卻讓我十分意外：「丹增．多傑，我向你保證，離開西藏以後，你想要有多少張比爾．哈雷和他的彗星的唱片都可以。」

「真是太棒了！」

「不。這沒什麼棒不棒的。這只是你的業力。那天晚上，有幾個人去看了電影？」

「大概四十個。」

「那其中有幾個人每天在打掃庭院的時候，嘴裡會唱著『晝夜搖滾』的主題曲？」

原來喇嘛都聽到了！我愣了一下，然後說：「只有一個。」

「這說明了什麼？」

我還來不及張嘴，巴登．旺波就幫我回答了，「『晝夜搖滾』本身並沒有任何固有的吸引力，是丹增．多傑的業緣讓他覺得它很吸引人。」

「正確，巴登．旺波。」

今晚是一個相當考驗體力極限的夜晚，我盡了最大努力想要忘卻比爾．哈雷，專注在佛法的修行上。昨晚在公車上幾乎一整夜都沒睡，現在的我早就累過頭了。一路上喇嘛只短暫停下來休息了幾次，我差不多已經認命，覺得我們註定要走上一整晚了。所以，黎明前幾個小時，喇嘛停下腳步，轉過身對著我們，手指向山路旁邊不遠處，岩石坡面的一個大岩縫時，我很驚訝聽到他說：「那就是我們的目的地。」

根據月亮的位置，我猜現在差不多凌晨三點了。我們爬出了山路之外，沿著那一大片岩石坡面底部的邊緣慢慢爬過去，我嘟囔了一句：「我還以為我們會一直走到天亮呢。」

「那太危險了。」喇嘛說，「清晨和黃昏，是紅軍最有可能襲擊的時刻。」這可能是喇嘛研究游擊戰術的時候學到的吧，我猜想。

這片岩縫外觀上看起來，跟我們沿途在山上看到的其他岩石夾縫幾乎沒什麼分別。這一帶的景色也非常不起眼，完全不可能引起任何特別的注意。就在岩縫旁邊，長了一棵有點歪斜的白樺樹，把兩塊大岩石之間的岩縫遮住了一半，讓人無法一眼看出岩縫的深度，事實上岩縫裡面有好幾碼深。喇嘛的腳踩到岩縫底部時，他把手伸進袍子裡，掏出一盒火柴，遞給我，要我攀著樹幹往岩縫的高處爬。他告訴我，往岩縫上方爬上去一點，會在左手邊看到一個小窟窿。等我爬到那裡了，就告訴他。

這時我的四肢都已經痠痛得不得了，我唯一想做的事，就是坐下來休息，不過我還是遵照了上師的指示。我想像他也曾經做過同樣的事，這些想法讓我把自己的虛弱暫時擱置在一旁。慈仁喇嘛，正波寺裡除了住持之外地位最崇高的喇嘛，也得跟猴子似的在岩縫爬上爬下！

「跟猴子似的！」喇嘛從下方逗我，溫和地教訓了一下我的胡思亂想，提醒了我他的他心通神力。

「喇嘛對不起，」我咕噥一聲，挺直了身體，用背頂著石縫的一邊，兩腳推向對面的岩石，再利用樹幹的支撐，把自己往上挪。

石縫很高——我至少往上爬了六呎或八呎，才看見對面那塊岩石上有一個缺口。天色很暗，看不清楚缺口有多深，我有點害怕。不過我信任喇嘛的指示，所以我把腿伸進去，扭著身體爬上了那個窟窿，然後才放掉樹幹。

「我上來了。」

「很好。」他在下面輕聲回答，「現在，你趴下來，往跟我們所在的位置相反方向爬，爬到窟窿的最裡面。你可以點一根火柴，確認沿途沒有障礙物。」

點亮火柴，我周圍的一切突然都亮了起來，浸沐在琥珀色的光暈裡，我看清楚自己正身處在一個類似隧道的地方。我趴著的地方，上方的空間還蠻高的，我可以輕鬆地跪在膝蓋上往前爬，不過再往前一點，它就慢慢變窄了，類似甜筒的形狀，只剩下一半的高度，寬度也只有幾呎而已。沒看到蛇或是老鼠一類的小動物，不過這裡的空間也不大就是了。這就是我們三個人要一起過夜的地方嗎？

「這裡沒有什麼障礙物，喇嘛。」

「爬到窟窿最裡面，最窄的那裡。」

又往前爬了一點，我爬到了喇嘛要我去的地方。在我身後，可以聽見巴登·旺波正沿著岩縫往上爬。

「等你爬到最深處，可以摸到盡頭的那塊岩石的時候，順著往上摸到最上面的右邊，在那裡撈一撈，看看能不能找到一條皮繩。」

喇嘛提到皮繩的時候，我已經差不多猜到是什麼意思了。慈仁喇嘛真是又一次讓我大開眼界了。在我的家鄉林村，村民們用犛牛皮製作門把是很常見的事。若是比較小型的木門，村民會直接把皮革握把釘在木門的外側，換作是比較重的門，那皮革就會釘在門的內側，用露出來的那截拖拉門片。一片漆黑之中，我用手指感覺著周圍的空間，心裡想著，也許現在這個石頭窟窿不是今晚的結局。

岩石的表面凹凸不平，所以我花了一些時間才摸到皮繩。剛摸到的時候，覺得皮繩又乾又硬，感覺像是卡在石頭裡的樹皮。如果不是因為喇嘛告訴我要找皮繩，我大概永遠也不會發現它。這真是藏得太隱密、太巧妙了。

「我找到皮繩了。」我告訴喇嘛。

喇嘛安靜了一會兒，才低聲說道，「你一定知道怎麼做。只不過拉的時候要小心。那塊石頭很重。」

雙手一起握緊了皮繩，我使盡了全身的力氣，用力一拉。一開始，石塊文風不動。接著，突然一個踉蹌之後，我吃驚地感覺到，當我把皮繩往我的方向拉時，石頭開始像個輪子一樣，滑順地滾動起來。這時巴登．旺波從背後伸過手來，幫忙我把石塊一起移到一邊，這樣我們才能爬過去。

一鑽進去，立刻就感受到一陣溫暖的空氣撲面而來。在伸手不見五指的情況下，實在弄不清楚這個新的入口周遭是什麼情況，只知道它也像一個隧道一樣，持續往前延伸。

聽見慈仁喇嘛也從岩縫爬上來的聲音，我小心翼翼往前摸索，對著前方漆黑的空間先伸出手探一探，再一寸寸地匍匐前進。這個入口非常狹小，不過等到身體都通過了之後，很快地就有足夠的空間把身體用手和膝蓋撐起來，這樣要前進就容易多了。

我感覺到後面的巴登．旺波也鑽過入口了，接著是慈仁喇嘛。我停住不動，不確定下一步該怎麼走。這時我聽見左邊傳來一個木箱被掀開的聲音，慈仁喇嘛點亮了一根蠟燭，站在我們旁邊。我和巴登．旺波這時都還是用四肢跪地的方式趴在地上。有了這道燭光，我這才發現，我們進到了一個很寬敞的洞穴。

我們站起來，驚奇地張望著這個祕密洞穴，它的空間幾乎就跟正波寺的禪修室差不多大。一堆箱子很整齊地疊放在其中一個角落。這些箱子是一次一個，慢慢搬進來的嗎？我很好奇。靠近我們的這一側，岩壁上鑿出了一個神龕，裡面安放著釋迦牟尼佛的銅像。

一旁的慈仁喇嘛趣味盎然地打量著我們吃驚的表情，說道，「明天你們會有很多時間好好探索這個洞穴的。現在，該休息了。」

很快地，我們用一根金屬閂子固定好入口的石塊，從其中一個箱子裡拉出了幾張草蓆和毯子——多麼奢華啊！——終於躺下來休息了。

「這一路走了很遠——」我把頭擱在草蓆上時，聽見喇嘛對我們說，「你們都表現得非常好。」不出幾分鐘，我已經沉沉睡去。

08

是酥油茶美味的香氣喚醒我的。我的兩條腿僵硬得要命，一開始幾乎動不了。一陣子之後我才睜開眼睛，看見慈仁喇嘛在離我不遠的地方，坐在一個小型的煤油爐子旁邊。

我想起我們身在何處了。

以一個洞穴來說，這裡面實在亮得不尋常。我靜靜地側躺不動，觀看著上師，慢慢讓自己甦醒。他煮好熱水，從繫在腰上的一個小皮囊裡拿出茶葉，加到水裡，然後打開一罐煉乳。煉乳是用來取代平時用的氂牛奶的——我們每個人的行囊裡都放著幾罐煉乳。喇嘛旁邊有一個大石塊，上面已經擺好了三個珐瑯杯子、三個木碗。我往洞穴的另一頭看去——這裡面的空氣彷彿會散發光芒——看著潔白的珐瑯杯子在光線之中閃閃發光。不久後，喇嘛把火爐上的茶壺移開，小心地把茶分別倒進三個杯子裡。能夠擁有慈仁喇嘛這樣的上師真是無比幸運啊。我已經不只一次這樣想了。正波寺裡其他喇嘛大多數都嚴厲得多，而且會堅持，應該是沙彌煮茶給上師喝，絕不可能反過來。不過慈仁喇嘛對我們說過，不只是靈性成長，他同樣重視我們的身體健康：所有的面向都要平衡兼顧，才是成就的關鍵。身體健康的其中一個要素，就是好的食物。

「起床吃早餐了，丹增・多傑。」他發現我醒了，直視著我。

「喇嘛，」我打了一個哈欠，從毯子底下大大地伸展了一下，直到手臂和雙腿都抖了一陣。我慢慢地滾動身體，然後站起來。走向喇嘛時，我抬頭看見，原來頭頂上方的岩石之間有一道寬闊的夾縫。定睛一看發現，在高處，有人幫夾縫安裝了一片很寬的金屬網柵。金屬網柵下方，離我們頭頂幾呎的位置，掛著一片細長的塑膠棚子。

「所以這裡面才會這麼亮。」我自言自語，睡眼惺忪地坐到喇嘛身邊，舉起茶杯湊到嘴邊。

「而且很乾燥。」喇嘛補充。我先前沒想過這個問題，這會兒才意識到確實如此。這個洞穴裡面很乾燥，像是西藏蓋得最上等的房子。還意外地溫暖。

巴登·旺波原本坐在他的草蓆上，現在也走過來了。「很適合用來藏經書。」他說。

喇嘛把茶遞給巴登·旺波，看看他，再看看我。「你們想知道自己睡了多久嗎？」他問。雖然我還有點睡眼矇矓，不過從他的表情來看，我們一定睡了很久。我露出微笑。

「十二個小時。」他揭曉答案。接著他看向巴登·旺波，「你比他少一個小時。」

我難為情地瞄了一眼巴登·旺波。我們倆都知道，慈仁喇嘛八成已經醒來好幾個小時了。在正波寺，慈仁喇嘛是出了名不用睡覺的。成為他的弟子十年來，我只看過他睡覺一次，那是唯一一次他生病的時候。無論什麼時刻我去敲他房門，不是看見他在讀經，就是在打坐，草蓆永遠是捲起來擱在房門後面的。有一回我問他，他究竟有沒有睡過覺，他笑著告訴我，禪修對身心的好處，比睡覺大多了。

喇嘛在三個木碗裡各倒了一些茶，然後打開一個裝著青稞粉的罐子。糌粑的做法就是把青稞粉加進酥油茶裡，揉成麵團，再捏成一個個的小團子，就可以吃了。很快地，我們三個人就配著茶，一起享用起糌粑團子了。經過了昨晚艱苦不堪的路程，這睡醒之後的第一杯茶，喝起來真是加倍香甜啊。

「喇嘛，您是在哪裡找到水的呢？」我們吃東西的時候，巴登・旺波發問。

喇嘛指指他背後的一條通道。「那條通道的外面有一處泉水。這是這個洞穴最難能可貴的優點之一。」然後他指著洞穴深處那些疊在一起的箱子，說，「那裡面的存糧足夠讓很多個比丘吃上好幾個月了。」

我環顧洞穴四周，眨著眼睛驅散睡意，看見岩壁上掛著好幾幅唐卡，上好的綢緞精美地繡出好幾尊不同的佛像。在釋迦牟尼佛的銅像腳下，我留意到，昨晚喇嘛已經在這裡點了七盞酥油燈，小小的火焰在半昏暗的洞穴裡搖曳著。在這個岩壁鑿出的神龕裡，佛像擺設的方式，讓祂看起來像是漂浮在半空中，金色的法相與寧靜的藍色雙眼，氤氳出超凡的空靈氣息。大部分的岩壁上都裝飾著墨寶——出自無上瑜伽密續（Highest Yoga Tantra）的珍貴經文和符號。除此之外還有第十四世達賴喇嘛尊者，與他前兩任轉世，第十三世和第十二世尊者的法照，裝在金邊相框裡。洞穴的其中一邊，有個小石室，裡面布置著聖壇，綴著美麗珠寶的彩布垂墜在聖壇的周圍。

除了所有這些人為的布置之外，這個洞穴還有某種別的東西，強烈地打動了我。是一股能量。我逐漸意識到，這個洞穴的存在，意義遠大於儲藏珍貴典籍這一種功能而已。這個地方具備了某種非常殊聖的特質。

「我們之中的少數人，知道這個洞穴的存在，已經很多年了。」我話都還沒說出口，喇嘛就回答了我的疑問。

「正波寺裡少數的喇嘛嗎？」

「正波寺，」他點頭，啜了一口茶，「還有拉薩。」

我瞪大了眼睛。「拉薩」意味著我們的傳統中位階最高的比丘——在布達拉宮修行的比丘。甚至是尊者達賴喇嘛。

「這個洞穴一直是一個祕密。」喇嘛對我們吐露實情，「幾百年來，一直由噶舉派（Kagyu）和格魯派守護著。我們一直將蓮花生大士著名的預言銘記在心——將來有一天，佛法將會離開西藏的土地，被帶往紅面人的國度。為了實現這個預言，這個洞穴，」他嚴肅地點頭，「具有最重要的策略價值。這裡是距離邊界最近的祕密聖殿。離開這裡之後，只要幾小時的路程，就能走到貿易密集的塘村（Tang），過了塘村，很快就出西藏了。」

「那是蓮花生大士的畫像嗎？」哥哥指著牆上一幅畫發問。

慈仁喇嘛點頭。「沒錯，巴登．旺波。在這個主要的洞穴裡，還有它周圍的隧道和石窟裡，你都會看到很多蓮師的畫像。這個洞穴和他有非常深厚的連結。據聞他在這個洞穴裡閉關了八年，所以來到這一帶的人，都能感覺到整座山瀰漫著一股特殊的能量。」

我更加驚奇了，轉頭東張西望起來。

「有人說，岩壁上的畫作有些是他親手畫的。還有傳聞說，這裡面有些聖物原本是屬於他本人的。」

「什麼樣的聖物？」我迫不及待地問。

「一個海螺，是八吉祥的其中一種寶物。還有一個很古老的轉經輪。它們就放在聖壇上。」

我把視線轉向聖壇，一想到偉大又高貴的蓮花生大士曾經坐在我現在坐的地方禪修冥想，我的心不禁充滿敬畏。這時，巴登·旺波又發揮起他鑽研到底的性格：

「喇嘛，你確認過嗎？」他問。喇嘛總是告誡我們，沒有確認事實的真偽之前，不要輕易相信別人告訴我們的事。他並不鼓勵盲目的信仰。

「確認什麼？」

「確認這些傳說是不是真的。蓮師真的在這裡閉關過嗎？那個海螺真的是他的嗎？」

喇嘛還沒說話，我已經插嘴了：「一千年前的事，要怎麼確認？」

巴登·旺波多疑的個性總是讓我覺得很煩。

不過慈仁喇嘛蹙起眉頭正經地看著我，「這個問題是很好的，丹增·多傑。你的哥哥想要證據，這沒有錯。我們絕不可以只是因為自己喜歡聽某些話，就認定那些話是真的。」

接著他轉向巴登·旺波，「一千年是很久遠的時間，要查證十分困難。更精確一點的話，蓮師把佛法帶進西藏，是一千兩百年前的事了。我沒有辦法給你一個絕對的證據，不過……」他目光低垂，看著自己的茶杯好長一段時間，才又抬起眼睛看著我們，意味深長地說，「我有一件自己的親身經歷，要告訴你們。」

喇嘛嚴肅的神情，跟我們要撤離正波寺那晚，他把我們叫進房間裡時的表情一模一樣。這神態中有種同樣的慎重，像是他深深明白，這些話一旦說出口，就再也收不回去了。

巴登．旺波和我都往前靠了一點。

「你們記得我說過，護送密勒日巴尊者、大成就者那洛巴的經文，和蓮師的某些知名預言，是我們的責任？」

巴登．旺波和我一起點頭。我們怎麼可能忘記？

「即使這些已經是我們的傳承中，最珍貴、最神聖的典籍了，但是，還有另外兩卷伏藏，也許會讓它們全都相形失色。在未來，人們甚至有可能會認為，這兩卷伏藏比那些古老的經典更珍貴、更神聖。」

喇嘛看著我們困惑的表情，接著往下說。

「我們都知道，蓮花生大士是一位偉大的老師和先知。一千兩百年前的他，怎麼會知道，有一天人們會發明出飛機和汽車呢？不過，從他最有名的預言裡提到的鐵鳥和裝著輪子的鐵馬，清楚地指出了這件事。」

「即使我們對蓮師已經無比崇敬，然而我們似乎還是低估了他對於我們的傳承的重要性。他不僅僅是為西藏奠定了佛法的基礎，讓佛法得以傳播到紅面人的國度，他也具備了不可或缺的地位。」

我和巴登．旺波全神貫注地聽喇嘛說話，氣都不敢喘一口。可是喇嘛好像在打啞謎，他到底想要跟我們說什麼？

「巴登．旺波，你想要證據，來證明這位偉大的瑜伽行者真的曾經來過這個洞穴。我現在給你一些線索，讓你好好想想。上一次我帶一批經書來這個洞穴，是藏曆土狗年的夏天。那年夏天我讓你和丹增．多傑回家鄉待了兩個月，也許你們還記得。」

我記得很清楚。就是那一次返鄉結束的時候，母親陪著我們一路從村子走到了巴士站，她以前從來沒有這樣過。就是那次她對我們倆說，她真的很為我們感到驕傲。

「等我把經書藏好之後，我去了塘村一趟，那個貿易村。我當時想，為了有一天執行任務的時刻到來，先去勘查一番是很重要的，」

「從塘村要回洞穴的路上，我遇到了一位農村老太太。那是在深山的路上，我不知道她從哪裡來，要往哪裡去。那一代沒有耕地，因為土地太貧瘠了。她像是莫名地憑空出現的。」

「我們停在路上說了幾句話，一開始，我需要很努力克制我的表情，因為她的相貌醜陋不堪，我不曾見過如此醜陋的人。她背駝得很厲害，像是被風吹倒的老樹，污穢的頭髮滿是污垢，全身上下都是膿瘡，而且散發出濃烈的惡臭，我拼命讓自己不要作嘔。她身上背著一個髒兮兮的破爛包袱。她轉過來看我的時候，我發現她半張臉腐爛了，暴露出牙齦和眼球。」

巴登．旺波做出噁心的表情。總是比較謹小慎微的我，則是忍不住發抖。

「我問她，要上哪兒去？她沒理會我。只是跟我要水喝。」

「您怎麼回？」我問。

喇嘛聳肩。「我怎麼回？我是出家人。幫助和保護所有的眾生，是我的責任。我身上帶了一壺水，雖然知道給了她之後我就不能再用那個水壺喝水了，我還是把水交給她。」

「她幾乎連一小口都沒喝，就把水壺扔在地上，接著跟我要食物。我在塘村的時候，村民送了我四條肉乾，我原本很期待，打算拿它們當午餐。我小心地拿出其中兩條，給了那個老太太。她像野狗一樣狼吞虎嚥吃起來，然後要我繼續給她。」喇嘛聳聳肩膀，「我只好把剩下的肉乾都給她了。」

「後來她跟我要錢。我身上帶著一小筆錢，是住持給的，如果不是遇到緊急狀況，是不能動用這筆錢的。不過，當時我認為，這位老太太一定比我更需要，所以我把身上的錢全都給了她。」

喝了水、吃了食物、拿了錢之後，我對她而言就沒什麼用處了。她離開前，轉過頭來，不知道為什麼，對我念了一段跟塘村有關的詩句。那首詩的意義晦澀不明，雖然我才剛去過塘村，可是我好幾年沒有想起過那首詩了。

自西方的塘，一千

不對稱雪獅尾下

喇嘛念出詩句的時候，巴登．旺波也跟著一起背出這首詩。我不怎麼吃驚。我們都知道巴登．旺波的記性有多好。

最珍貴的二，前往紅面人的國度

巴登．旺波接著唸完了最後一句：

靜待佛法鬥士。

喇嘛讚許地點點頭。「很奇怪的句子，不是嗎？」

「從一個深山裡的老太太嘴裡說出來，感覺又更奇怪了。」巴登．旺波說。

「正是如此。」喇嘛點頭，「走回洞穴的路上，我一直想著這首詩。你們都知道這首詩是誰作的，對吧？」

我們一起搖了搖頭。

「這是蓮師本人親作。」

「那它是用祕密語寫成的。」我說。

「那當然。」

在我們的傳承中，許多最神聖的經文都是用密碼的方式寫成的，我們稱之為祕密語（twilight language），對於不知道它的意思是什麼的人來說，它們讀起來只是毫無意義的句子。這種形式一方面是幫助記憶，讓弟子們容易記住關鍵的教導，同時也保護這些教導，不讓沒有接受過灌頂的人接觸到。

自西方的塘，一千
不對稱雪獅尾下
最珍貴的二，前往紅面人的國度
靜待佛法鬥士

喇嘛又重複朗誦了一整首詩，好讓我們思索它的意義。接著說：「我年紀很輕的時候就學到了這首詩。不過從來沒有任何上師教導過這首詩的意涵。我也不曾特別花心思在這首詩上。直到和那位老太太有了如此令人難忘的相遇。」

「我到洞穴去，是為了執行任務，把我們最珍貴的經典祕藏起來。在執行這樣的任務時，被人提醒了這首詩的存在，我才開始意識到它非凡的意義和重要性。『紅面人的國度』顯然跟蓮師最有名的預言裡暗示的是同樣的地方——西方。那要前往西方的『最珍貴的二』是指什麼？『自西方的塘』從字面上看，意思就已經很清楚了。叫做塘的地方很多，不過這一個專做貿易的塘村，是跟西方最密切相關的。然而『一千』又是什麼意思呢？這會是某個指引或方向嗎？」

「一千英哩？」巴登．旺波提議。

「在蓮師的時代，距離不是用英哩來衡量的。不過你的思考方向是正確的。」

「小時？」我聳聳肩膀，也提看看意見。

「步。」巴登．旺波猶豫了一下，「雖然說一千步的距離其實不遠。」

「我也思考過是不是『一千步』，」喇嘛回答，「不過這麼一來，『不對稱雪獅尾』就是個問題了，那會是哪裡？」

以雪獅命名的地方多得不勝枚舉，對於西藏人來說，雪獅是傳說中的神獸，是西藏的精神象徵，也被畫在國徽之中。在神聖的畫作中，經常能看見雪獅托持著開悟聖者的寶座，在鄉間，很多山川河流、過道都會用跟雪獅相關的方式命名。

「不知道塘村附近有沒有哪個山頭就是用雪獅命名的。我也想過會不會就是這一個洞穴，畢竟傳說中蓮師就在這個洞穴裡住過。不過等我回到這裡，仔細研究了每一張我帶來的地圖，我找不到這附近有哪個地方跟雪獅有任何關聯。」

喇嘛啜飲著茶，又停頓了好一陣子。

「接下來幾天，我把所有空閒時間都用來沉思那首詩作。沒有在禪修的時間，我就研究地圖，想要弄清楚那個距離：是一千步、一千小時，還是一千天。如果過去的一千兩百年內，塘村曾經改變位置怎麼辦？會不會曾經有過另一個『西方的塘』？」

他搖著頭，告訴我們：「我一心一意想找到答案的過程中，犯了一個錯誤。」

他揚起眉毛，要我們試著去找找看，他犯了什麼樣的錯誤？可是我跟巴登．旺波都不願意在上師的身上挑毛病。最後他輕輕地笑了，自己告訴我們：「我的雜念太多！」

我們會心地跟他一塊笑了一會兒。

「直到第五天，我才意識到自己的錯誤。『今天我不會繼續在蓮師有關塘村的句子上鑽牛角尖了。』我下定決心。『我會觀照內在，保持我的正知正念。當我吃糌粑的時候，我就專注觀照自己在吃糌粑。當我待在洞穴裡的時候，我就隨時對這個空間保持正知正念。』」

「那時候我就坐在你們倆現在坐著的位置上。」他說，「面對著右邊的那片岩壁。保持正念之後沒幾分鐘，我就找到答案了。」

我們驚奇地看著他。慈仁喇嘛是正波寺最謙遜的喇嘛，他很少這麼直接。

「正因為蓮師的祕密語是那麼地單純，我反而錯失了答案。我把整件事想得太複雜了。吃完早飯、盥洗完畢之後，我要你們兩人也去練習正念靜心，好好看一看。」

❖

半小時之後，我們吃飽喝足，漱洗完畢，準備好禪修了。雖然我心裡其實很想抗議，我不過是個小沙彌，慈仁喇嘛可是正波寺最德高望重的喇嘛，他能領悟的事，我不一定能辦到呀。過了一個昨晚那樣艱苦的夜晚，應該給我時間休息和放鬆精神才是吧。

喇嘛感應到了我不滿的思緒，看著我說：「只要一小段時間就好，丹增・多傑。專注正念。」

巴登・旺波和我盤腿坐好，面向上師所指的岩壁。起初，那個醜陋老太太的畫面占據了我的腦海，還有蓮師的奇怪句子。我還得試著擺脫差點被紅軍抓到的恐怖記憶。不過，畢竟是受過了多年禪修訓練，我最後還是放下了腦中的所有思緒。有一小段時間，我單純地體驗著洞穴裡的靜謐。

喇嘛總是諄諄教誨，精確的指示和正確地跟隨指引都是很重要的。他常常提醒我們，在修習佛法的過程中，模糊散漫的思考方式是不被容許的——每件事都有精確的定義和用意。我們盤腿坐好之後，我提醒自己喇嘛交代的指示：「練習正念，好好看一看。」

我凝神看著眼前的岩壁。洞穴深處雖然沒有陽光直射，但是我們頭上有一道從岩石表面反射進來的光線，讓這個凹洞裡充滿了一種仙境般的朦朧氛圍。靜坐的時候，風聲穿梭在周圍的祕密通道和小徑之間，聽起來就像木笛發出的低音。流動的空氣溫暖地輕撫過皮膚，就跟我昨晚一開始就注意到的一樣，這個洞穴彷彿擁有自己的生命。

我所面對的這道岩壁，上部的角度是垂直朝向地面的，到了大約胸口的高度，它向後凹陷成一道漆黑的裂縫，往裡不知延伸到多深。就跟洞穴裡的其他岩壁一樣，這片岩壁上方平坦的地方，有很多不知道年代多久遠的佛像畫作。儘管從色澤上看得出是非常古老的畫作了，但畫作上的某些色調鮮豔依舊，尤其是用孔雀石和朱砂做成的綠色和紅色顏料。這些畫也許已經存在好幾個世紀了，我猜想，超過上千年了也說不定。接著我檢視自己。我不應該捲入這些思考和推論的。我應該專注正念，只是觀照。

一段時間之後，我的呼吸逐漸放慢。我的心念慢慢平靜下來。我只觀照著每一個升起的當下。這是一種平靜祥和的感受，而我知道，每當我練習禪修，我就能重返這種感受。不過我禪修的成就還不太深，我的心念仍需要淨化。我只能短暫享受這份寧靜幾分鐘，接著仍會有思緒憑空升起，像是一個泡泡浮出到意識表面，「練習正念——」那是喇嘛給我們的指示，「好好看一看。」

我們要練習的是視覺方面的正知正念嗎？如果我好好看著前方的岩壁，我也會找到一樣的線索，解開蓮師的密碼，跟慈仁喇嘛坐在這裡的時候一樣嗎？

我調整視線的焦距，細細研究整片岩壁。我猜想，上面那麼多溝槽和裂縫，那裡面會不會也隱藏著通往某個密室的機關？也許這片岩壁就跟這座山一樣，裡面就埋藏著某些伏藏？

如果是的話，我實在看不出來機關在哪裡。我只注意得到畫在岩壁上的那些佛像，歷經風霜，都漸漸被歲月侵蝕了，只剩下綠色和紅色這兩種色調還很鮮明。也有可能我看得太用力了。正念不是一種很主動式的投入。它是一種在放鬆之中保持覺察的狀態。看——沒錯——但是要去除急迫和執著的態度。喇嘛教過我們，在這樣的狀態中，我們才能覺察得到，太過用力時看不見的東西。矛盾的地方就在於，放掉期待，我們往往更容易找到一開始想找尋的東西。

我放鬆自己的注意力，試著用一種冷靜、平和的狀態看著岩壁。視線放在古老的佛像畫作上，我靜定地坐在這個安靜的洞穴裡，時間緩緩流逝。如果我繼續這麼靜坐下去，也許我也能得到跟哥哥一樣的領悟。因為我逐漸發現到，眼前的佛像好像有某些不太平衡的地方，那不是因為年代久遠而產生的缺損。不過巴登．旺波比我先看出來了。

「喇嘛，這上面的雪獅？！」

打坐的時候通常是不可能說話的。在正波寺，我唯一一次打坐到一半，突然被人打斷的經驗，是因為有位比丘發現某棟房子失火了。不過這一刻巴登．旺波的聲調裡有股難掩的興奮。

我定睛一看，佛陀寶座底下，按理說應該是左右各一對雪獅托著寶座的四個角落，不過這幅畫裡的雪獅，只有右邊的雪獅在正常的位置上。左邊只有一隻雪獅。

「那一隻就是不對稱的雪獅嗎？」巴登．旺波追問。「哪裡啊？我還在思考著。接著我突然認出來了。沒錯，畫裡真的有第四隻雪獅，我沒看出來，是因為牠的輪廓很淡，而且牠大得不成比例，大到牠旁邊的雪獅只有牠的腳掌大。

慈仁喇嘛在我們的背後回答：「何不試著自己檢驗一下答案？」

巴登．旺波馬上站了起來，我立刻跟上。我們走向岩壁時，蓮師的詩句在我的腦海中轟隆作響：

自西方的塘，一千
不對稱雪獅尾下
最珍貴的二，前往紅面人的國度
靜待佛法鬥士

也就是說，我們現在就在蓮師的聖殿裡，距離塘村一千步！不對稱的雪獅現在就在我們的眼前！就跟所有的祕密語一樣，一旦破解出意義了，它所指的一切就會變得很直接、明顯無比。

我們把袍子提起來，拉到腰部旁邊，彎下腰鑽進去查看岩壁下方凹陷的裂縫。裡面很黑，而且空間迅速變得狹窄，很快地，我們只能跪在地面往前爬。巴登．旺波在我的前面，他一路用手摸著岩石表面，一步步往深處探索。

不久他停下來，大叫：「這裡有東西，」我伸出手，去摸他的手放著的地方。那裡的岩石裂開一個缺口，我們把手伸進去缺口邊緣凸起的石塊後方。這裡真是完美的藏寶空間啊，我心想。

「你們發現什麼了？」喇嘛問。

「這裡有個好像可以藏東西的空間，」我回答，「可是裡面空空的，沒有東西。」

這時候我們是用手和膝蓋撐著趴跪在地上的，不知道是不是該整個人趴到地面上。

「很好！」喇嘛對我們說。「你們什麼也找不到，是因為我已經把裡面的東西取出來了。我拿給你們看。」

我們歪七扭八地轉回頭，爬回主要的洞穴裡。現在我們明白了，上師一直在引導著我們發現這一刻。他沒有直接把全部的細節都告訴我們，而是一步步給出線索，讓我們自己發現蓮師想要傳達的意義。

有時候，慈仁喇嘛很像一個魔法師，總能用很特別的方式去安排一個事件或情況，讓它產生最大的效益。我們從石縫裡爬出來，先是跪著往前爬，然後彎著腰往前走，出來之後，發現主洞穴裡的光線已經變了。之前那種仙境般的朦朧光線依然瀰漫在洞穴中，現在還有一道陽光筆直落下，就打在慈仁喇嘛的座位前方。它照亮了兩支細長圓筒狀的容器，是我沒有看過的容器。

在喇嘛的凝神注視之下，我們走回他的身邊，跪下來，察看那兩個金屬圓筒。喇嘛的雙眼透射出一股強大的能量，他用罕見的激昂語調，頌唸出詩句：

最珍貴的二，前往紅面人的國度

靜待佛法鬥士

「這兩支彌封起來的卷軸就是蓮花生大士的詩句裡所提到的東西。這是祂最珍貴的教導。祂不止預言了佛法有一天會從西藏傳出去，祂還為此做好了準備。超過一千年前，祂就已經為紅面人，也就是西方人，寫下了價值非凡的教導。祂把它們儲藏在這個祕密之地，避免它們受到風吹雨打、或遭人竊取。接著又留下了找到它們的特定指示。」

我瞪著眼前的兩根圓筒。它們的直徑大約兩吋，長度差不多八吋。原本光滑的金屬早就已經氧化生鏽，圓筒大約有三分之二的表面都用蠟封起來。彌封都還很完整。

「沒有人打開過。」我說。

「因為這是偉大又尊貴的蓮師親手彌封的，所以住持和我都認為，應該由我們的領袖尊者達賴喇嘛來拆封。」

我繼續打量這兩支無比珍貴的圓筒，看得都出神了，巴登．旺波在一旁問道：「有沒有可能鏽到裡面都壞了？」

「有可能，但是機會不大。」喇嘛說，「五十年前，布達拉宮在建造的時候，也曾經找到過類似的伏藏，那時找到的伏藏和這兩卷的狀況差不多。我會知道這件事，是因為我們的住持當年也在現場，親眼看著尊者拆開伏藏。裡面的經文保存得很完整，因為筒子的金屬很厚。」

喇嘛把兩支圓筒遞給我們一人一支。接手過來時，它重得讓我吃了一驚。我握著它，心中無比敬畏，我知道這是我親手觸碰過最珍貴的物品。

「會不會是佛陀派那個髒兮兮的老太太去提示您的？」我問喇嘛，可是我不敢往巴登・旺波的方向看。

「我不知道，丹增・多傑，」喇嘛說，「不過我學到一件事，就是永遠都要記得留心機緣巧合。因為所有的一切都是由業力所推動，才浮現到我們的心識之中的。如果好幾個不同的行動最後都會合在同一點上，我們就應該特別留心。」

原本像聚光燈一樣照亮了兩卷伏藏的陽光，很快地被雲遮住了。在朦朧的銀色光線中，慈仁喇嘛接下來所說的話，顯得更加意義重大：

「那位老太太在一個精確的時間和地點，提醒了我那首詩。一千兩百多年來，我們的傳承中，持續不斷有人將這首詩作熟記下來，讓它世世代代流傳在寺院裡，毫不間斷地守住這份指引。整個西藏，甚至是橫跨中國大半邊的各個寺院，從山區延伸到大草原、從大城市到小村莊，這首詩一直流傳了下來。而傳遍了那麼大範圍的這首詩，它所指引的方向，卻只是這麼一個特定的地點，就是我們現在所在的洞穴。」

「自從這首詩作被寫下，它流傳了一千兩百年，人們確保它不被遺忘，一直到它終於派上用場的那一天。就是今天。我們動身離開西藏的這天。」

這瞬間，我頸項後面的寒毛全都豎直了。我發現就連巴登．旺波，也為這深刻的意義所震撼。

「世世代代以來，這則訊息，流經了所有尊貴的喇嘛、所有十四世的達賴尊者、所有的住持、瑜伽行者、瑜伽女行者，以及所有的上師、菩薩、阿羅漢，可是這份指示確切是寫給誰看的呢？是寫給我們三人看的。」

迎向慈仁喇嘛的目光，我禁不住全身顫抖。

「我們就是蓮師口中的佛法鬥士。」喇嘛的語氣鏗鏘有力，「無論什麼在前方等著我們，當我們翻越喜馬拉雅山，我們絕對不能忘記身上所背負的，這個具有重大歷史意義的神聖使命。」

❖

隨後的整個下午，我們專注禪修、休息整頓，也去探索了幾條從主洞穴延伸出去的比較寬的通道。喇嘛忙著進行出發前的準備，慎重地把我們要帶走的經書包裹起來。他也從洞穴的存糧中打包了一些食物，盡可能利用我們背包裡的所有空間。

就跟所有其他寺院一樣，在正波寺，一天中最重要的一餐是午餐。不過今天，我們在接近傍晚才吃了這一餐。除了糌粑，其他的全都是罐頭，不過我們還是吃得津津有味，珍惜著待在蓮師洞穴裡的最後幾個片刻。我們心知肚明，接下來的夜晚，還有漫長的旅途等待著我們。

回到穿越山區的山路時，我們的感受已經和上次離開這條路時非常不同了。不只是吃飽喝足充分休息，還渾身是勁，因為我們深切地明白到了，這趟旅程，是由偉大又高貴的蓮師所親自授予的殊聖使命。

沒走多遠，就抵達了塘村，這裡大約有十幾戶住家。太陽下山後已經過了兩個小時了，村民們大都已經回到屋子裡。我們和村落保持著一段距離，沿著一條圍繞在村子上方的山路前進。熟悉的炊煙和煮食的香氣飄散在晚風中。從那些半掩著的家門、小小的窗口，能看見一些溫暖的家庭景象：家人們圍繞在爐火旁，忙活著準備晚餐，與互相開玩笑的時候，一起大笑的樣子。附近的一塊田地裡，有個年輕女人，肩膀上揹著一捆柴火。就算離得有些遠，我也能看出，她擁有細緻美麗的樣貌。即使揹著沉重的柴火，她的步伐仍然沉穩、溫柔，一時間我想起了姊姊德臣。

這又讓我想起了林村的老家。啊，等我到了印度，一定會思念他們的。但是無論我多麼想和他們相聚，都比不上命中註定成為護送伏藏的一員、必須完成使命的神聖感。

又往山上走了好幾個小時，塘村在我們身後離得越來越遠了。我們已經超出了慈仁喇嘛曾經到訪過的最遠處，開始進入未知的領域。離開塘村之後沒多久，山路就變得難以辨識了。大部分的路面都是光禿禿的岩石，我們大抵知道要往哪個方向去，慈仁喇嘛手上也有一份他悉心研究過的地圖和一個小羅盤，然而我們偶爾還是不太確定該怎麼走。這裡杳無人煙，連足以暗示某個西藏同胞曾經路過的祈福瑪尼石堆都見不著，無從藉此尋求心理慰藉。山路崎嶇難行，大白天走都很困難了，我們卻僅能依靠月光和星辰作為指引，旅程因此倍添艱辛。

我們爬過了幾個巨大的岩塊，繞來繞去又回到原地之後，我安慰自己，無論路途上面對的是怎麼樣的挑戰，諸佛菩薩一定會在一旁守護著我們，確保我們安全完成使命的，是吧？要不然，讓這則指示保存了一千兩百年，有什麼意義？

我幻想著抵達北印度時會是什麼光景。一旦人們得知我們的來頭，鐵定會馬上被邀請去和達賴喇嘛尊者見面的吧？活佛尊者的臨在，對有幸親自見到他本人的人，會產生非常有威力的影響，相關的傳奇故事我已經聽過好多則。有些人才一看見他，眼淚就不由自主泉湧而出。另一些人則是因為經驗到了法喜而笑個不停。我想知道我會有什麼反應？我能想像，他一定很高興我們把最珍貴的伏藏安全護送到了北印度。

幻想中的畫面出現了尊者微笑著，親切地歡迎我們。慈仁喇嘛向他一五一十地交代，我們是如何解開了蓮師的祕密語，還有那個距離塘村一千步遠的祕密洞穴。我們將那兩卷伏藏獻給尊者，他身邊的隨從會小心翼翼揭開卷軸。如此具有歷史性的一刻，想必也會有很多其他的喇嘛環繞在一旁吧。當他們溫暖地迎接來自正波寺的我們三人時，不知道會不會戴上進行儀軌時才會戴上的金色帽子？也許他們會堅持，讓我和巴登·旺波即刻成為受具足戒的比丘，因為我們做出了偉大的貢獻？說不定他們還會讓我們在附近擁有各自的房間，直接接受高僧的指導？

腦子裡胡思亂想著這些畫面時，我們剛繞過一個彎道，一過彎，前方的路面就變得寬敞又平坦，左手邊的陰影裡閃過一陣騷動。

「站住！」這一聲喊得我們呆站在原地。

我先是看見了菸頭的紅色小光點，然後才看清楚抽菸的中國士兵。原本慵懶地躺在一塊岩石上，他慢慢地站起身，把步槍舉到胸口，槍口直接對準了慈仁喇嘛。

這場景感覺很不真實。怎麼可能發生這種事！太平凡了！太寫實了！我驚訝得都不記得要害怕。說不定這個士兵自己也很吃驚。有好一陣子他只是站在那裡，打量我們。他吸了一大口菸，菸頭的紅色小光圈變成了亮眼的橘色光點。

昏暗之中，我慢慢看清楚，一旁還有另外兩個士兵，正熟睡著。儘管聽說了那麼多紅軍的惡形惡狀、也見過了那個寧瑪派的比丘，再加上前一晚我們親身的遭遇，我仍舊禁不住猜想：這個士兵會不會放我們一馬？說不定他是個好人。說不定只要他可以做主，他就會揮揮手把我們趕走？就算他不是一個好人，他只是嫌麻煩，那也夠好了。深山野嶺的，把三個不會傷害任何人的出家人抓起來，能有什麼好處？何必如此大費周章？

士兵大聲吐了一口煙，把菸屁股彈到了地上。他用腳踢醒另外兩個同伴。他們狼狽地站了起來，因為被吵醒而咒罵我們。一開始的那個士兵命令我們趴在地上。

這裡的路面又濕又泥濘。一直以來，寺院總是叮囑我們，要好好愛惜自己的僧袍，敬重它所代表的意義，所以一開始我只是不情不願地坐下，後來才躺下來，但願背包不要變得太髒。

慈仁喇嘛和巴登．旺波都是臉朝下地趴著。士兵看見我仰天躺著，哼了一聲，粗魯地用他的靴子推我的身體，把我翻了過去。這下子我不只是背面，連正面也沾滿泥巴了。

我們趴在地上，臉頰、鼻子、額頭都埋在爛泥裡，聽著士兵們用陌生又刺耳的語言交換意見，我們的處境將會如何，開始漸漸變得明顯。我剛才居然還幻想他會不會放我們一馬，真是愚蠢。再一次，我又開始想著，這樣就被抓了，過程真是太普通了。沒有高潮。沒有任何戲劇張力。走在山路上，前一秒，滿腦子還上演著自吹自擂、驕傲的心思，下一秒就被抓了，被迫趴在地上，臉頂著爛泥。

其中一個士兵粗暴地抓住我的手腕，用繩子捆在一起，我覺得自己好像一頭待宰的牲口。不知道我們的下場會是什麼。他們會當場射殺我們嗎？如果會的話，那幹嘛還先綁起來？還是他們會先對我們嚴刑拷打一頓？寧瑪派比丘的慘狀鑽進了我的腦袋——不過我驅散了那些畫面。

心思在這些事情裡兜得團團轉時，我突然想起慈仁喇嘛的話：

「如果你們決定加入這趟旅程，必須是為了一個比自保還要更高的目的。儘管自己的小命也是珍貴的。」

我真是的，背包裡裝著有史以來最珍貴的伏藏，卻一心只想著自己能不能活命。這些伏藏那麼珍稀，甚至還沒有開封過，更別提被抄寫下來弘揚出去了。更何況被賦予了這項使命的人是我，丹增．多傑，我必須要好好保護它們。

抽菸的那個士兵，站到我們的頭旁邊，像是想要讓我們知道，現在的我們有多無能為力、他對我們又有多麼輕蔑，他放聲對著兩個同伴大笑，然後解開了褲襠。不久，我們感覺到他的尿液淋得我們滿頭滿臉，尿液刺痛了雙眼，我們不得不把眼睛閉上。尿液沿著我的臉頰流進了鼻子，我只好把它吞下去。

想到慈仁喇嘛，我摯愛的上師，正波寺最資深、也是我們宗派裡倍受敬重的喇嘛，現在正趴在泥地裡，被一個普通的中國士兵撒尿在身上，實在是令人痛徹心扉。

我們簡直被羞辱得太徹底了。

❖

六個小時後，我們被押到了塘村。

整整走了一晚上，我們全都筋疲力竭。由於三個人被繩子捆在一起——喇嘛在前、我在中間、巴登．旺波在後——讓整趟路變得更難走了。

途中就算士兵們停下來休息，他們也不許我們坐下。巴登．旺波說他內急，其中一個士兵譏笑他，要他直接尿在褲子裡。

我雙腳發疼、累得快昏倒，手腕都磨破皮，但也漸漸地從震驚轉變為冷靜。看著走在我前面的上師一點一點變得越來越虛弱，時不時被路上的石頭絆到腳，我感覺這一切真是愚蠢至極。為什麼不一開始就趁著另外兩個士兵還在睡覺的時候，制服那個抽菸的士兵？我們的詫異和順從，讓我們落入這番受人愚弄的田地。還讓我們三個人現在全身都是尿騷味。

我也不明白為什麼他們要把我們押來塘村。是因為在把我們送進某個遠方的監獄之前，這裡是轉運的中繼站？還是因為某種特殊的、可怕的目的？更重要的是，我們價值非凡的伏藏該怎麼辦？

很快地，我的疑惑就得到了解答。天剛破曉，我們跌跌撞撞踩在通往村落的小徑上，天色昏暗一片，濃煙瀰漫四處。這裡的草木並不茂盛，應該沒有足夠的柴火生出這麼刺鼻的煙霧，不知道這麼濃的煙是哪裡冒出來的。走到近處，我才心驚肉跳地看見，實情是什麼。

整座村莊陷入了一片火海。大部分的房子儼然化為廢墟，隱隱悶燒著。有些房子正熊熊燃燒，火舌從破碎的窗戶直竄出來。這個不久前我們才經過的小村莊，一片天堂美景般的田園風光，如今已經被人縱火摧毀。

一個紅軍士兵單獨看守著一群衣衫不整的村民，大部分都還穿著睡衣，在某間還沒有被搗毀的屋子前瑟縮成一團。他們周遭散落著摔碎的鍋碗瓢盆、翻倒的傢俱、還有一台被砸爛的電晶體收音機——這些是他們簡樸的家中僅有的一些物品。村民們的臉上盡是深刻的恐懼和驚慌。

從濃煙裡，走出了另外兩名士兵。他們兩人之間夾著一個年輕女人，是昨晚我注意到的那個女人。她身上一絲不掛，只裹了一片被扯得破破爛爛、沾上血跡的床單。她昏死過去，頭無力地垂掛在胸前，頭髮污穢不堪。不用說也知道他們對她做了什麼。一身疲憊的我，肚子裡冒出的怒火像火山熔岩般滾滾燃燒——感覺上就像是我自己的姊姊德臣被玷污了一樣。

才三個士兵，就能在這麼短的時間內，把一整個村子破壞到這種程度？三個拿著槍的壞蛋，就把一個從蓮師的時代起就存在的村落，裡裡外外都搗毀了。

那兩個士兵本來正打算把女人丟回給村民，不過，看到我們出現，他們繼續抓著她不放，興高采烈地對押著我們的三個士兵吹噓起來。即使已經走了一晚艱難的山路，這三個士兵還是猴急地衝了過去，拽住那個女孩，把她拖進暗處，再一次凌辱她。

剩下的士兵把我們趕到村民前面，距離他們幾碼遠的空地上。其中一個走在我們背後的士兵，用刀割斷了背包的揹帶，背包掉落地面，發出很大的撞擊聲。他用腳把背包踢到我們面前，然後逼慈仁喇嘛跪下，命令他打開背包。

他結結巴巴地用不甚流利的藏語，穿過盤捲滾動的刺鼻煙霧，對村民宣告，我們三人是西藏的叛徒。他聲稱，我們被捕，是因為我們想要把西藏的東西走私出去。我們背包裡的東西就是證據，會證明他是對的。這些舉動對他來說，只是在玩一場遊戲而已。

慈仁喇嘛取出了一本仔細包裹好的經書，那個士兵要他把布包拆開，讓裡面古老的、價值難以估量的經書裸露出來。

「你們看吧！」士兵把刺刀戳進經書裡，將它叉起來，高舉到頭上，「這些小偷偷走了西藏人民的東西！」

我抬頭看著那本被沾了血的刺刀叉在半空中的神聖經書，氣得火冒三丈，進入爆發邊緣。這些揮著槍的禽獸，我們真是被羞辱夠了。我不能允許他們毀掉我們的使命和任務。採取行動的時候到了。

09

馬特．萊斯特

我終於和伊莎貝拉聯絡上了。只是在她手機上很簡短的對話，在她進教室前五分鐘。她的聲音聽起來局促不安，只是草草地說了她的功課還是很忙，一直閒不下來。

我告訴她，我打電話到她公寓，卻發現她在保羅家過夜。

「噢，就那一次而已。」她很隨意地打發掉了，「讀書小組裡面的幾個人一起去他家試酒。我喝多了，懶得走路回家。」

她說她要進教室了，得掛電話，我沒辦法再多說什麼。我們是彼此的伴侶，親密無間、彼此信任，但是一直到最近，我才發現，自己一直把這些視為理所當然……嗯，現在不是說這些話的好時機。我以前從來不曾懷疑過，她對我一定也是相同的感受。只不過，自從她去了納帕，我和她之間的連結，彷彿突然間被打上了一個問號。原本把我們倆緊緊聯繫起來的事物好像被切了一刀，她變得似乎有點遙不可及。

掛掉電話之後，我思索著，她說「就那一次而已」時的口氣，究竟是什麼意思？我直覺地感受到，那句話所指的，是某件我不願意相信的事。她也許是在用「就那一次而已」，來淡化「一夜情」，用同學聚會加上酒喝多了這樣的故事，來掩飾背後真正發生的事。

在倫敦的時候，無論是去參加派對或找朋友喝酒，伊莎貝拉永遠是人群中的目光焦點，活力四射、充滿魅力。她和別的男人調情的時候我多少會吃醋，但不是真的很困擾——因為我知道，最後帶她回家的人是我。看到她被一群愛慕者簇擁著，想到我才是那個和她一起睡在床上的人，只會覺得更加痛快而已。

可是這次不一樣。對保羅這個人一無所知，讓我產生了最糟糕的想像。她說過他是義大利人——這會不會是她受到他吸引的其中一個理由？因為她父親的健康危機，激發了她的族群本能？這個保羅會不會是那種標準的拉丁情人，大方性感又熱情如火？

「她可能還在他家。」自從柯萊特說出了這句決定命運的台詞之後，保羅這個人便鑽進了我的意識陰暗處。一個沒有臉的入侵者。我想要將他驅逐出境，結果只讓他的存在顯得更加放肆。我的心思已經沒有辦法單獨想起伊莎貝拉，而不同時被他占據，這令我陷入了一陣腸翻肚攪的恐慌。他肯定是一眼就被她吸引了吧。他一定很快就發現到，她最近心情很脆弱吧。一個正在適應異鄉生活的外國女孩，還心繫著父親的病情演變。一個手上沒有婚戒的女孩。

她有沒有對他提過我？就算她提過，也沒有什麼差別吧。不用說，他一定會覺得我是一個笨蛋，竟然放手讓她走，他會很快補上那個空缺，他會精心算計接近她時該採取的行動，像是每一步都經過了完美的彩排。我不想想像他們在一起的畫面。尤其是做愛的畫面。然而我越是不想去想，那些畫面就更加困擾我，總在我最不情願的時刻，冷不防地侵襲我。光是這個念頭本身就夠折磨人了，更何況是去想像她赤裸的身體纏繞在他的身上，滿足地發出呻吟，將曾經專屬於我的那份親密，轉移到他身上。

我發現自己身陷險境，正逐步落入混亂的深淵。

❖

格西拉的話是正確的。伊莎貝拉不是讓我感到快樂的真正原因。我苦澀地想。我這輩子從來沒有這麼痛苦、這麼心煩意亂過。他說的無常也是對的。有時候我真希望時間可以倒轉，回到不久前，我們還住在倫敦，艾瑟拉瑞的工作合約還沒出現之前的時光。

儘管疲勞已經是我生活基本面的一部分了，我還是決定全心投入工作。跟伊莎貝拉之間也許還沒有定論，但至少我在艾瑟拉瑞仍是個研究總監。好吧，我的工作職掌是跟我一開始想的有點不一樣，這不全然是一件壞事。經過思考以後，我逐漸接受了比爾·布萊克利的論點。偉大的科學家通常不是優秀的管理者。過去幾年，我大多數的時間都花在管理上，而不是科學。現在，我得到了屬於我的自由，作為一個科學家，我決心要證明，我還能生產出更多跟奈米博特一樣創新的點子。

在艾瑟拉瑞，跟許多科學研究機構一樣，要開發一條新的研究線，或者更精確一點地說，要幫一項新的研究爭取到預算，你必須要先爭取到獨立科學審查委員會的認可。

在和比爾·布萊克利當面對質過後，接下來的幾週，我每天加班，設計出各種可以關聯到奈米博特的新應用技術。這些點子是這幾年在工作中時不時會浮現的想法，只是一直沒有時間好好發展它們。我打電話回去找倫敦的舊同事，很快就搜集到為數可觀的研究資料、數據、相關研究等等支持我發展新研究方向的素材。

每天我都大清早就進辦公室，以便跟倫敦的同事們聯絡，然後加班到很晚，致力讓新的研究計畫一步步成形。在我看來，我想出的這幾個新計畫，每一個都很有潛力發展出高度商業性的應用，而且不用耗費太長的時間完成。我設計出了不只兩套，而是一共三套新提案，它們本身都各自具有競爭力，我還頗有自信，至少會有一套得到委員會的認可吧。

然而事情卻進展得不如預期。我集結了自己所有的心血投入，將這些自信之作提報給審查委員會，過沒幾天，我收到一封來自委員會主席羅伯特．特爾曼（Robert Telman）的電子郵件。信裡說，三項提案中，有兩項在執行上會遭遇太多複雜的阻礙，第三個則是完全不在艾瑟拉瑞所預期的範圍中。

這封拒絕信是一道重擊。我這才瞭解到，我一點都不懂得如何爭取委員會對新提案的支持、不知道該如何贏得他們的肯定。在我原本的假定中，這只是單純的創意問題，我只要想出夠創新的計畫就好。事實卻遠比我以為的複雜許多。我還得培養一些政治手腕才行。我需要去探聽清楚，委員會究竟有哪些成員、他們的偏好是什麼、他們核准過哪些提案、拒絕過哪些提案。這些複雜的人情世故，是我以前從來沒有應付過的，這讓我在工作上又添了一份擔憂。

一天晚上，我加班到深夜才回家，碰巧遇到一群人從禪修中心魚貫而出，正要走去開車。我想起那次參加禪修課的經驗，也想起愛麗絲。自從第一次遇見她以後，我想起她好幾次了。那一晚站在她車子旁的交談。她神祕的男朋友。她迷人的蔚藍眼珠。我還想起她邀請我去她在南加大的實驗室逛一逛。是沒錯，她的研究跟奈米科技沒什麼直接的關聯，不過我可以順道去做個田野調查，也給自己放個假。她平常在教的禪修，跟我擅長的量子力學有著共同的假定，感覺很巧。我和她的相遇，就在我自家門口。還有一點，她跟我一樣，都是做研究的。這麼多不同的線路交會在同一個點上——這是不是表示，我該多花點心思注意一下？

❖

所以我來了，星期五的下午，站在南加州大學神經科學實驗室門口的接待處。等了一陣子之後，一位戴眼鏡的年輕男士帶著我通過門禁。之前愛麗絲說過，任何星期五下午接近傍晚的時間，都可以來看看他們的腦部掃描實驗。我看了一眼，櫃檯牆上的時鐘指著四點四十五分。

實驗室內部裝潢就是一般的格子通道、有幾間玻璃隔間的辦公室、布告欄、飲水機，還有一道延伸得很遠的牆面，真正重要的研究都是在這面牆的裡面發生的。

助理打開了其中一扇門，帶我進去一個看起來很像錄音室的房間。裡面空間不大，有一扇非常大的玻璃窗，隔著玻璃窗可以看見一間實驗室。玻璃窗下方，有一整台造價高昂的儀器控台，上面布滿密密麻麻的按鍵、旋鈕、推桿。它的正中央有兩個平面螢幕，螢幕的畫面還是黑的。

房間裡一共有六個人。坐在控台正中間的研究員正在對實驗室裡的人下指令。他一頭濃密的灰髮，臉上帶著金屬邊框眼鏡，散發出一股威嚴。

愛麗絲就站在他背後，離他一小段距離，手上抱著紙筆。看見我到訪，她露出微笑，走向我，告訴我他們即將進行今天的最後一場腦部掃描。

我隔著玻璃窗望進實驗室內部，有點驚奇地看著一名西藏僧侶被緩緩推送進核磁共振造影儀。他仰躺著，紅黃相間的僧袍邊角整齊地塞在身體兩側，眼睛戴著保護的眼罩。

眼前的景象看上去有種奇妙的衝突感。東方的神祕主義與西方的科學、古老的智慧與現代的科技、古樸與先進，並陳在同一個空間裡。但同時間，也瀰漫著一股出乎意外的興奮感。操縱控制台的男士下指令的語氣雖然平靜，但我能感覺到其中隱含著強烈的期待。

很快地，左邊的螢幕亮了起來，呈現出一個切面圖，圖像上的紅色和橘色色塊一直在變幻著。

愛麗絲走到控制台邊，身體往前傾，對著麥克風說：

「你準備好開始了嗎？」

掛在牆上的喇叭傳回安裝在造影儀裡的麥克風收音。「好了。」裡面的人輕聲回答。

愛麗絲對操縱控台的男士點點頭，然後說：「請將您的意念專注在眾生的福祉上。」

現在，右邊的螢幕也亮了起來，跟左邊螢幕一樣，是一個切面圖，差別在於，現在左邊螢幕上的圖像開始轉換成一種偏藍的色調。起初腦部各個區域都閃爍著藍色的小光點，接著藍色的光點快速地聚集到某個特定區域，形成一塊明亮的寶藍色，逐漸趨向穩定狀態。相形之下，右邊螢幕上的切面圖只偶而出現淡淡的藍色光點，又旋即消散。

觀察了幾分鐘之後，愛麗絲用手勢示意我到房間的角落。她壓低聲音告訴我，「我們在看的是兩個不同的人的腦部造影，他們都接受了同樣的指令。右邊螢幕上播放的，是一個沒有練習冥想的人的影像重播。左邊螢幕上的，是敦珠喇嘛（Lama Dendrup）腦部的即時影像。」她用手指向造影儀，「他是一位僧人，今年五十八歲，已經累積了四萬小時的冥想經驗。」

敦珠喇嘛腦部影像的藍色光塊顫動著波浪，正在逐漸擴大。

「左腦的前額葉皮質和放鬆與幸福感有關。」愛麗絲說，「藍色表示敦珠喇嘛的腦波正處於一種高頻的伽瑪波狀態。這種腦波與專注力、聚焦，和更高的意識狀態有關。這表示了——」

「你們可以訓練大腦製造出幸福的感覺？」

「沒錯。就跟上健身房或學樂器一樣。你投入時間練習，就能得到成果。」

我看著兩邊的螢幕影像差距變得越來越大。隨著時間過去，原本淡寶藍色的光塊顏色越來越濃，變成一種更深的藍色。「那智商的關聯呢？」我問，「或是說，右邊的那個人會不會剛好只是注意力無法集中。」

「右邊螢幕上的是克拉克（Clark）教授的腦部造影，」她用下巴指了指控制台前面的男士，「神經科學界的權威。我們先掃瞄了他的腦部。」

我和她一起露出調皮的笑容。「他那天心情不好嗎？」

「還好啊。」她聳肩，「我們收集了好幾百個人的腦部造影。大部分人的成像都差不多。換湯不換藥。」

十分鐘過去了。愛麗絲走向麥克風，「現在，請將意念專注在你個人的福祉上。」

右邊螢幕上的畫面幾乎沒什麼改變，左邊螢幕上的影像卻發生了巨大的變化。原本占據主導地位的深藍色色塊開始往中心的方向逐漸縮小，鮮豔的色彩也慢慢減弱、變淡。我們站在一旁看著，愛麗絲不需要給我多餘的解釋，我也能看出它顯示出的重大意義。傳統佛教的知名悖論告訴我們，專注投入在他人的福祉上，比起追求自己個人的幸福，更能創造出帶來滿足感的主觀體驗。螢幕上的影像就是一個活生生的證據。

不久，實驗結束了。磁振造影儀嗡嗡作響，慢慢地滑開，將僧人退出來。幾個穿著白袍的實驗室助理打開了實驗室的門，愛麗絲跟上去之前，轉過頭問我：

「你會留下來，對吧？要不要來我家，介紹賈許給你認識？」又是那種殷切期待的表情。

我當然答應了。又不是有什麼別的事情好忙的。雖然說我其實不太清楚愛麗絲真正的態度是什麼。不過現在的我很樂意順著這個緣分讓它發展下去。

一會兒之後，愛麗絲帶著我離開實驗室，我們沿著原來的走廊往外走，離開了建築物。天色漸漸變晚了，日落的色彩逐漸加深。我們漫步穿過校園，向晚的微風拂過高大的橡樹，嬉戲於樹葉之間。一旁修剪得平整乾淨的草坪上，一群學生在打壘球，再更遠一點，一對老夫婦正帶著他們的黃金獵犬一起散步。

不知道愛麗絲要帶我去哪裡。不過我猜我們正走向行政大樓的某個區域，因為她一隻手臂上掛著白袍，另一手提著公事包。她脖子上那條銀色的項鍊，在夕陽的光輝裡閃爍著。

「妳的研究裡面有件事情我不理解，」我對她說，「就是關於專注力的部分。像克拉克教授那樣的人，也許整個職業生涯的過程中，專注在他自己領域的時間，跟敦珠喇嘛花在冥想的時間差不多長，但是為什麼他的腦部造影成像是那樣？」

一旁的愛麗絲，正滿足地欣賞著夕陽西下帶來的景色。「『冥想』這個詞，它的意義其實有點像『運動』。冥想有很多不同的種類，彼此之間各不相同，就像是游泳和……」她環顧四周，「打壘球有所差別那樣。有些冥想，例如分析式禪修，它的作用確實就跟我們工作時所要運用的專注力很類似。不過西藏僧人所訓練的單點式專注，就非常特定、非常不同。」

「怎麼說？」

「進入單點式的專注狀態時，你的心念只聚焦在一件事情上，你的思考不會進入任何的分析活動、不會追著念頭去看它們要走向哪裡，也不會試著回想任何記憶或激發創意。」

「聽起來很有挑戰性。」我回想起自己幾週前第一次試著靜坐的經驗。

「大概是這輩子最困難的挑戰吧。」愛麗絲嘴角上揚，「不過收穫也是最大的。你看到敦珠喇嘛的腦部造影了。他所經驗到的幸福感，強度遠遠高過普通人生活中經驗過的各種快樂。還可以控制自如——就好像按下一個按鈕，」她比劃著，「幸福的開關就打開了！今天的腦部掃描沒有機會讓你看見長期冥想者的幸福感殘餘指數。」

「很高嗎？」

「比平均高很多。規律冥想的人比一般人更快樂、更能應付挫折，各方面的思考也更有效能。我們有科學上的證據。」

「會不會是因為幸福感變成了一種習性？」

「有可能。」愛麗絲說，「更有可能的是，藉由練習冥想，我們實際上改變了大腦的神經元連結。因為神經可塑性。以往的腦科學家們認為，我們一旦成人，大腦的發展就完成了，從此不會改變。但是現在我們發現，一個人的思考方式，會讓大腦的迴路產生實質的改變，無論什麼年齡。」

這些對我而言是全新的知識。這時我才開始認知到，我們如何思考、什麼能讓一個人快樂，這一類這麼基本的問題，我竟然所知甚少。又一次，我為了佛法的科學客觀和條理分明感到驚嘆不已。可是我一把它套用在自己的生活上時，我的懷疑主義馬上又發作了。

「如果我沒弄錯的話，」我對愛麗絲說，「佛法的觀點是，幸福並不來自於外在事物，而是源自於我們對那些事物的詮釋。同一件事情，每個人都有各自的看法，取決於他們的制約，或是業力。」

愛麗絲點頭。

「從妳的研究來看，練習靜心冥想的人在看待他們的外在世界的時候，似乎比別人更擅於採取讓他們幸福的觀點。」

「大致上是的。」

「這整套詮釋觀點的理論，用在音樂啦、藝術啦這類事物的時候，我覺得是說得通的。可是真的有事情發生的時候呢？比方說，你突然跟女朋友分手了，或是離婚了。妳怎麼可能不用負面的角度去解讀這樣的事？」當然，這個問題其實是很私人的。我心裡想的是伊莎貝拉，還有我們搖搖欲墜、瀕臨破滅的關係。

愛麗絲眼睛發亮：「每年都有上百萬人排隊申請離婚，你怎麼不去問問那些人呢？有多少人恨不得現在馬上就甩掉女朋友或老婆。有些人深陷在自己痛恨的關係裡，卻又因為種種理由，認為自己不能離開，」她聳肩，「一段關係的結束，並沒有任何固有的負面性質——某些時候，它是一大解脫。」

「當然，如果你真的很愛某個人，卻失去了她，那就是另一回事了。那會造成打擊，而你會因此感到哀傷。但真正重要的部分，在於下一步你選擇怎麼做。有些人讓自己陷入憂鬱和自憐的負面循環，長期生活在低潮裡。另外一些人則會向前看，開始嘗試新事物，用新的方法成長。原本看似毀滅性的事件，結果卻可能轉變為一個嶄新的開端，一個不同的篇章。這正是為什麼，我們需要培養冷靜沉著的品質——那是一種智慧，讓我們在還不知道事情的長期後果是什麼之前，不會馬上給它貼上正面或負面的標籤，繞著它團團轉。這完全是來自佛法的教導，不過有趣的是，主流的認知療法也有同樣的觀點。」

愛麗絲所提出的解釋以及它展現的說服力令人讚嘆。我也認同她提到的認知行為療法。我有至少兩個朋友接受過這樣的療法，聽他們詳細聊過，這種療法不單純只是遞衛生紙給病患擦眼淚、同情病患，認知療法採取的是一種更強健的途徑，他們會要求病患明確地說出自己感到焦慮或不快樂的理由——然後對病患的假設提出挑戰。我說出心中的聲音：「也許我只是有些固定的信念，習慣相信某些事情本來就是正面的或負面的。」

「你說到了一個正確的關鍵字，」她附和，「『信念』。我們要是越常靜心冥想，就越有能力辨識出我們的信念，和那些信念裡隱含的迷信成分。我們每個人都常常把發生在外面的事，和發生在這裡的事，做出錯誤的關聯，」她先指指自己的頭，然後再指了指自己的心，「發生在你身上的事並不重要，重要的是你看待它的方法。」

這跟格西拉和我聊天時的主題一模一樣。我領悟到，這個概念，應該是位於佛法的核心吧。只是我依舊忍不住好奇：「像敦珠喇嘛那樣的人，花上四萬小時冥想沒問題，但是這對普通人來說太難了。現實生活中，有幾個人會願意放下工作，去坐在一棵樹下——」

「用不著花四萬小時，」她笑著說，「敦珠喇嘛這樣的僧人是很好的實驗對象，因為他們屬於光譜的最遠端。他們是極端的範例。我能給你看一些其他的錄影，那些受試者每天只花不到一小時冥想，持續幾年之後，腦部造影的畫面變得非常不同。」

我們來到了一條樹蔭濃密的住宅區街道，緩步走向一個由好幾棟公寓相連成的街區。「另外一個重點是，」愛麗絲說，「冥想的正面效益不只是心理上的。」

「妳也研究過生理和心理連動這一類的題目？」

「不是我們。不過很多重量級的大學，像是哈佛或耶魯，都有在做這一類的研究。雖然大部分的計畫從八〇年代才開始啟動，不過過去十年間，研究數量出現爆炸性的成長。你知道嗎，假如冥想可以用膠囊裝起來，它大概會變成史上最暢銷的藥物。」她信心滿滿，「它可以降低血壓和心率，幫助人克服壓力。它也能提升免疫力，人們就不那麼容易感冒或得流感。它還能促進 DHEA 荷爾蒙的分泌——這是唯一一種會隨著年齡而減少的荷爾蒙——延緩老化——」

「我不知道原來可以延緩老化！」

「證據確鑿，」她口吻堅定，「規律冥想五年以上的人，身體年齡會比實際年齡年輕十二歲。科學事實。你一定猜不到我其實已經三十七歲了吧？」她開玩笑。

「妳不可能三十七歲。」

「真的三十七，」她大笑，「不過還是二十五歲的體態。」

這下我真的吃驚了。我以為愛麗絲的年齡絕對不會超過三十歲。原本覺得我們應該差不多同齡，現在才知道她比我年長。

「妳本人就是一個推銷冥想的活廣告。」我說。

「噢，嘴真甜，到哪裡都會討人喜歡的！」她領著我進入一幢公寓大樓，穿過一個小型門廳，走進一部電梯裡。

❖

幾分鐘後，她打開了一扇位於二樓的公寓大門。電燈打開之後，我覺得自己來到了一個溫暖的天堂。

公寓不大。擺滿了書的走廊通往客廳，客廳裡有一座舒服的大沙發、兩張椅子，椅子上裝飾著色彩繽紛自然的印度風格掛毯。廚房裡飄來烹煮食物的氣味，讓公寓裡充滿了香菜、豆蔻和扁豆的香氣。還有兩盞桌燈，底座雕刻成大象的造型，它們散發的光暈將牆面染成了一片溫暖的黃色。我看著這幅景象，深受觸動，覺得這個小公寓恰如其分地反映出了愛麗絲的特質，還有當我在她身邊時所感受到的那份靜謐。

我轉向她，她正熱情地盯著我。我這才看仔細了，她的眼白那麼清澈白皙，將她的藍色眼珠烘托得像是一對清新透亮的藍寶石。

這時她的背後閃過走動的人影，愛麗絲退到一旁，一個褐色頭髮的嬌小女子穿著圍裙，從廚房走了出來。

「這是我的姊姊貝絲（Beth），」愛麗絲為我們介紹，「貝絲，這是馬特。」

貝絲盯著我看，我幾乎能感覺到她的好奇心。

「妳煮的東西聞起來好香。」我讚賞她。

「那正好，」她的笑容很俏皮，「因為那剛好是我們今天的晚餐。」

「你會留下來吃飯吧？」愛麗絲問話的口吻更接近肯定句，而不是疑問句。

愛麗絲暫時擱下我，進去廚房裡張羅飲料，我便趁機到處看看，把掛在牆上的照片都瀏覽了一番。有一群朋友的團體照、喜馬拉雅山的旅遊照片、猶太慶典等等。還有一堆小寶寶的照片。其中一張照片裡，愛麗絲被一個高大、深色頭髮、五官很和善的男人環抱著——這個人就是賈許嗎？還有一張貝絲和愛麗絲一起搭快艇的照片，地點看起來像是加勒比海。

在一個櫃子上，我留意到一個小型的西藏轉經輪，它的把手上纏著精美的繡花布條。櫃子裡還有愛麗絲的南加大碩士學位證書，上面印著她的全名：愛麗絲・維森斯坦（Alice Weisenstein）。櫃子上最顯著、最重要的位置上，擺著一個金邊相框，裡面是愛麗絲和一位年邁的西藏喇嘛的合照。

愛麗絲回到客廳，給我帶了一罐啤酒，自己則是拿了一瓶 Dr Pepper。她背後的走廊傳來一陣急促的腳步聲，接著一個年紀大約九歲、十歲的小男孩從她身旁竄出來。

「這是我兒子，賈許。」她低頭用一種疼愛的微笑看著他。

「賈許！」我試著用非常熱情的招呼聲來掩飾我的驚訝。

賈許有張可愛的臉蛋，看起來是個敏感的孩子——而且那雙眼睛，一看就知道是來自誰的基因。雖然他因為害羞，很快就低下頭望著地板，我還是第一眼就注意到了他藍色的眼睛。

愛麗絲把啤酒遞給我的時候，他抬起頭來，小聲對愛麗絲說了幾句話，表示他肚子餓了。

「貝絲在煮飯了，寶貝。我們大約還要等半小時。先拿一顆蘋果或幾片水果來吃。」

他的身影又消失在走廊，鑽進廚房裡去了。賈許那麼聽話，令我很驚奇。

「他好乖。」我們一起看著他走進廚房，我微笑著說，「如果是我認識的小孩，妳要是不給他一罐可樂或洋芋片什麼的，絕對不會善罷甘休的。」

「他是一個很棒的孩子，」她滿足地點頭，舉起飲料默默敬了我一下，「雖然他的阿姨寵他寵得要命。」

「這就是阿姨的功用。」我回敬她，「禪修中心的人說，妳和賈許是那裡的台柱。」

「誰說的？」愛麗絲擠眉弄眼。

「不知道他們的名字。上次我去上課的時候遇到的那群人。我當時還以為賈許是妳的男朋友。」

「預設立場永遠是有風險的，」她意味深長地看著我，「我本來沒有計畫要生孩子，」我沒有料到她會這麼坦白，「當然，我也絕對沒有計畫要當一個單親媽媽。我發現自己懷孕的時候，孩子的爸爸說他一定會承擔。只可惜他實在沒有能力面對這個現實。他離開我們的時候，賈許才三個月大。」

這故事聽得我直搖頭。「妳當時一定很辛苦。」

「很黑暗的一段時期，」她點頭，「持續了一段時間。不過我還是得面對，為了賈許，也為了我自己。」

不知道為什麼她要告訴我這些。她向我傾訴的時候，我感覺到某種親密感，但是，她會不會也是在向我展示，她是個獨立的人？讓我知道她有能力自給自足、她私人生活的輕重緩急自有一套獨特的安排？

「和他在一起十二個月的時間，我一直相信我們在創造一個完美的小家庭。然後我必須對這一切放手。」她凝視我的眼神如此強烈，我反常地害臊起來，「不過如果之後我遇到了命中註定要在一起的對象，我一定會知道的。」

我不確定該如何反應才好。沉默了幾秒後，我用頭指指廚房：「貝絲不介意負責煮飯？」

愛麗絲搖頭。「這是我們家的習慣——尤其是星期五晚上。如果你進去廚房，她會馬上把你趕出來的。料理是她的拿手好戲。」她頓了一下，「這樣正好。料理不是我拿手的事。」

我笑了。一邊打量我們身旁掛在牆上的那些照片。

「我們家族總是會慶祝猶太節日。」她指著其中幾張有很多人的照片，「那是賽門（Simon），我小弟，吹角節的時候吃太妃糖蘋果的照片。」

她看到我一臉呆滯的表情，補了一句：「那是猶太新年的意思。」

我更仔細地看了看那張照片。三代同堂，圍坐在餐桌前，看著一個小男孩咬一顆發亮的紅蘋果，臉上盡是寵愛的表情。

「妳的家人，」我點頭指指那張照片，「在妳皈依佛教的時候，有沒有很不高興？」

愛麗絲呵呵笑出聲。顯然很多人問過她這個問題了。「皈依這個字眼挺重的，」她回答，「確實，我是一個佛法的實踐者，不過就文化背景而言，我依然一個猶太人。在這個國家裡，有不少非常知名的西方佛教徒，也是同樣的背景。」

「猶太佛教徒？」

「是的。人們甚至給我們這樣的人取了暱稱：猶佛！（JewBu's）」她坐上其中一把椅子，盤起腿，姿態宛如貓一般優雅。我則是在她對面的大沙發上舒服地坐下。

「你第一次走進禪修教室那次，」她說，「看到了前面的佛像，還有人們一起誦經。以西方人的眼光來看，會覺得這是宗教行為。可是，我們並不崇拜佛陀。他也從來不自稱為神。比起信仰，佛法更是一種實踐。總之呢，」她笑著說，「別讓我往下說了，不然我停不下來的！」

「繼續說嘛——這很有意思，」我堅持，「這就是為什麼佛教徒不會鼓勵別人改信佛教嗎？」我是真心感到好奇，同時也是希望她能一直說下去，她的熱忱是如此具有感染力。

「可以這麼說。佛法提供了很多日常生活的練習方法，像是一個鍛鍊精神品質的工具箱。每個人都可以使用。達賴喇嘛說過，目標是讓人類變得更幸福快樂。無論是一個更快樂的佛教徒，還是一個更快樂的無神論者、更快樂的猶太人。都可以。目標不是增加佛教徒的市場占有率。」

「可是如果你們真的相信這些方法可以讓人們更快樂，」我喜歡為了抬槓故意唱反調，「為什麼不把這些好消息傳出去呢？福音派的人就會這麼說。」

「我可以只用兩個字回答你這個問題。」她微笑，「業力。如果你沒有會讓你對佛法產生興趣的業力，就算你住在最偉大的上師家隔壁，也從來不會想看他一眼。」

這個瞬間我懷疑她知不知道我住在哪裡。

「可是呢，如果業緣開始萌芽了，就算你住在地球上看似最不可能跟佛法有關的地方，你也會認真把它當成一回事，卯足全力找到你要的東西。」

這種哲學觀和我成長背景的英國國教派的想法真是大不相同。

「這讓我想到了一個問題，我很好奇，」她與我四目相接，又一次，我感到疑惑，在我們之間流動的那股暗流，難道只是我的想像嗎？「你為什麼會來到我們這個禪修中心？」

「答案很簡單啊，」她的問題不是太私人，我有點鬆了一口氣，「格西拉建議我來的。」

「格西拉？」她吃驚地瞪大雙眼，「怎麼會？」

「有一次半夜三點，我在街上遇到他。」我回想起第一次和格西拉相遇的場景。我住在隔壁、飛機時差、我決定出門散步、雞蛋花的香味、我竟然不是路上唯一的路人、格西拉跟我說了無常是唯一的常態，等等等等，我把這些經過全都告訴愛麗絲。

愛麗絲一邊聽著，一邊笑著搖頭。「格西拉就是這樣。」她說。

通常，我會猶豫是否要對人吐露我在格西拉身上感受到的那股連結感。不過我很樂意告訴愛麗絲。當我解釋格西拉對我產生的那種奇妙又強大的影響力時，我發現自己的手正撫著心口。

「是的。他對人確實有那種影響力，」她說，「所以是那一晚他建議你來禪修課——」

「不是。是我們第二次見面的時候。」

「第二次？」她很訝異。

「我們一起去厄斯咖啡館喝咖啡。」

「你這故事是編的吧！」

「我沒有！」我開懷地享受這一刻。

「你怎麼可能辦到這種事？禪修中心的人想約格西拉出去，都試了好多年——」

「可能因為我沒有真的很想約他吧。」我大笑。

「這不是真的！」當我告訴她，喝咖啡的時候，我和格西拉討論了量子力學對現實的描述，和佛法有很多一致性，她的眼神興奮得發亮。

等我提到明太太很大方地提議要幫我洗衣服時，她的臉上浮現了另一種神情。熱忱談天的表情仍在，不過多了一層新的東西，是我沒見過的。一時之間我不知道該如何解讀。

我說到明太太拿出一盒禮物，讓我從裡面挑一個時，愛麗絲的表情轉變得更明顯了。

「你對別人說過這件事嗎？」聽我說完之後，她壓低聲音問我。

「妳是指我把念珠誤認為項鍊的事嗎？」

「對。」

我搖搖頭。

「我建議你不要告訴任何人。」她嚴肅的表情讓我嚇了一跳。

「出了什麼……問題嗎？」

「沒有。告訴我沒關係。」她迅速安慰我，「過一陣子之後，情況會變得比較明朗的。」

這瞬間我突然讀懂了她的表情：她在擔憂著什麼。

「好。」我吃驚地點頭，「我不會吐露任何一個字的。」

「你身上不會剛好帶著那串念珠吧？」

我把手伸進口袋。過去幾天以來，我一直隨身帶著它，但還沒時間仔細思考為什麼。只是覺得想帶著就帶著而已。

「妳是第一個看過這串念珠的人。」我一面強調，把念珠遞給她。

她接過去，興味盎然地仔細研究了這串念珠，然後將雙手合攏，把念珠包在掌心。她閉上了雙眼，原本靈動的蔚藍眼珠，被一陣寧靜的臨在所取代。

❖

開車回家的路上，我想著，和愛麗絲相處的時光過得好快。我非常享受她和我、貝絲和賈許四人一起共度的晚餐——這真是自從搬來美國之後，最美味的一餐了。愛麗絲的姊姊就住在附近，溫暖又貼心，充滿母性，而且看得出來，她很享受幫忙照應妹妹和賈許的生活。對愛麗絲母子來說，貝絲在他們的生活中，是很重要的一部分。賈許聰明伶俐，但是很溫和，不像大部分同齡孩子那樣自我中心。最令人印象深刻的是他們三人之間那種親密無間的氛圍——像是已經自成了一個小生態似的。

當然，我控制不了地反覆想著愛麗絲，想著我從她身上感受到的吸引力。她對我也是一樣的感覺嗎？還是，她只是對我大發慈悲——一個從世界的另一頭剛搬來美國的傢伙、還不認識任何人，她為此感到同情？這幾次私下和她相處，我一次也沒有提到過伊莎貝拉。我還沒有完全敞開自己，但同時，我也不確定自己在隱瞞什麼：一個跑去別的城市上課的未婚妻？而且不打算回來？現在正躺在她的義大利情夫懷裡？這是我不想動腦筋思考的問題。

沿著日落大道一路開回西好萊塢時，已經是深夜十一點四十五分了。疲憊感開始襲來。聖塔莫妮卡大道上成排的夜店熱鬧喧騰，但是一離開這個範圍，周圍的街道全部悄然無聲，即使今天是星期五晚上。街上一片死寂，每棟房子大門的保全系統已經全部上鎖。每個人都老早就上床睡覺了。

洛杉磯市區這種奇特的反差再度令我感到驚嘆不已。

不過很快地我發現，羅斯伍德大街的情況，並不全然像我以為的那樣平靜安穩。快開到家時，我看見客廳的燈是亮著的。那不是我開的；我下班就直接去了南加大。

我放慢車速，把車停在路邊。主臥室的窗簾拉上了。天曉得裡面正在發生什麼事。那裡面沒什麼好偷的——只有DVD播放器、環繞音響，一些很普通的東西。我關掉車頭燈，引擎熄火，在車裡靜靜坐了幾分鐘，不敢置信地看著我家。我這才發現，大門是半掩著的。

突然我注意到前廊有些動靜。闖空門的人還在！我用手摸著口袋，想把手機撈出來。緊張感高漲，我試著回想洛杉磯的緊急報案號碼。

下一秒，我看見屋子裡的剪影。桌上的葡萄酒杯。那個人的目光筆直穿過大街，朝我的車子直射而來。

是伊莎貝拉。

10

一整個晚上所享受到的愜意和愉悅，在這個瞬間戛然而止。陡然浮現的，是一陣突兀、空洞的震驚。和她面對面，是我今晚最不想碰上的事情之一，不過看見她站在那裡，雙手交抱在胸口等著我回家的樣子，我知道我是躲不掉了。從駕駛座爬出車外，我的喉嚨乾燥得跟砂紙一樣。

「這麼晚回家。」她對著我說。我跨過午夜安靜的街道，走向她。她穿著黑色牛仔褲和酒紅色毛衣。燈光照得她的漆皮靴子閃閃發亮。

我不覺得自己需要向她解釋今晚去了哪裡。尤其是她這麼一聲不吭地突然跑回來。我正試著弄清楚眼前的情況。四週了——自從她離開之後，已經過了這麼久。她回來做什麼？她是一個人嗎？

「真是沒想到。」我走到前廊前方停下，沒有踏上台階。

「這個週末學校讓我們放假。快下課的時候才通知我們——他們早上才決定的。大多數的人都垮了，趁機補眠。」

我馬上想到，不知道如果她留在納帕，她會垮在誰的床上。不過看見她親自站在我面前，模樣一如往昔，我對她和保羅的懷疑變得相對不那麼具有真實感，彷彿只是過強的想像力激發的產物，彷彿伊莎貝拉、我的伊莎貝拉，就是不可能會做出那種事。

「我出發去納帕的那天，我們沒有好好把話說清楚。」她說，「我們需要聊一聊。」

「當然。」我同意。只不過，此時此刻，在她的主導下談這件事，我有種遭人埋伏的感覺。像是她已經把局設好、占好了上風。我試著去解讀她的語氣，她卻刻意保持著一種平淡的語調。

「喝酒嗎？」她指了指自己酒杯旁邊的空酒杯，還有一瓶已經打開的紅酒。我搖搖頭，走上階梯，坐在前廊的矮牆上。分開了好幾個星期，此刻的我們竟然還保持著一段距離，如同兩顆互斥的磁鐵，這種情況真是前所未有。但是這道讓彼此無法接近的力場強到像是用手就能摸得到，彷彿戒心已經具象成一股實體的力量。

也可能這只是我自己的感覺。伊莎貝拉的表情很難判斷。

「我媽在倫敦過得越來越辛苦了，」她的語調很輕，沒有起伏。她開始講起家人的最新情況，我細細看著她，不明白她為什麼要現在說這些——是在迴避她大老遠跑回來，真正想要談的問題嗎？她接連說起最後一次和母親對話的細節，我盯著地板，她一個人的獨白進行得拖拖沓沓。終於，某句話說到一半，她的聲音漸弱，停了下來。沉默了好一陣子之後，她說：「你好像……不太想聽。」

我不置可否。「妳們家的情況，我很遺憾。」我抬起視線，說出真心話，「可是妳還是沒有告訴我，我找不到妳的那天晚上，究竟發生了什麼事。」

雖然她沒有真的翻白眼，不過，臉上確實閃過了一陣不耐煩的表情。「就跟電話裡說的一樣啊，團體小組一起試酒。我們一些人都喝多了，已經凌晨一點，我真的沒有力氣走路回家。」她搓著耳朵上一只金色的星形耳環，那是有一年生日，我送給她的禮物。

「那個叫保羅的傢伙。你們兩個人之間有什麼嗎？」

「少瞎猜了！」她拆下耳環，甩了一下頭髮，「我在他家過夜，只是因為我太醉了。不是你想的那樣。」

原本我一直是願意相信她的——直到她剛才說出那最後幾個字。她那麼惱怒和不耐煩，反而顯示了某些真相。「不是你想的那樣」，這個說法讓我想起她在電話中的用詞：「就那一次」。聽起來太像是個佛洛伊德式錯誤了，脫口而出的話無意間揭露了她潛意識的真正想法，令她無法把自己完全偽裝起來，對我說謊。

「絕對不會再發生第二次了。」前廊對面的她眼神篤定又冷硬，決心就此打住這個話題。

我讓對話懸著一會兒。我想知道她有沒有勇氣說真話，於是我說：「所以，妳真的跟他上床了。」

「我沒有這樣說！」她拆下另一只耳環。

「現在跟妳說話的人是我，」我對她說，「不想的話也不用麻煩。」

我站起來，走向門口。

「馬特，別這樣！」她叫我，「為什麼你不肯相信我？」

「妳是沒辦法對我說謊的。伊莎貝拉，我太瞭解妳了。」

走進屋裡之前，我轉頭看見她消沉地跌坐在一張椅子上，雙手摀住臉龐，淚水滲出了指縫。

「那是一個錯誤，」她低聲說，「對不起。真的、真的、真的對不起。我不應該讓這種事發生的。」

即便已經懷疑了很久，這番告白乍聽之下仍令我感到重擊。原以為自己的犬儒能夠保護我免受真相的痛苦折磨。然而她的坦誠招供依舊撼動了我。我佇立原地，像一顆風化的石頭。自從她把訂婚戒指甩在櫥櫃上的那天起，我的生活一直流轉於憤怒和沮喪之間。內心深處，我卻還是相信著，總有一天我們能重修舊好。但是現在，我變得有點不確定了。

「妳怎麼可以？」我掙扎著吞下這個消息。

「我也一直這樣問我自己。」

「妳還怪我是一個無法承諾的人……」

交往幾年來，她哭的次數很少，我捨不得看她流下一滴眼淚，所以總是用盡各種招數設法安慰她。不過這一刻，我不確定她還會不會期待我的安慰。至於我自己，整個人只剩下被背叛深深刺傷的感覺。

「如果有任何方法可以讓時間倒轉……」她掙扎地說。

我腦海裡翻攪著保羅褪下她的衣服，帶她上床的畫面。我很好奇她又是怎麼對待他的。她也會像跟我做愛的時候一樣，風情萬種地挑逗他嗎？

「感覺怎麼樣？」我質問。他們兩人的畫面塞滿了我的腦袋，「跟他上床的感覺怎麼樣？」我並不真的想知道答案，然而有股陌生的衝動驅使著我，讓我想把局面逼到最難看的地步，像是揭開一個化膿的瘡疤那樣。

「沒怎麼樣，」她痛哭，「我幾乎什麼都不記得。」

「那好，」我冷冷地看著她苦惱的模樣，「我感覺可好多了。」

「那一晚對我來說一點意義都沒有，馬特！」

「那就更沒關係了。」

「我說了我很抱歉，」她搖著頭，悲慘地說，「我真的不知道還能怎麼辦。」她抬起頭，尋找著我的視線，我知道她是在尋求某種寬恕，但我只覺得自己心寒透頂。

「如果今天是我跟別人上床呢？」我不客氣地問。

「我不知道。」她搖頭，「我會很吃驚吧。」

「是吧。」我轉身，走進屋內。

❖

在浴室裡，我機械地完成上床睡覺前該做的例行動作。才不久之前，我覺得好放鬆愜意，正想好好睡一覺。現在，我卻變得煩躁不堪，根本連自己正在做什麼都不知道。

伊莎貝拉說她幾乎不記得了，如果這只是一套說詞而已呢？那一晚究竟發生了哪些事？問題是，我大概永遠也不會知道真相。隔天早上他們睡醒之後，又發生了哪些事呢？他會不會發揮他拉丁情人的本性，再來一發？他讓她滿臉笑意地醒來了嗎？她對他說了哪些話？還是情況真的像伊莎貝拉對我表現的那樣，醒來之後只有懊悔與尷尬？還是他們對這件事各有完全不同的說法？

到手過一次之後，保羅這傢伙會不會對她發動下一波攻勢？她又怎麼應對他的追求呢？面對伊莎貝拉這樣的尤物，我不相信保羅會輕易地放手，不想再回頭要求更多。說不定他還在持續地送她鮮花、發簡訊給她，每次一起上課就黏在她身邊跟前跟後的。

我鑽進被窩裡，聽見她從前廊走進屋內，鎖上大門。她走進浴室裡刷牙。她不斷地啜泣著，我在漆黑的臥房裡翻來覆去，快要被自己的思緒逼到發瘋。接著我聽到她走進客廳。不久，燈熄了，我意識到她今晚不會進房裡跟我一起睡。

我鬆了一口氣。

死寂的屋內，我聽見伊莎貝拉翻身時，沙發吱呀作響，還有她悶著頭哭泣的聲音。「幫助他人脫離受苦」這句話突然浮現在腦海中。按照格西拉的說法，這是佛法對慈悲的定義，他還說，人一生的使命就是培養慈悲心。很棒的理論，我心想，可是對於一個扔掉訂婚戒指、跑去跟別的男人上床的未婚妻，他又有什麼話好說？我在心裡假想著跟格西拉的對話，提出我的控訴。儘管我的自尊心震驚又受傷，但是我知道他一定有理由辯護。

可是無論他提出什麼樣辯護的理由，就能合理化伊莎貝拉所做的事了嗎？

我試著把伊莎貝拉偷情的事情逐出我的心思，轉換成今天傍晚去愛麗絲家的場景。我去她家之前，完全沒有把愛麗絲視為可能交往的對象，單純把她看作朋友而已。直到我發現賈許不是她男朋友，我的想法開始有點變了。

我有點好奇，假如今晚貝絲和賈許不在場，會發生什麼事？我們會多喝幾杯嗎？愛麗絲會率先採取行動嗎？我會拒絕她嗎？我真的比伊莎貝拉優越嗎？還是其實我只是沒有同樣的機會去嚐鮮？

雖然說這一週的工作特別繁忙，我已經累得像條狗一樣了，眼下我的心思卻是前所未有的煩亂。我在床上輾轉反側，連一秒鐘也靜不下來。每隔一陣子我就檢查一下時鐘，看著數字從凌晨一點跳到了兩點，最後三點。到了格西拉的起床時間了，我想著。縱然我也有可能想出比跳下床、跑到街上去找他說話更糟的點子，不過這一刻我的狀態實在不適合做任何事。我只想把這可怕的一切全都趕走，好好睡上一覺。

最終我勉強讓自己睡著了，卻趕不走可怕的部分。往下滑落之前，我幾乎未曾闔上眼。我下滑著，絕望地尋找可以踩踏之處，貼著傾斜的冰面，我不斷掙扎。那陣呼嚎比之前更大聲了。更恐怖的是，之前那呼嘯聲聽起來只像是一陣不祥的徵兆，今晚卻像是挾著惡意直衝著我而來的。我無處可逃。漆黑之中我翻滾扭動，在滑溜的冰面上吃力地爬著，沒辦法摀住那恐怖的聲音。

跟之前的夢境一樣，我根本抵擋不住那股把我往下拖的力量。無論我怎麼又抓又踢，想找到可以阻止自己下滑的施力點，全是徒勞無功。我滑過了那個無法回頭的臨界點——滑過那道邊界時，我震了一下。栽進虛空裡。我的心跳得好大聲，整個身體都隨之震動。

突然間我被什麼卡住，暫停下來，我的姿勢笨拙又不穩定。我踩在一個很小的立足點上，而且感覺到有什麼壓著我的胸口，讓人喘不過氣來。

我搖搖晃晃地想穩住自己，卻感覺到腳下的支撐開始慢慢鬆動。我知道我絕對不能再往下掉，再往下掉就完蛋了！

在險象環生的情況下，我緊緊攀附著，奮力尋求一線生機。儘管刺耳的鬼哭神號環繞著我，我卻從某處聽見，有人在叫我的名字。一種不存在於人間的聲音，劃破黑暗而來。這聲音好耳熟——是誰的聲音？伊莎貝拉？我使勁想聽個明白，想知道是誰在說話，還有我為什麼在這裡。偏偏在一片嘈雜之中，那聲音顯得太微弱了。

即便是在夢裡，我依然想著：我絕不能讓這個惡夢擊垮我！我一定要終結它！每天半夜被恐懼糾纏，然後在令人癱瘓的心慌中醒來，我不能再這樣繼續下去了。我一定要找到它的根源！無論是什麼力量這樣一晚又一晚地把我推入這個場景裡，我都要驅散它！

我記不得恐怖的場景是什麼時候結束，我又是什麼時候睡著的，不過一定是天快亮的時候。度過了生平最糟糕的一夜之後，我汗流浹背、筋疲力盡，終於勉強睡了幾個小時，到九點才醒來。醒來之後覺得渾身緊繃又惶惶不安，像是根本沒睡一樣。

❖

起床之後看見伊莎貝拉還在睡，我慶幸不用馬上面對她。我有時間先沖個澡，一邊思考該說哪些話、該採取哪些行動。站在蓮蓬頭下，我試著利用溫暖的水流讓自己恢復精神，不過一直到洗完澡了，我還是沒想清楚該怎麼辦。那些舊畫面、舊的對話又塞滿了我的腦袋。不快樂的感覺到底是哪裡來的？現在我逃避不了這個真正的答案了：它來自於我壓力鍋似的頭腦。

等我盥洗完、穿好衣服走出浴室，伊莉莎白正在廚房裡，身上還穿著浴袍。她已經煮好咖啡，餐桌上放著兩個馬克杯。我們誰都沒有說話，她看著我時，神情是如此絕望。在平靜的晨光裡，看見她這樣的表情，我做出了自己完全意想不到的反應：我伸出手，將她擁入懷中。

擁抱似乎是眼前唯一合理的事。我一整晚瘋狂地胡思亂想，卻沒有任何一個想法提供了解決方案。雜念太多，學佛的人會這樣說吧。擁抱並不表示，問題就突然解決了，也無法改變已經發生過的事。不過感覺像是認可了我們倆都是同一場災難中的倖存者。也或許，在我把她攬進自己懷裡時，我下意識想的是，這能夠防止我滑下斷崖，跌入被遺忘的深淵吧。此時此刻，似乎也沒有任何別的事可做或說的了。

一會兒之後我們放開彼此。伊莎貝拉說她要去沖澡。我著手整理家務，自從開始一個人住之後，這些事已經變成星期六早上的例行動作了。

待洗的衣服要分類，垃圾箱要清理，忙活著這些平凡的瑣事，反而讓心情不那麼緊張。

伊莎貝拉在浴室裡的一舉一動我一直下意識地注意著。她淋浴的聲音、吹頭髮的聲音，成了我做家務時的背景音樂。不久之後她出現在廚房裡，打開冰箱，問我：「想吃點什麼嗎？」

我知道這句話的重點不在於早餐，而是重新開啟我們的互動。看得出來她費心打扮了一番。她化了妝，頭髮梳理得光澤動人。她去保羅家那晚，不知道是不是也這麼打扮。我們四目相對，我想起了上一次在廚房裡的對話，她向我宣布要去納帕上課。當時緊繃的氣氛、眼淚，和我無助又愚蠢的憤怒，將這間廚房轉變成了戰場。她丟下的訂婚戒指還在原地，一吋也沒有移動過。

一股衝動湧上，我決定，我不想繼續待在同一個空間裡，跟伊莎貝拉進行那麼艱難的對話了。我甚至不想待在這個家裡。

「梅爾羅斯大街上有間餐廳，我去過幾次，他們有賣早午餐，」我提議，「我們可以去那裡。」

出門後，我們沿著羅斯伍德大街慢慢走，然後往北轉上梅爾羅斯大街。我們尷尬地保持著一段距離。既沒有牽手，也不像以前那樣談笑風生。一種陌生的拘謹縈繞在我倆之間。

餐廳有露天座椅、條紋遮陽傘，加上狄克西蘭爵士樂，營造出一種慵懶的假日氣息。之前我自己來的時候，心裡曾經想過，如果伊莎貝拉也能一起來就好了。此刻的情景卻和我當時想像的親密與歡笑天差地遠。

入座之後，我們點了班尼迪克蛋，接著伊莎貝拉問起我在艾瑟拉瑞的情況。她大概以為這是個安全的話題吧。我對她說了自己正忙著推出新的研究計畫，把審查委員會給我的壓力和挫折，輕描淡寫地一筆帶過。

餐點送來，話題轉移到她在納帕的課業上。她聊了一些上課學的內容，也說到她絕對不可能在別的地方學到更多東西了。她興致勃勃地談起一位法國葡萄酒大師尚．克勞德．加利亞諾（Jean-Claude Galliano），他在盧瓦爾河谷擁有自己的莊園，他本人也親自訪問了納帕的課程。尚．克勞德．加利亞諾在葡萄酒業界擁有教主般的地位，在家傳的古老莊園裡生產最頂級的葡萄酒，只有在少數米其林星級餐廳才喝得到。這位釀酒大師的哲學和生活風格——全心投入在釀酒藝術、旅行和文化中的生活方式，是伊莎貝拉一直都非常嚮往的。她聊得渾然忘我，暫時忘卻了自己，和我們兩人的問題。

「如果爸爸也能見到他，一定會很開心的。」我注意到她說話的語氣，是一種遺憾的口吻，彷佛她已經認定，朱力歐絕對不可能有機會親自和尚．克勞德．加利亞諾這樣的人物見面了。伊莎貝拉對於葡萄酒的知識正高速增長，然而朱力歐卻日漸萎縮之中。等到有一天，她的學習開花結果了，她的父親卻將不再有能力欣賞這顆當初他親手種下的種子。他現在連自己最喜歡喝的紅酒名字都記不住了。

「朱力歐的情況怎麼樣？」我問，仍然迴避著「那個話題」。

她察覺到我暫時不想提起昨晚的事，小心翼翼地避開話題，對我說起家裡發生的事。她解釋了她爸媽如何學著應付朱力歐突然的病情轉變，還養了一對查理士王小獵犬，因為他們發現，對於遲發性阿茲海默症患者來說，如果能在發病初期和寵物建立連結、養成每天散步的習慣，對病情會有正面的幫助。

我想像著朱力歐和蒂娜漫步穿過他們家附近林木蓊鬱的公園，一對小狗在他們腳邊追逐奔跑。在我想像的畫面中，那是一個秋天的景色，高聳的橡樹，肥美的葉片被秋風刮落，緩慢地、無情地，直到只剩下光禿禿的枝幹。

伊莎貝拉放下餐具，拿起餐巾按了按嘴角，啜了一口咖啡，說道：「我要告訴你一件事。」

好吧，總算來了。不能再逃避這個話題了。緊張感重新揪住了我的胃。

「尚．克勞德不只是釀酒大師，」她開口。她要說的事跟我想的不一樣？「他對於把自己的知識傳承給下一代，也非常有熱情。所以他才會來納帕。納帕的這套課程在世界各地都很有名，他來的目的除了教課，同時也是要挖掘新人。」

「長話短說，他很讚賞我品酒的能力。所以他邀請我在納帕的課程結束後，繼續去他的大師課程裡進修。那是一年期的課程，在法國。上過了納帕的課程，還有我在貝托里尼的資歷，如果再加上這個，我真的就有很好的條件可以進入這門產業。」

從她的語調，我聽得出來，她不是在徵詢我的意見，也不是在要求我允許她去。她不需要我參與她的決策。她已經做好決定了；「我要告訴你一件事」完全就是字面上的意義。

這個瞬間，我同時也明白了，她和保羅的一夜情跟這件事比起來，真的不算什麼。那只是一時犯蠢、一次意外、不經大腦的。如果要我百分之百誠實的話，我的自制力說不定不會比較好。

不過，納帕課程結束後就直接去法國，這件事的重量又是另外一個等級的事了。她一定已經花了很多時間思考，早就想清楚了，這個決定代表什麼意義。她的表情很是傷感，同時又有些釋然。我們彼此凝視的那一刻，我才意識到，昨晚她哭到睡著、今天早上一臉心神不寧的樣子，真正的理由也許不是因為我發現她和保羅的事，而是她有更重要許多的消息要告訴我。

「我跟尚．克勞德聊過爸爸的情況，」她沉重地說，「從他的莊園回去英國，只要幾個小時的時間。而且他說，我週末可以回家沒問題。」

看著面無表情的我，她提起：「我們以前就講好過，如果我爸的情況開始變糟……」

「我知道，」我聳肩，「我只是希望事情不會變成那樣。」

「我也是。」她往後倒在椅背上，「只是它已經發生了。」

我盯著她瞧了好一陣子，心裡納悶著：那我們兩個人的事呢？我們的婚約還成立嗎？還是一切都已經結束了？不過我知道，追究下去是沒有意義的。父母親是伊莎貝拉心目中的第一順位。現在她要回去當她的乖女兒了。

「我媽需要我的幫忙。」這句話像是在回應我的心聲，「我爸媽都需要。」

我記得自己聽到她說要去納帕上課時第一時間的反應。她決定要去上一個為期半年的課程，不跟我待在一起，這對我而言感覺上已經像是一種背叛，而我憤怒的反應只把場面弄得更糟而已。今天這個消息，比起去納帕半年，嚴重太多太多了。因為，她去了就不會再回來。我知道自己這次絕對不能再過度反應了，我得表現得聰明一點。她並沒有直接說出「分手」這兩個字。過去十二個小時以來，已經飽受震驚的我，也不想輕易就關閉我們之間的可能性。但有件事我還是想弄個明白。

「妳說我無法承諾，」我盡可能讓自己的語調聽起來平常一點，「我其實不知道妳是什麼意思。我知道自己也許不夠浪漫，達不到妳的標準，不過我一直都認定，我們最後一定會結婚。我只是以為妳不急著做這件事。」

「不，你才是那個不急的人，」她平靜地糾正我。「之前如果你挑個日子的話，我會非常興奮的。」

我發現她用了「之前」兩個字。過去式。「我還以為只是妳爸媽在催？」

她搖搖頭。「每個義大利女孩都渴望一個盛大的婚禮。我們成長的過程中，都一直夢想著那個童話般的一天。爸媽當然有催我們，可是那也是我想要的。」

她這番話說得全心全意，是我始料未及的。我總是以為她跟我一樣，都不喜歡傳統義大利婚禮那種浮誇又鋪張的形式。現在我才明白，我的偏好受到自己的家庭背景影響之深，正如同她的一樣。我哥哥嫂嫂結婚的時候，是某個星期五早上，在八個親友面前，到切爾西區公所登記完成的——而且結婚的理由僅僅是因為，他們認為差不多可以試試看生孩子這件事了。我媽當了他們的證婚人，完成之後跟大家一起開開心心地吃了午飯，接著就趕回罕布夏郡參加她的園藝師聚會。我一直以為我跟伊莎貝拉的婚禮應該也會跟這個差不多低調。

我搖著頭說：「原來婚禮對妳這麼重要，真希望妳早點告訴我。」

她遲疑了一陣子，終於直視著我的眼睛說道：「有些事情是不能用說的，馬特，當然我不是說這樣就是對的。可是我想要你自己就能夠體會。能夠瞭解我。」

❖

剩下的週末時光，我們到郊外度過。午餐過後，我們開著車到了威尼斯海灘。搬來洛杉磯之前，我一直夢想著這樣的情景：一起躺在棕櫚樹下、看看街頭表演、逛逛市集的攤販、享受加利福尼亞的陽光。然而今天，當我和伊莎貝拉肩並肩，漫步在寬闊的人行道上時，我的心情卻像參加喪禮一樣。

我們周遭來來往往的人潮看起來都像是家庭出遊——年邁的父母和中年兒女們。年輕的媽媽和幼小的孩童們。有時候甚至能看到三代同堂、一起踢球的景象。這讓我思考起血緣這件事。它的羈絆如此強烈，影響力甚至足以跨越海洋。伊莎貝拉的忠誠，這個令我苦苦執著的東西，事實上，從來都是無庸置疑的。只不過，她的忠誠，永遠第一優先奉獻給她的家人。假如我早點把她娶回家，今天的情況會有所不同吧。不過這個問題的答案，我再也沒有機會知道了。

這一晚我們雖然睡在同一張床上，卻沒有睡在一起。我們像是兩片書擋，分頭躺在一張孤獨的床鋪兩端。我想起了愛麗絲那番關於分手的論點。你如何看待一個事件，決定了你對它的體驗會是正面還是負面。對某些人來說，結束一段關係是一件最棒的事，讓他們重新得到自由，有機會認識新的對象。

我能理解這觀點對某些人可能是有用的，在某些時候。但是現在，它對我就是沒用。我只覺得自己彷彿失去了一切。我的人生活到今天，伊莎貝拉對我而言，就是這個世界上最重要的人。從各方面來看，她都可以說是構成了我整個世界。經過長時間的相處，她映照出了我生命的許多不同面向，因此失去她，等於失去了一部分的我自己。

❖

伊莎貝拉預定的是星期天早上在洛杉磯機場的班機。她說她自己叫計程車，不過我當然會開車送她去。她打包行李的時候，又從公寓裡另外裝了一整個行李箱的東西帶走。原本擺在客廳的CD播放器。她裝飾在櫃子上的一些小玩意兒。我注意到櫥櫃上的訂婚戒指不見了。她幾乎沒有留下什麼私人物品。只剩一個紅色的大行李箱，裡面裝了一些書和衣服。還能把我們維繫在一起的物件，現在減少到只剩下這個行李箱了。

開往機場的整個路上，我多少在等著，她會不會叫我不要打電話給她。或是她會不會對我說，她不會再回洛杉磯找我了。或是一些其他的，具有決斷性的說法。結果我們只是有一搭沒一搭地聊著查理士王小獵犬、牠們當寵物不知道會怎麼樣、朱力歐和蒂娜不知道會不會習慣養狗。

她下車後，沒有最後的道別、沒有離情依依、沒有保證互相打電話，也沒有臨別前的擁抱。我知道這種模糊曖昧的態度不只來自於我，也來自於伊莎貝拉。我們都刻意矜持著，既不想說、也不願聽到那幾個關鍵字。此情此景，跟過去簡直是天壤之別，那時我們總是無話不談，從來沒有任何顧忌。現在的我們，像是各自從自己的內在撤退，把自己蜷縮成一顆防衛的球。

開回西好萊塢的路上，我帥氣的新車、蔚藍的天空、朦朧的午後陽光，像是聯合在一起，就是要讓我感覺更不快樂、更孤單。才沒多久之前，我，頂著研究總監的頭銜，在這樣的天色之中，開著我的銀色賓士 SLK，馳騁在加州的高速公路上，對我來說還是一件美夢成真的事。

如今這個場景雖然成真了，我卻開始明白到自己所付出的代價。昨晚雖然我一覺到天亮，惡夢沒有來煩我，但是如今這個惡夢要給我的提示，已經顯得很多餘了。起碼，在我的感情世界，我已經摔入了一個感覺一樣糟糕的虛空裡。說不定還更糟。畢竟，跌進遺忘的深淵之後，一個人還有什麼痛苦可言呢？我跟伊莎貝拉一起擁有過的時光是那麼美好、那麼珍貴，我很懷疑有任何其他人事物可以取代。回顧著所有那些溫柔甜美的回憶，我痛苦地意識到，很快地，回憶將是我僅有的東西了。

一如俗話所說，唯有當你失去一個人之後，你才會明白她對你的意義有多麼深重。我心痛得無法自拔，回到家之後，唯一能做的事，是癱倒在我們的床上，她睡過的那一側——床單上還殘留著她的體香——我麻木地躺著，不敢相信這真的發生了。沒有了她，一切都變得沒有意義。這是世上最深刻的孤獨感。

我就這麼躺了整個下午、整個傍晚、整個晚上。我的人生不可能比現在更糟了，除此之外我什麼都不確定。

當然，這次我又大錯特錯了。

❖

接下來的一週過了大約一半，某天傍晚，我去洛杉磯市區參加一場研討會。研討會的主題——監管技術里程碑——枯燥得難以下嚥，不過，我硬是拖著憂鬱乏力的自己去參加，我告訴自己，這是探勘研究材料的機會，這樣我才能找出下一個重要的研究主題，呈報給審查委員會。

研討會的簡報內容跟預期一樣的平淡無趣，看完之後，一百多個生物科技圈的主管人員聚集在招待區，享用冰鎮過的葡萄酒和宴會點心，這時候重頭戲才真正開始，圈子裡的人互動交流，氣氛越來越熱絡。

還在倫敦的時候，這一類的會議上，總是能看到幾個固定的熟面孔，可是在這裡，我完全不知道從何下手。所以，當一個身材削瘦、戴著眼鏡，看上去比我稍長幾歲的男人主動來跟我攀談時，我鬆了一口氣。

「艾瑟拉瑞研究總監？」他讀著我身上掛的名牌。

「是的。」

「路克·凱洛威（Luke Calloway），」他報上姓名，跟我握手，之後秀了秀自己的名牌，是一個我沒聽過的公司名稱。「這上頭可就沒有研究總監這種頭銜了，是吧？」

「嗯。」我點頭。

「聽你的口音，是英國人？」

「倫敦。」

「你在艾瑟拉瑞總部二十八樓的辦公室很大吧？」

我不懂他想要把話題帶到哪裡。通常我非常樂於向人自我介紹，不過這傢伙擺出一副什麼都知道的樣子，這令我對他起了戒心。我謹慎地打量他。「跟我在倫敦的時候相比，確實很大，只不過——」

「那裡是個出境休息室。」他這麼說，一副我會附和他的嘴臉。

我左右張望了一下，想找個方法脫身。「應該說是入境休息室，」我糾正他，「我才剛到兩個月。」

「兩個月？讓我猜一下，布萊克利拿走了你的心血結晶。他找來一個聰明能幹的年輕小伙子，哈佛商學院畢業之類的，來幫你打點所有麻煩的行政瑣事，讓你自由自在地去搞你偉大高尚的純科學？」

我更認真地盯著他看了。他是一副臭屁的樣子，沒錯，可是我的情況全被他說中了，這讓我渾身不安。頃刻間我感到自己彷彿擺盪在一片凶險的黑暗之中，搖搖欲墜。我的心臟狂跳不已。

遲疑了一下之後，我問：「你為什麼對我的工作那麼感興趣？」

「噢，」他嘴角往兩邊拉長，「我應該先解釋的。那以前是我的工作。」

我揚起眉毛。

「我是艾瑟拉瑞的前任研究總監之一。」

我又看了一眼他的名牌。凱洛威。想不出任何線索。

「過去四年來，歷任研究總監之一。我堅持了八個月，這很值得驕傲了，因為遠遠超過平均任職長度——」

「我不懂你想要表達的是什麼，」我打斷他，「不過我在艾瑟拉瑞進展得很順利。」

他臉色一變，打住了那些故弄玄虛的把戲。「如果你說的是真的，」他說，「如果布萊克利高薪聘請你，真的只是為了你的聰明才智，那可真是史無前例了。」

「不然他還能為了什麼？」

「你的智慧財產。布萊克利專門搶奪別人的智慧財產。他是一個騙子。小偷。隨你怎麼稱呼。他這輩子從來沒生出過一個自己原創的點子，卻是生物科技圈裡最有錢的人之一。你自己去弄個清楚。」

我立刻就想起了哈利・薩德勒幫研究院談的合約。他不屈不撓的談判過程。他如何讓艾瑟拉瑞同意轉移所有我們個人的智慧財產權條款。

我也想起了哈利把艾瑟拉瑞的合約交給我時的情形。他依照「官方要求」建議我找一個律師幫忙看合約，同時又以私人的角度對我說，保證滴水不漏。我和伊莎貝拉一答應，各種事就一直忙著趕鴨子上架，所以合約我幾乎只是約略翻一翻，就簽名了。「我想我們的合約內容是蠻健全的。」我這麼說，這句話更多的成分只是自我安慰。

「回去仔細檢查一下附屬細則就好。」隔著鏡片，凱洛威的目光閃爍，「他已經有一套固定流程了。第一步，他會找到一個優秀的、已經發展得很完備，但是可憐兮兮缺乏資金的研究計畫，而且最好那些人對他的認識都還不多。第二步，他披著他閃亮的戰袍出現，雙手奉上大筆資金，給你很高的職位，幫你支付轉移陣地的全部費用。這是他轉移你注意力的伎倆。讓你心花怒放，失去戒心。這就是他得逞的時候——在你的合約裡的某個地方，他會扣住你的智慧財產權。第三步，當你進了公司還在蜜月期的時候，他會要求你把你知道的一切，都告訴他自己的人馬。等到他把你吃乾抹盡，不剩半點利用價值之後，他就會拋棄你。」

我驚訝得說不出話。彷彿凱洛威所揭發的這些真相，將我一把推入了陰暗的悲慘世界，我無助地滑落，滑過那個再也無法回頭的臨界點，一頭栽進漆黑之中，我的心被冷冽的驚恐所填滿。我曾經付出過的每一分努力，突然間，全都覆蓋在遭人遺忘的陰影之下。凱洛威不只精確地描述出了正發生在我和奈米博特身上的情況，同時也把我的私心的真相，尖銳又令人痛苦地暴露了出來。他破解了一道被我忽視的密碼，無論謎底其實多麼簡單。我看不見這些真相，是因為我不想看見嗎？因為我寧願相信，比爾．布萊克利奉承我的那些好話？

確實我不清楚合約裡的細節，而這件事突然擁有了迫切的重要性。聽完凱洛威一番話之後，我懊悔自己當初為何簽得那麼草率。這一瞬間，這紙合約似乎變成了我職業生涯以來最舉足輕重的一份文件，而我卻一時想不起來它放在哪裡。是不是在公寓裡的某個整理箱裡面？

「嗯，」我吞了一口口水，「我還沒被炒魷魚呢。」

「噢，他不會這麼粗魯的。布萊克利最愛用的手法是，要求你不斷產出新的點子，然後再通通打回票——」

「那審查委員會——」

「他們不會批准任何提案的。」

「委員會的成員應該是具有獨立性的。」

「委員會裡的每一個成員都受到布萊克利控制。標榜審查委員會的獨立性，他才有理由對你抱怨，批評你缺乏產能。」

「產能？」

「『你已經來上班六個月了，我每週都付你五千美金的薪水，還有這個那個，然後到現在你連個計畫都生不出來。我們需要重新談一下我們的合約。』然後他可能會建議你在家工作，說不定會付你四個月的薪水要求你產出新的研究案。底線：他其實只是付你一年的薪水，就拿下了你整個研究案。」

我忍不住搖頭：「我七年的心血……」我還在消化凱洛威說的每一句話。

「以我的案例來說的話，他只花了六位數的金額而已，」凱洛威做出了一個皮笑肉不笑的表情，「跟光天化日下搶劫差不多。」

「那先前技術專利呢？」我問。奈米博特整套計畫的第一個專利，是登記在我自己的名下，而不是研究院的。專利內容裡面描述了整項計畫的核心特徵，後來申請的所有其他專利，都是奠基於這項專利之上的。

凱洛威揚起眉毛：「我們是在同一條船上。專利只能讓你有權去保護你的智慧財產。可是你不會真的認為，你可以靠自己一個人的力量去跟布萊克利對抗吧？」

❖

結束和凱洛威的談話後，我立刻離開了研討會現場，急忙趕回西好萊塢。一回到家，就開始翻箱倒櫃，翻遍了家裡所有的文件，直到翻出我的合約為止。第一次細讀合約裡的條款，我感到愚蠢，為什麼拖到現在才做這件事。只不過合約裡的句子都寫得很長，條款非常艱澀拗口——尤其是那些牽涉到智慧財產權的——我發現，這文件只有律師才看得懂。我現在該拿它怎麼辦？

隔天一大早，我打電話回倫敦給哈利，我把凱洛威的話轉述給他聽時，他的態度一派輕鬆、信心十足。他向我確認，科學研究院的律師群仔細審查過研究院和艾瑟拉瑞之間的合約。無論是研究院的，或是研究員個人的智慧財產權，都保證安全。

過了不到二十四小時之後，情勢又改變了。凌晨五點，接到哈利從研究院打來的電話，他說，他的律師指出了一項規定，表明智慧財產權應在與關鍵研究人員的個別合約裡重新協商。不過他還蠻肯定在我的合約裡應該沒有相關條款。

「應該沒有？」雖然是大清早，我整個人嚇醒，「你說過合約是滴水不漏的！你沒有確認過嗎？」

「律師們看過第一版。他們建議修改一些小地方。我檢查過那些修改的地方，」他沉默了幾秒，語帶歉意地說：「我確實沒有完整地重讀整份合約。盡職調查的結果沒有顯示任何有關布萊克利的負面紀錄。之前已經跟他簽過研究院之間的合約了，所以我猜想你的合約應該也不會有什麼問題。」

猜想。

之前在倫敦的時候，每當有人警告我時，我總是急著想打發他們，不過，在打電話給他們其中幾個人之後，我搜集到了更多證據，支持凱洛威所說的話。為什麼盡職調查都沒有查出這些事證呢？我又再次打電話給哈利確認細節，結果發現，研究院對艾瑟拉瑞進行盡職調查時，只針對財務方面進行調查。他們沒有調查他的商業活動紀錄，找出他曾經惡搞過誰，或是一路以來利用過哪些人。甚至連媒體對這個人有過哪些評價，這麼基本的事，他們也沒有做。

顯然哈利所謂的精彩交鋒、漂亮談判，只存在在他自己的想像裡。

駭進幾道安全防火牆，搜索了艾瑟拉瑞的幾個資料庫之後，我發現，過去三年來，艾瑟拉瑞曾經雇用過四個研究總監。沒有一個人在職時間超過凱洛威的八個月。

一個人在辦公室和家裡，安靜地獨處了許久，我有非常多時間可以思考佛法的觀點，所謂並非事件本身決定你快樂與否，而是你對事件的看法，決定了你對快樂的感受。對這個觀點開始有些體悟，是讓我得以穩住自己，不至於發瘋的理由之一。我不斷告訴自己，這不是世界末日。我不用因為伊莎貝拉或艾瑟拉瑞就崩潰。我可以選擇不讓自己被這些事情拖垮。

我打電話給伊莎貝拉，只是想聽聽她的聲音，很快地我發現，她也有各種自己的壓力，比方說不斷被課業追著跑、作業繳交期限等等。我決定不要增加她的負擔，所以沒有告訴她艾瑟拉瑞的事。我們不聊未來，也不去討論她課程結束之後的事。

與此同時，在艾瑟拉瑞，我發現自己越來越難維持工作士氣、假裝自己什麼都不知道。既然都已經知道審查委員會的結論會是什麼了，那還何必繼續想新的點子？所以，我把時間花在調查自己的案件上。一個接一個，我追查出過去歷任的研究總監。找到他們之後，我向他們解釋自己的身分，以及現有的發現，結果從他們身上，我問出來的幾乎都是同一個故事，只是版本略有不同。我們的背景都一樣，在缺乏資金的機構做研究的科學家。沒有人具備任何商業方面的專業知識。其中兩個人跟我一樣，擁有先前技術專利，但是沒有錢可以打官司。

我也花了一些時間去和艾瑟拉瑞的投資人關係經理聊天。梅文．潘克（Mervyn Pank）是一個健談的人，起初他很驚訝，像我這種書呆子型的科學家，竟然會對公司的財務計畫感興趣。我從他口中證實，艾瑟拉瑞已經準備好了，兩個月內會在納斯達克上市。他發揮了跟丹．史坦納同樣精細的高效率，很快地把接下來六週準備發行募股說明書的時程表、重要排程的資料都給了我。

當我問他，奈米博特會不會在募股說明書裡面時，潘克看著我的表情好像我吃錯藥一樣。當然啊，他說，奈米博特可是艾瑟拉瑞的三大招牌之一——是艾瑟拉瑞用來吸引投資的主要項目。他告訴我的驚人的數字是，公司的預期目標是募集一億美金資金投入，這麼一來，艾瑟拉瑞的總市值將會擴張至二點五億美金。

❖

那通電話打來的時候，是一個星期五下午。當我聽到話筒裡傳來凱西・貝倫德的聲音，要求我下午三點去比爾・布萊克利的辦公室見他時，我的嘴角露出了微笑。所以，是正好趁著週末來臨，要我清空辦公室？對於這套完全在預期之中的情節，我不知道自己是應該生氣，還是該感到訝異，布萊克利竟然可以一再搬弄同樣的手法，都不覺得有人會阻止他？

走上旋轉樓梯，玻璃圓頂閣樓裡的氣氛，跟我上次造訪時天差地遠。上次走進這裡時，我怒氣沖沖，不滿丹・史坦納掛上了奈米博特負責人的頭銜，比爾・布萊克利說了一大堆花言巧語安慰我。誠然，當時他尚且認為，還能夠從我的腦袋裡榨出幾滴也許有利用價值的智慧財產，至於現在，我想我是已經被榨乾了。

這一次布萊克利既沒有離開辦公桌站起來迎接我，也沒有邀請我一起到沙發上坐下。金屬邊框的眼鏡後方，是一副憂心忡忡的神情。

「我很煩惱，馬特，」連客套的開場白都沒有，「我剛剛在讀公司的報表。你已經加入我們好一段時間了，可是，」他的鏡片閃過一道光芒，「到目前為止，都沒有產出任何新的研究計畫。」

我看著攤開在他閃亮辦公桌桌面上的一張張報表。我不知道那堆報表究竟是些什麼東西，不過，那也不是真的重點。無論這些報表是打哪來的、內容是什麼，都只是用來支持他的說詞而已。這不過是一場遊戲。

「我每個月付給你的薪水，差不多兩萬一千美金吧，」他拿起一疊電腦列印出來的表格，在我面前揮舞著，臉上堆出做作的政治脾氣，「我想艾瑟拉瑞的股東們會想弄個明白，這些開銷能帶來什麼樣的回報。」

倘若我不是事先就知道會上演這一齣劇碼，我的反應會是截然不同的。我一定會被這突如其來的羞辱嚇壞。擔心他對我的指責會影響到我研究總監的職務。

「我檢視了過去幾週以來的報表，」他的眉頭深鎖，額頭皺成一團，「在我看來，這越看越像是光天化日下搶劫。」

我還記得上一次是在哪裡聽到這句話的。那一晚在研討會上，路克·凱洛威用了一模一樣的形容詞，來描述偉大又高貴的布萊克利先生，一貫的犯案伎倆。

揭穿他的時候到了。

11

一陣風將燒毀塘村的刺鼻濃煙吹到了我們臉上。那名士兵斥責我們是小偷，惡狠狠地用刺刀指著我們。他的刺刀上已經叉著一本慈仁喇嘛背包裡的經書了。我很納悶，這個人一點都不懂得尊重嗎？我心裡的怒氣節節高升。把經書像一塊烤肉似地揮來舞去，他不知道什麼叫做敬重嗎？毫無疑問，他裝腔作勢的指控，是為了羅織罪名，藉此在我們身上施加更多暴力。如果再不做點什麼的話，我們的下場也許不只是嚴刑拷打，更有可能丟了性命。那我們神聖的任務就會失敗了。

慈仁喇嘛被逼著掏出背包裡的東西時，我跟巴登·旺波在喇嘛的右邊，低垂著頭，肩並肩，面向村民們站著。我微微抬起視線，往前偷瞄這一大片淒慘的景象。整個村子變成了一座廢墟，濃煙四起。屋頂冒火。窗戶砸破。摔爛的傢俱散落在被踢破的門邊。幾具村民的屍體橫躺在地上。已經被冠上罪名的三個出家人，還能有什麼機會？

在我們面前的，是二十來個村民，睡夢中被趕下床，身上只穿著倉促套在身上的少量衣物，渾身發抖地簇擁在一起，濃煙燻得他們渾身焦黑。表情全是一臉驚恐。

我想起被三名士兵拖走的那個年輕女孩。她讓我想起了姊姊。一想到那三個抓住我們的禽獸正在污辱她，我的怒火更是一飛沖天，比經書被損傷還要更生氣。等到他們玩夠了之後，他們會怎麼對她？把她丟在原地，像一個弄髒的破布娃娃？還是先姦後殺？

那我們呢？我擺脫不掉寧瑪派比丘被鞭打到骨頭都露出來的可怕畫面。說不定打他的，跟現在指控我們是人民公敵的這個士兵，是同一個人呢。

他的另外兩個同伴站在村民們的背後，背靠在一間小屋的牆上，掏出了香菸。其中一個人擦亮火柴，用手護住火焰，讓兩個人靠在一起點菸。這怎麼可能？太不可思議了。才剛剛殺了村民、強暴了女人的兩個人，怎麼可以站在那裡，若無其事地點起菸來？他們憑什麼指控我們偷東西，反正最後他們也會毀了那些東西？這裡沒有半件事情是合理的。他們怎麼可以如此無動於衷地摧毀別人的生命，彷彿這些行為都不會有後果似的？

眼前唯一合理的事，只有我現在偷偷在背後做的事了：我正想辦法鬆開綁著我手腕的繩索。從小我就很擅長打繩結，也很擅長拆繩結。紅軍抓住我們的時候，雖然繩子綁得很緊，不過那是好幾個小時以前的事了。一整個晚上，我一直悄悄地摳著繩結，設法在不引人注意的情況下，把手腕上的結弄鬆。現在沒有人站在我們背後了，我可以更大膽地做這件事。

慈仁喇嘛的手腕還綁在一起，動作不方便，所以到目前為止，他只拿出了自己背包裡的東西，包括幾本用布包起來的經書。我訝異地發現，蓮花生大士的兩卷伏藏，竟然不在喇嘛的背包裡。我們三人的行囊都是喇嘛整理的，所以我以為，最珍貴的伏藏應該會放在他的背包裡面。

現在換巴登．旺波了，士兵鬼吼鬼叫地要他跪到地上，把背包裡的東西拿出來。一整晚走個不停，虛弱的巴登．旺波，連彎下膝蓋的動作都做得很吃力。又餓又驚嚇的他，已經頭暈目眩了。他打開背包的動作稍微慢了一點，士兵就一腳踹在他肚子上。那一腳踹得凶狠無比，我嚇得縮起身子。但願我能代替他承受那一腳。我們兄弟倆比起來，我一直都是體格比較強壯的那個。巴登・旺波被踢得差點厥過去，痛到臉色發白，連呼吸都有困難。

手腕被捆在一起的巴登・旺波，笨拙地打開他的背包。他拿出了更多用最精美的綢緞包裹起來的經書，那些經書珍貴得不得了，換作在一般的情況下，普通的比丘是沒有機會打開它們的。在正波寺，要受過最高等級的灌頂、完成好幾次密乘閉關和火供儀式的比丘，才有資格接受這些密傳的教導。然而現在，這些珍貴的經書，卻要白白交給一幫野蠻人糟蹋。

主持這場審判表演的士兵彎腰看著巴登・旺波取出來的經書。突然間，我感覺到繩索從我的手腕滑脫。我一直全神貫注在解開最後一個結，沒有意識到自己已經幾乎把它拆開了。還好我的反應夠快，及時抓住了鬆脫的繩索，沒有讓它掉到地上。

現在我可以自由行動了。手臂被綁在背後那麼久了，我好想把它們放下來，放回身體兩邊。不過就算我可以，我也絕對不能輕舉妄動。事實上，我正在質問自己，為什麼要解開繩索。假如被士兵發現我想逃走，那我的命運就可以說是拍板決定了。我們剛被抓到、臉埋在爛泥裡的時候，士兵們告訴我們的第一件事情，就是如果我們想逃跑，下場是必死無疑。

是什麼衝動讓我堅持不懈拆開繩索？尤其是我明明知道士兵一定也會命令我打開自己的背包。恐慌跟我的怒火一樣，持續上漲。我聽見腦子裡的血管轟隆作響。再不久，我拆開繩索逃跑的舉動就要被揭穿了。

我再一次偷瞄眼前的景象，快速地觀察了一下害怕得擠在一團的村民。那兩個士兵還在抽著菸，對周遭的一切慘狀漠不關心。

我還注意到了另外一件事。

小屋的右邊，審判我們的士兵的視線範圍之外，出現了兩個西藏村民。他們一個手上拿著鋤頭，另一個握著斧頭。可能他們原本是躲起來的。不用猜也知道他們現在想做什麼。不過他們怎麼打得過手上握有突擊步槍的三個紅軍士兵？

視線越過擠成一團的村民上方，他們看得出來，我已經注意到他們了。我用我的頭偷偷暗示他們，那兩個抽菸士兵的所在位置。問題是，他們沒辦法從背後偷襲那兩個士兵，卻不被正在朝巴登．旺波大吼的士兵看見。

被用力踹過的巴登．旺波，呼吸變得很吃力。我從來沒見過他的臉色這麼難看過。他痛苦地吸了一小口氣，然後把背包裡最後一件物品倒了出來。喇嘛擔憂地看著他。意外的是，蓮師的伏藏也不在巴登．旺波的背包裡。我很快就明白了這代表什麼意義。我才是那個護送和保護伏藏的人！

最珍貴的二，前往紅面人的國度，
靜待佛法鬥士。

好一個佛法鬥士啊我。我甚至連邊界都還沒跨過去就被抓到了。

慈仁喇嘛和巴登．旺波都已經被冠上了小偷的罪名，現在，士兵把注意力轉向我。他的氣焰更高漲了。我們不僅是人民公敵，還是中國祖國大地上的罪人。我們是假扮成出家人的犯罪者。我們竊取了屬於人民的東西，多虧了紅軍，當場把我們逮個正著。

我聽著他歇斯底里的指控，心裡的怒火前所未有地熾烈。他怎麼可以說巴登・旺波是小偷？巴登・旺波可是我最善解人意的哥哥呀。他憑什麼辱罵我最尊貴的上師慈仁喇嘛？他可是將一生都奉獻給了濟世救人的啊。

也許因為我看起來年紀最輕、個頭也最小，不具有威脅性，當那名士兵走到村民面前站著時，是背向著我的。也許因為喇嘛和巴登・旺波都表現得十分順從，所以他認為我一定也是一樣。

他趾高氣昂地往前跨了幾步，我趁機抬起頭來。小屋旁邊那兩個西藏村民不見了。我覺得他們一定是摸清楚抽菸士兵的位置了。我知道現在是當機立斷的時刻。我可以乖乖站著，然後很快被他抓到我手上的繩索已經鬆開了。我也可以讓局勢掌握在我自己手上。我只有短短幾秒鐘可以做出這個一生中最重大的決定。風險很高。不過我決心好好利用鬆綁的雙手，攻其不備。

我鼓起全身的力氣，全神貫注。深吸氣，專心凝神，回憶起在正波寺每天早上鍛鍊的太極拳。士兵粗糙的嗓門變得更刺耳了。我從來沒有這麼痛恨一個人過！他正在對村民宣布，像我們這種罪該萬死的叛徒，只有一種懲罰是最適合的。唯有這種懲罰，才能避免我們再次竊取祖國的東西。不過沒人有機會聽完他要說的是什麼，因為我卯足了全力，迅速一擊。我跳到半空中，往前一踢，使上我全身上下所有力氣，踹向他的脊椎。他的腰往後一折，摔倒在地上。

這一切發生得非常快。我還沒想好下一步該做什麼。還不清楚。我知道自己一定要搶走他手上的步槍。

我多少覺得自己可能會被另外兩個士兵射殺。不過小屋後方的那兩個村民也抓住了這個機會，趁機動手。趴在地上的士兵呻吟著，還摸不著頭緒，我猛力把步槍從他手中拽了下來，抬頭一看，發現那兩個村民也搞定他們的對手，制服了另外兩個士兵。

三個紅軍士兵都被壓制在地上了，擠在一起的村民也立刻採取了反應。他們全都站了起來，不發一語，迅速地包圍住原本俘虜他們的三個士兵。很快地，士兵身上的步槍、刺刀、靴子全都被剝得一乾二淨。

村民裡面塊頭最大的，可能是村子裡的屠夫，他拿著一把長刀走過來。他手腳俐落，一個接一個，用嫻熟的動作劃開了三個士兵的喉嚨。三個破敗的身軀癱在焦黑的地面上，流失的鮮血一點一滴帶走他們的生命。他們身上的靴子、帽子、武器全都被拿走了。幾分鐘前還令人懼怕的三號人物，現在只是三具半赤裸的、微不足道的軀體。

我注意到，有幾個村民握著搶來的步槍穿過濃煙，朝女孩被另外三個士兵拖走的方向走去。

這時候的慈仁喇嘛和巴登．旺波，正忙著把經書裝回背包裡。慈仁喇嘛用綢緞重新包好被刺了一個大洞的經書時，他的眼底透出一份鋼鐵般的意志。

原本躲在小屋後的其中一個村民往我們的方向走了過來。他手上還握著那把斧頭。我注意到斧頭比較鈍的那一端沾滿了血，黏著一團頭髮。

慈仁喇嘛和巴登．旺波站起來，脫下了纏在手腕上的繩索。

村民走向慈仁喇嘛。

「我為你們蒙受的損失感到遺憾。」喇嘛環視殘破的塘村，向他致意。全身發疼、累得都快昏倒了的喇嘛，即使是在這種情況下，還是比關心自己更加關心別人。

「如果你們沒有出現的話，情況只會更糟。」

喇嘛的表情深不可測。他總是叮囑我們，不要去猜想本來會如何，或不會如何。

「他們打算殺掉村子裡三分之一的人——他們這麼說。」村民伸出手，搭在我的肩膀上，眼神裡有著深深的感激，「謝謝你，我的朋友。」

我覺得很難為情，「我只是一時衝動而已。」我也很想跟他一樣，對喇嘛解釋我的舉動。說話的時候，我看著躺在地上的三個士兵，他們正一點一滴地死去。「或許我這麼做很沒有智慧。」

附近傳來了槍聲。

「你救了很多人的性命。」村民很堅定，「你也救了我們其中一戶人家的女兒，讓她不用受更多苦。」

我尋求著喇嘛的視線。這是在突襲士兵之後，我第一次看著他的眼睛。無論村民怎麼好言讚賞我，沒有確認過喇嘛的反應，我無法安心。即使我認為，除了採取行動之外，我幾乎沒有別的選擇，即使我應該可以說是挽救了我們三人的性命、保護了珍貴的經書，可是當我看著腳邊的三具屍體時，我簡直不敢想像自己的舉動會帶來什麼樣的後果。殺生是身口意十惡業裡的第一惡業，而我剛才犯下了這個惡業。

慈仁喇嘛凝視著我，眼神溫暖又寧靜，我心裡的大石頭才總算放了下來。他伸出手臂抱了抱我，更是讓我喜出望外。或許村民會以為，慈仁喇嘛擁抱我，是出於驕傲或感激，不過我明白他真正的意思。他其實是在安慰我。

「我們該上路了。」喇嘛說。不需要多作解釋。清晨對僧人們來說，是最危險的時段之一。誰敢保證這附近的路上不會再遇到更多紅軍士兵呢？

村民恭敬地對我們三人鞠躬，雙手不太協調地夾著染血的斧頭合十。我們向他回禮，然後轉頭看著喇嘛。喇嘛很快看了我們一眼，確認了我們的心聲：「回洞穴。」

我們折回距離這裡一千步遠、蓮師的洞穴，那個原本我以為，再也不會有機會造訪、或者至少要隔很久很久才有機會回去的地方。經歷了剛才那種驚心動魄的事件，再加上連續走了一整晚的路都沒有休息，我們三人沉默地走著。

抵達洞穴入口，我爬上白樺樹，按照跟先前一樣的方法進入洞穴。很快地我們就用洞穴後方的泉水梳洗好、吃了便餐、搬出了草蓆和毯子，慶幸自己在度過了痛苦不堪的一夜後，還有蓮師的洞穴能給我們庇護。

我躺下的時候，喇嘛從他正準備打坐的位置望著我，「我很感謝你今天所做的事，丹增．多傑。」他說，「將來，成千上百，甚至是千千萬萬人，也會為此表達感謝。因為你的勇敢，保護了我們的傳承。」

「也許還保住了我們的性命，」巴登．旺波的聲音充滿情感。

「幾乎可以肯定是保住了我們的性命。」慈仁喇嘛肯定地說。

很快地，我就睡著了。

❖

在睡夢中，我回憶起了塘村的場景。就跟所有的惡夢一樣，夢裡的畫面離奇扭曲，跟現實所發生的很不一樣，不過畫面甚至比現實更加鮮明。在這個詭異的夢境中，我站在村民面前，看著他們滿臉驚恐地擠成一團，就跟塘村一樣。只不過，眼前的不是西藏村民，而是中國村民，而且夢裡的我，雙手沒有被繩子綁住，而是手握突擊步槍，逼著村民跪在地上。我知道這些人是在塘村死去的三名士兵的家人們。我對他們開槍之後，他們沒有倒下，而是從喉嚨裂開了一個大口子。他們跪坐在地面，瞪著我的眼睛，眼神恐怖又哀傷，充滿控訴，鮮血從喉嚨汩汩流出，沾滿了全身。

這個場景在我的腦海中不斷重播。我盡全力想要甩掉它，它還是重播了一遍又一遍。睡醒之後，我有一種感覺，好像有什麼變得不一樣了。稀薄的曙光之中，蓮師洞穴裡的氛圍依舊如仙境一般，仍然飄散著那股幾乎像是自己會發光似的特質，然而我卻再也感受不到它的魔力了。我知道，洞穴並沒有改變。變的人是我。躺在草蓆上，我漸漸甦醒過來，思忖著，身為一個沙彌的我，竟然犯下了殺生的惡業。我的行動導致了他們的死亡。確實就像喇嘛說的，幾乎可以肯定是我挽救了我們三人的性命，可是，如果我不這麼做的話，會不會那兩個村民其實也足夠拯救我們？會不會其實是，跟我相比，巴登．旺波和慈仁喇嘛對這趟神聖旅程所蒙受的庇佑，都比我更具信心呢？

無論如何，有一件事是確定的。儘管喇嘛向我道謝，但是他並沒有說，我的行動不會產生業力。現在我開始好奇起這個業力的後果是什麼了。

我們好好休息了一整天，充分睡飽、恢復體力之後，接近傍晚的時刻，我們再一次準備整裝出發，就像前一晚同樣從這裡出發一樣。雖然只隔了二十四小時，感覺卻已經像是前世了。一個比此時更天真無邪的前世。耐心等到夜幕低垂之後，我們爬下白樺樹，重新拾起了向前的腳步。知道自己缺乏防禦，記取了教訓的我們，這一次，我們走得更加小心謹慎，每次要過彎道之前，都先提高警覺，以免再次毫無戒備地遇上紅軍。也因此，我們心照不宣，知道最好不要說話，夜裡的人聲傳得很遠，我們不能冒這種風險。

接近塘村的時候，我不確定自己會看到什麼景象。我們謹慎地避開了通往村子的主要通道，不過我還是很驚訝地發現，跟今天早上相比，已經幾乎沒有煙霧了。大部分的火都燒盡了，只剩下一股厚重刺鼻的氣味殘存在空氣裡。村落裡沒有半個生人的影子。只有一片斷垣殘壁，就連散落一地的破傢俱都不見了。荒涼破敗，塘村已經徹底被摧毀了。我禁不住將眼前的景象與前一晚的風景兩相對照。才過了二十四小時，就起了這麼戲劇化的改變。許多人的生命從此不同了。正如佛陀所說的，我們的生命就像是湍急河面上的小水泡，像是一條山邊傾瀉而下的河流。我們每天生活在幻想之中，總以為生命是永恆的、堅固不變的，直到意外或災難粉碎我們的幻象，提醒我們，永恆與穩固並不存在——這個世界上的萬事萬物、一切有情眾生，都時時刻刻在經歷著無常。

不知道那個女孩後來怎麼了。她被解救了嗎?那三名士兵又去哪裡了?煙霧裡傳來的槍聲，是射在他們身上的嗎？還是他們正躺在某個地方，也被人割破了喉嚨？村民們全都離開了，可能是害怕遭到報復吧。他們四散逃離到西藏深處了嗎？還是他們也跟我們一樣，踏上了前往印度的旅途？我比較喜歡想像答案是後者。知道有一群全副武裝的村民走在我們的前方，感覺令人更有安全感。

喇嘛雖然沒有明說，不過我知道，我們損失了很多寶貴的時間。如果沒有碰上那群士兵，我們已經足足多趕了一天的路。我們的精力會用在更好的地方，而且這時候我們已經在山的更深處了。一定是因為這樣，所以喇嘛在兼顧到越來越險阻的地形與保持警戒的需求下，持續盡可能地保持著前進的速度。

我能認得出來，沿路有很多風景，是過去二十四小時之內第三次經過了。快要走到我們被捕的那個彎道時，我的胃裡像是打了一個結，彷彿那幾個士兵依然埋伏在黑暗中，等著突襲我們。當然，士兵們早就不在那裡了，我很好奇他們意識的續流現在流到哪裡了？此時的他們，正在經歷著什麼呢？佛法教導我們，由業力或是因緣條件所推動的意識，會讓我們以某種特定的方式來體驗現實。這一刻的心念會引發下一刻的心念，無論它是正面的，或負面的。當我們還活著的時候，情況如此；當我們極度精微的意識離開身體之後，情況更是如此。死亡的時候心念糾纏在憤怒或憎恨裡的人，死後失去肉身這個錨，他們的心念更不可能體驗到快樂、難以自在地走過中陰身。因此，當我們行經士兵逼我們趴在泥濘裡、撒尿在我們身上的地點時，我在心裡為他們默禱，祈願這三個中國士兵能很快地從受苦中解脫，也不再造成他人的受苦。

這一整晚非常地緊繃和累人。我們必須持續警戒前方是否有紅軍，而越往上爬、越接近雪線時，路徑上的植物就越是稀疏，越來越多光禿禿的岩石坡面，因為結冰的關係而變得溼滑。現在的我們，已經離塘村、和最後一次看見的瑪尼石堆非常遠了。常常我們的腳一踩，腳下的小石塊便鬆脫下滑，沿著山坡滾落。它們像是一種提醒，提醒我們如果一不小心，腳沒踩穩的話，就會落得跟它們一樣的命運。

夜裡的某個時刻，這情況就發生在了巴登．旺波身上。所幸他只往下滑了一小段距離。接著我們花了整整一個小時在解救他，一面還得擔心中國兵會因為聽到了落石和我們低聲交談的聲音而突然出現。

每逢特別艱難的時刻，我會試著用喇嘛的建議提醒自己，好好地回想自己最初的動機。當我的手腳累得又疲又疼時，我就告訴自己，無論我現在吃的是什麼樣的苦，都是為了利益無數有情眾生。當飢餓讓我的胃痛了起來時，我會奮力去想：這是一個珍貴的機會，讓佛法得以弘揚到紅面人的國度。

不過，就連要讓這些想法保持純淨也不是件容易的事。不知道紅面人都是些什麼樣的人？我一個也沒有真的見過。除了在照片上，還有我唯一知道的一個紅面人明星：比爾．哈雷所主演的電影上。即使我想要帶著使命感、勇敢地激勵自己護送佛法翻越喜馬拉雅山，可是，等我們終於到了山的另一頭，卻發現紅面人對佛法根本沒興趣怎麼辦？想到《晝夜搖滾》電影裡那些豪華的房屋、閃亮帥氣的汽車，紅面人的生活裡會不會有太多這種分散他們心思的享樂，讓他們無暇關心佛法？比爾．哈雷會不會寧願把時間花在身邊那些漂亮女人身上，根本不在乎是否能從無止盡的生老病死輪迴中解脫？

沉思自己的動機時，我也無法不想起發生在塘村的事。我做了讓自己後悔莫及的事，我很想跟喇嘛好好聊一聊，想問喇嘛好多問題。只是，發生了這些事之後，我知道最好不要出聲說任何一句話。絕不可以做出任何有可能暴露我們行蹤的事。

最後，大約黎明前兩小時，我們找了一個可以睡覺、隔天白天也可以躲藏的地方。找到的是一個岩壁洞，高度夠高，足以提供一些保護，寬度也夠寬，這樣我們在裡面走動的時候，除了周圍冰雪覆蓋的山頂之外，從任何其他的角度都看不見我們。

終於停下來休息真是太好了。我儘量把自己安頓好，找到可以睡覺的姿勢，很快地我發現，休息不動的時候，才感覺到周圍已經變得有多冷。今天，與之後的整個旅程，我們都不再有機會享受蓮師洞穴裡的那種溫暖和保護了。接下來要面對的，只會是一連串寒冷徹骨、風吹日曬、和飢腸轆轆的考驗。

紅面人！你們最好值得我為你們付出這一切！

❖

在這個岩洞裡，我們趁著白天的時間入睡。然而，我沒辦法好好休息，因為那個手握步槍的惡夢又來煩我了，場景還變得加倍詭異。無論我多麼努力想讓自己醒過來，就是甩不掉那些割開的喉嚨、還有村民悲傷的臉。這是我自己造的孽帶來的苦果。

最後，我乾脆坐了起來，這時是下午近傍晚的時候。身上只穿著僧袍，我全身都凍僵了。往我們接下來要走的路線望去，只見連綿不盡的山峰向遠方延伸，一座比一座高聳。這景象真是令人招架不住，惡夢的畫面瞬間消散於無形，我只擔心自己睡得不夠。

我轉過頭，看見喇嘛正坐著，用一種同情的表情看著我。「巴登．旺波去哪裡了？」我小聲地問。

「去岩洞下面了。」

我點頭。可能他去上廁所吧。

「你沒睡好。」喇嘛看出來了。

「我沒睡好，喇嘛。」在喇嘛身邊，我抱著膝蓋將身體蜷縮起來，背靠在岩壁上。我很高興有這個機會可以私下和喇嘛說話。「發生在塘村的事情讓我很心煩。」

喇嘛早就知道了。

「因為我的舉動，害死了三個人。說不定死了六個人。殺生是十惡業裡面最壞的惡業。」

逐漸西沉的夕陽，讓喜馬拉雅頂峰的冰雪沐浴在一片金色的餘暉之中，映照出慈仁喇嘛臉上仁慈的神色。

「是你親手割開了那三個人的喉嚨嗎？或者說，是六個人？」

「不是，喇嘛。」我知道喇嘛不是在用辯論的方式反駁我，他只是以他一貫的冷靜理性，來幫助我找出受苦的真正原因。

「是你下令殺掉那三個人的嗎？」

「不是，喇嘛。」

「你沒有必要為了自己沒有做的事情自責。」

「我知道，喇嘛。可是為什麼我還是覺得這麼懊悔？」

「你已經想過了？」

「昨晚一整晚都在想。」

喇嘛安靜了很久，最後才說：「也許，好好地思索一下你最初的動機，會有一些幫助。」

「動機」是慈仁喇嘛最常提起的老話題了。每次說到這個題目，他總是會講同一個故事：「一個女人把一鍋熱水潑出窗外，意外燙傷了鄰居，和她刻意埋伏在窗戶邊，潑熱水燙傷鄰居，是不一樣的兩件事，即使對鄰居而言，她的行動和導致的後果都是一樣的。」

這我當然知道，根本用不著喇嘛提醒我。我的動機是很明顯的呀。

「我想要保護伏藏。」我告訴喇嘛。

「呿！」喇嘛不以為意地聳肩，讓我很難受。

「當然，」我只好承認，「我也想要救我們的命。」

長長的沉默。看來喇嘛沒有被說服。「你的動機就只是這些嗎？你確定？」

我點頭。

「那為什麼我們在山上被捉的時候，你沒有把士兵手上的槍踢掉？」

這我也想過，不過我還是很訝異喇嘛會問這個問題。

「我那時候太吃驚了，反應不過來，」我說，「可是……」

「可是什麼？丹增．多傑？」

「假如同樣的情況再發生一次的話，」我承認，「我會。那個時候有兩個士兵在睡覺，我們是可以把他們三個人都打昏，繼續往前走的。」

喇嘛露出了微笑。「很好。看來你早就有了這樣的想法。」

「想了好多次了。」

「等我們回到塘村的時候，你已經不再是受驚的狀態了？」

「沒有了。」這個問題問得有點奇怪。可是，後來我們還被逼著趴在爛泥裡、被撒尿在身上、被逼著走了一整晚的路、還被說成是西藏人民的公敵，「我是很累又很生氣。」

「所以說，你有沒有想過，或許你的動機，是根源於憤怒？」

喇嘛一這麼說，我馬上看見了真相是什麼。讓我心煩意亂的不是我所做的事，而是我的動機。我看著喇嘛，尷尬地苦笑，「這就是為什麼我一直覺得很難過，」我招認了，「所有的情緒當中，憎恨的破壞力是最大的。」

「為什麼？」喇嘛考我。

「因為憤怒對於發怒的人本身，和接收憤怒的對象，都會創造非常多的痛苦。它也會形成業因，讓一個人在未來再次經歷到憎恨。還有它會強化幻象，讓人更深地誤信，某件人事物本身具有某種固定的特質，是讓人快樂或不快樂的原因。」

「理論的部分你已經瞭解得很透徹了。」喇嘛不用說下一句，我也知道，我欠缺的是把這些理論發揮在現實生活中的能力，而這才是最重要的。

不過至少現在，我的感覺舒服多了，對於發生在塘村的事件，也能夠看得比較明白了。我的頭腦再一次讓我見識到了它的狡猾、多麼擅於巧妙地隱藏令人不舒服的真相。我也再一次感到無比地幸運，能夠擁有像慈仁喇嘛這樣清晰睿智的上師。

❖

接下來一星期裡，同樣的讚嘆，一再反覆地在我心裡出現——上師的清晰與睿智，使他不光是善於洞察人心而已，也展現在非常實際的面向上。

說完話隔天夜裡的路上，他告訴我們，他擔心我們接下來還會需要多少食物。當初打包行囊的時候，帶的食物只夠三週，但是如果中途遇上暴風雪，或是為了躲避紅軍，旅程不得不延長的話怎麼辦？因此，我們必須盡可能降低存糧的消耗速度。喇嘛教我們把鷹嘴豆用融化的雪水泡到發脹，這樣一餐就不會吃掉太多豆子。每次停下來休息時，他都會鼓勵我們喝水填肚子，每次吃飯之前也要先喝水。

在深山裡，幾乎沒有一刻是溫暖的。我甚至有點懷念起了這趟艱苦跋涉的第一天，那一天我們還是在白天的時候趕路，能夠輕鬆地看清楚周圍的路況——多麼奢侈呀！那時候走的山路還有清楚的路徑可以跟隨，不像現在，得狼狽地在各種岩石縫隙中掙扎，或是要翻爬過一顆又一顆結霜的大岩塊——一開始的路真是太好走了呀！而且那時候還只是肌肉痠疼，現在還多了寒冰刺骨。尤其是我的雙腿，每天晚上總是疼痛不已，唯獨僅有一天，它們實在痛到麻木了，我才幾乎感受不到痛楚。

落石和雪崩更是讓我們艱險的處境變得加倍嚴苛。幾乎沒有一個晚上，我們不曾目睹大片積雪從某座山頂崩塌下滑，捲起波濤洶湧的巨浪。另外一些時候，會有一些大石塊突然砸在我們附近，猛然滾入黑暗之中。

每次遇上這些險事，我總是感謝自己又逃過一劫。

疲憊之中，我們夜復一夜地前進。第八晚，彷彿是想要警告我們似地，正當我們準備爬上一大塊寬闊的、周圍沒有遮蔽的大岩石時，喇嘛突然停下腳步，舉起手阻止我們。他文風不動，停在原地站了很久。我看向他前方那一片漆黑，什麼也看不到，正打算小聲問他時，他慢慢轉過頭，食指按著嘴唇，對著附近的一道岩縫使眼色。那個岩縫的形狀像一道凹槽，就在我們旁邊不遠處。跟隨著喇嘛的帶領，我們爬進了那道岩縫裡，這樣一來，除非是探照燈直接射進來，否則是沒有人能看見我們的。

我們在裡面蹲了很久，像是一輩子那麼久。終於，我們聽到了一陣腳步聲逐漸靠近。而且不只是一、兩個人。蹲在躲藏之處，我把身體往後縮，先是認出了一頂帽子，帶頭的人戴的是一頂紅軍的帽子，他後面跟著兩個人——被捕的人犯？——然後又是一個戴帽子的紅軍，後面跟著三個人，最後還有第三個士兵墊後。等到他們通過之後，我們才爬起來，看著他們消失在遠方。五個人犯被三名士兵押著走。被押著的人身上穿的不是僧袍，不過全都衣衫襤褸、疲憊不堪的模樣。那些中國士兵不知道是不是也對他們的頭撒過尿呢？

「您是怎麼知道的？」等到安全之後，巴登．旺波輕聲細語地問喇嘛。

「對啊——我什麼也沒聽見。」我說。

「我也……沒有聽見任何聲音。」喇嘛說，「我只是感應到他們就在前面。」

通常，有些事情喇嘛是不會談論的，而身為沙彌，我們也沒有資格提出疑問。不過身在這個險峻的深山裡，我們的安危比故作保留更加重要。

「您說的『感應』是什麼意思？」

「我感受到了一股負面的能量正在接近。」

喇嘛這麼說的時候，士兵握著刺刀，把經書叉破一個大洞的畫面又浮現在我的腦海。他那時候看起來就像是一個地獄裡的魔鬼。

「當我們在未知的領域前進時，要運用全部的心識，」喇嘛告訴我們，「不能只依賴五感收集到的訊息。」

爬出岩縫後，我轉頭觀察巴登．旺波。他一臉嚴肅的表情，看來，我們正在想的事情都一樣：別以為我們已經走到紅軍抓不到的範圍了，一定要拋棄掉這種想法。就算已經走到這麼遠的深山裡，他們仍然是一大威脅。

我想起最後一晚在正波寺時，喇嘛所說的話：「你們一定要明白，這不是什麼偉大的冒險。前往邊界的路途十分危險——紅軍會射殺所有想要穿越邊界的僧人。大約三週的時間，我們需要走非常遠的距離，只能徒步，倚靠我們帶得上的食物，需要忍受非常多的艱辛和痛苦。」

喇嘛的警告，當時的我並不真的明白。旅途的最初幾天，一切也還令人覺得就像一場冒險。現在的我才真的逐漸體悟，我們的任務實際上有多麼困難。而且很有可能，我們最後會失敗。

❖

第十四晚，災難襲擊了我們，而我們無處可逃。事情是在我們上路幾個小時之後發生的。當時頭頂上烏雲密布，我們一路以來的宿敵山風，也呼號得比平時更密集、更大聲。黑暗與轟隆作響的風聲，讓我們原本就困難的步伐變得更加緩慢，並且蒙上了一股不祥的氣味。

我在一塊岩石坡面上滑了一跤，花了一段時間才爬回原本的位置，這時候，在前面領路的喇嘛已經與我離得有點遠了。今晚我們照慣例用固定的隊形前進：喇嘛領頭、我走中間、巴登．旺波墊後。我雙手撐著膝蓋，停下來喘口氣，走在前面的喇嘛，一步一步離我們越來越遠。

接著我聽見了。遠處轟地一響。什麼都比不上今晚山裡轟隆隆的呼嘯聲，更要命的是，那是高處雪崩發出的聲音。我一轉頭，目睹了一生永遠不會忘記的景象。一整片崩塌下來的雪正往喇嘛所在的方向衝去。雪崩的規模並不大，但是直衝著喇嘛往下滑。我不假思索對著喇嘛大聲尖叫。可是風聲太吵了，他聽不見。而我的呼叫也為時已晚。頃刻間，他被一片白雪淹沒，彷彿一片被瀑布沖垮的落葉。白雪完全覆蓋了喇嘛，現在，喇嘛所在之處，積雪超過了五呎深。

巴登．旺波和我連忙往積雪的方向跑去。我們手邊能夠用來挖掘的工具只有兩把小鐵鍬，它們不太適合這個任務，卻是我們僅有的工具了。被埋得這麼深，喇嘛不可能活太久的。在絕望之中我向所有的上師們、諸佛菩薩們發出祈禱，祈請祂們幫助我們，而巴登．旺波則和我一起瘋狂地挖著雪。

我們花了十分鐘以上，才從積雪的表面挖了一條非常窄小的凹槽通到地面。我們還得設法找到喇嘛的正確位置。雪淹沒他的時候，他站的位置是哪裡？他會不會已經被雪沖到別的地方去了？

雪崩來的又急又猛，我擔心受到衝撞的喇嘛會不會受了重傷。他是不是正躺在某處，全身骨折，還被那麼重的雪壓在身上？瘋狂挖了一陣子之後，我得休息一下，這讓我很有罪惡感。可是連續挖了超過半個小時，我的手臂真的太疲了，沒辦法再挖下去。

一旁的巴登．旺波，動作雖然比我慢，但是更穩定，他還繼續堅持挖掘著。每一次鏟進雪堆裡時，我們的動作都很小心，以免一時用力過猛，傷到了喇嘛。這時候，我們挖出的溝槽已經往前延伸了很多，深及地面，我們逐漸挖出了一個更寬的空間。

等到力氣恢復了，我立刻重新投入挖掘，先往一個方向挖，然後再換一個方向。依然不見喇嘛的蹤影。時間一分一秒逐漸流失，我們感到越來越焦慮。活著找到喇嘛的希望越來越渺茫。也許他會被凍死，或是窒息而死。

可是我們不能沒有喇嘛！在這種高山上，護送伏藏的路才走了一半，沒有喇嘛，我們要怎麼活下去？我祈禱他會運用他的神通、他修行的成就，就算不是為了別人，也要為了我們活下來啊。

一個小時之後，我們仍然不停地挖著。我們挖的溝槽雜亂地左彎右拐。在貼近地面的地方，我們已經挖出了一堆隧道。我覺得自己又需要休息了，巴登・旺波順道提議，我們應該稍微後退一點，重新審視一下挖掘的成果。

我們一起爬到了旁邊的一塊大石頭上，從高處俯瞰剛才挖過的地方。一爬上去，一陣風吹開了遮住月亮的雲霧，積雪處頓時沐浴在一片月光之中。

我們盯著下方仔細瞧，試著辨認出喇嘛可能的所在位置，突然間，我瞄到了某個東西。我急忙從大石頭上爬下來，衝向我們挖的第一條凹槽。我手腳並用，整個人趴在雪地上，拼命往雪裡鑽，鑽向一小塊紅色的衣角。

12

馬特．萊斯特

比爾．布萊克利手裡握著我的工作時程表，在半空中揮來揮去，咒罵我缺乏生產力。他一臉憤慨，滔滔不絕數落起我的各種不是：沒有成功開發出新計畫、薪水小偷、對不起股東也對不起同事、等等等等。聽著他熟練地咆哮出這一連串尖酸刻薄的指責，我心裡不禁納悶，這個人一點羞恥心都沒有嗎？根據我查出的紀錄，這已經是三年內，他第五次開除研究總監了，毫無疑問，他每次的台詞都是同一串吧。

看著眼前這般光景，我的內心卻浮出了某種原始的感受，彷彿這不是我第一次遭遇這種事。好像我也曾經在某個地方經歷過這種羞辱，我的誠信遭到一個本身毫無誠信的人所質疑。

「光天化日下搶劫的人是你才對。」我冷冷地打斷他越來越高昂的長篇大論。

「你胡說八道什麼？！」

「胡說八道的人是你。別以為你可以一直用同樣的手法偷走別人的智慧財產權，卻不用付出任何代價。」

他立刻反擊，「你沒有權——」

「路克・凱洛威，」我再一次打斷他，「葛蘭・阿姆斯壯（Glenn Armstrong）、喬治・卡麥隆－道（George Cameron- Dow）、克萊格・哈德曼（Craig Hardman），」這一串是艾瑟拉瑞三年來所有研究總監的名字。「為什麼這些人待在這家公司裡的時間都不超過八個月？」

「你不能這樣比較。」聽到我唸出這一串名字，就算他心裡訝異，臉上也沒有表現出來。

「當然可以！」我不確定我這股自信從哪裡來的，不過我從來沒有這麼堅定過，「你系統性地挪用別人的智慧財產權，如果你不承認的話，那唯一的結論就只能是，你連續五次用人的時候都做出了錯誤的決策。無論是那一種，我想你的股東們都會很想弄清楚究竟是怎麼回事，不是嗎？」

「別以為你可以大搖大擺地走進我的辦公室，還想威脅我！」

這是第一次，我覺得比爾・布萊克利不是在演戲。他的面具崩落了。此刻的憤怒是貨真價實的。

「要求我來你的辦公室，看你演這一齣什麼鬼『生產力』猴戲的人可是你自己，」我糾正他，「不過我倒是很高興，可以藉這個機會跟你談個生意。」我大步走向他的辦公桌，身體對著他往前傾，這時他正忙著在電話機上按下一串數字。

「你想把我踢出艾瑟拉瑞，吃下奈米博特的智慧財產權嗎？可以。我會答應的。只要給我一個合理的數字就行。兩百萬美金。」

「別以為你這樣就可以勒索我。」

「這不是勒索。這是交易。賣你這個價錢算很便宜了。」

「這跟我付給你們研究院的前期款差不多了！」

「你也欺騙了他們！」

「你們這些科學家全都一個德性！」他大吼。這時，我的背後傳來重重的腳步聲，踩著旋轉樓梯往上爬。「把自己的身價看得未免太高了。兩百萬美金？！」

「我告訴你，將來你要付出的代價，還會比這個數字更多的。」

「我有一個更好的主意。」他看著出現在樓梯口的兩名警衛，「請你們帶著萊斯特先生回到他二十八樓的辦公室，協助他清理辦公桌。我希望他可以在二十分鐘內離開這棟大樓。」

最後一次走進自己辦公室的感覺很不現實。即使過去幾週以來，我一直默默做著心理準備，等待著這一天的來臨，但是當它真的發生時，我覺得自己好像在主演一部電影，而不是在現實生活裡。

兩名警衛彬彬有禮，和我保持著一段距離，但是戒備地盯著我的一舉一動，像一對杜賓犬似地。我掀開自己的公事包，把幾幅裝在相框裡的照片收進去。拉開辦公桌最上層的抽屜，我拿出了我的筆和ＰＤＡ。當然，很久以前我就把想要的文件全都備份好了。無論是電子檔或紙本，都老早就放到銀行的保險箱裡鎖起來了。

警衛要求我繳回電子員工通行證。公務信用卡。賓士車的鑰匙。他們甚至檢查了我的皮夾，一言不發地拿走了裡面的名片。

我們搭電梯下樓——顯然，這套劇本已經重複上演過很多次了。因為當我們抵達一樓，穿過大廳時，大門口已經叫好了一輛計程車。比爾．布萊克利說希望我離開這棟大樓，而像是想要最後一次提醒我，我究竟失去了哪些東西似地，我發現等著我的那輛計程車，是一台車窗貼滿全黑隔熱貼紙、巨大的加長型禮車。

很快地，沉重的車門在我身旁關上，禮車沿著威爾希爾大道，往西邊開去。

❖

回到羅斯伍德大街，我把公事包放在前廊的桌子上，手伸進口袋裡找家門鑰匙。一邊掏著口袋，我回想起自己第一次踏上這道前廊時的情景。那時我和伊莎貝拉才剛從倫敦飛過來，從洛杉磯機場出發，第一次穿梭在美國大城市的車流裡。儘管經過了長途飛行，我們的精神依然亢奮又期待，覺得一整個世界即將在我們面前展開。

打開門鎖，走進屋裡，現在的我只注意到客廳櫃子上那幾個空空蕩蕩的格子。那是伊莎貝拉把她擺設的小東西、CD音響帶走之後，遺留下來的空隙。平日下午四點，這個陌生的時間點，這裡只剩滿屋子的寂靜。

關上身後的大門，我把公事包扔在沙發上，有點迷惘地在客廳中央呆站了一會兒。發生了什麼事並不重要，重要的是你如何看待它。

我竭盡所能地提醒自己，格西拉和愛麗絲都曾萬分篤定地告訴過我這個道理：沒有任何一個事件具有使我們快樂或受苦的固有特質。當你失去一件東西時，有可能是一個必經的過程，為了騰出空間，以便迎接更好的事物來臨。

只是，當我往窗外一看，看見空無一物的車棚時，我實在很難接受這個道理。這麼多年以來，奈米博特計畫就是我的生活、我存在的理由，到底有什麼東西足以取代它？伊莎貝拉和我曾經共享過的愛、親密與熱情，我要如何才能找到比這些更棒的？

短短幾個月，我幾乎失去了一切對我而言具有價值的東西。這些打擊，怎麼可能會有任何光明面？

丹增・多傑

我們拚了老命，用最快的速度挖開覆蓋在喇嘛身體周圍的積雪。積雪的量很龐大，要全部挖開很不容易。在一片漆黑之中，我們越是往深處挖、越接近地面，就越難看清楚喇嘛確切的位置。我們必須非常小心地把挖開的積雪清走。

巴登・旺波和我心裡都急切地期待，但願找到喇嘛的時候，他還活著。當然我們也都知道，機會很小。雪崩的力量很大，直接衝擊在喇嘛身上，將喇嘛壓倒在地。短短幾秒鐘之內，他就被掩埋在好幾呎深的雪堆裡了。假如他不是當場就被擊斃，也幾乎避免不了窒息而死吧？

不過，他可是慈仁喇嘛啊！我不斷地這樣提醒自己。他是正波寺修行最高深的喇嘛，他可不是普通人啊！說不定，以他對空性的智慧的深刻瞭解，在雪崩衝擊到他身上的時候，喇嘛就和衝撞他的雪合而為一了，所以化解掉了致命的衝擊力？我還知道有關拙火的修練，修行甚深的比丘和比丘尼可以坐在雪中，運用某種密乘的修持，融化他們周圍的冰雪。說不定喇嘛可以融化掉他臉附近的冰雪，創造出可以呼吸的空間？

終於，我們大致確認了雪堆裡喇嘛的身體輪廓，巴登．旺波和我一人一邊，蹲在喇嘛身體兩側，撥開堆在喇嘛臉上和身體上的積雪。我伸出手摸了摸喇嘛的臉，凍得跟冰塊似的，但是我無法確定，是不是因為我自己的手指也已經凍成冰棍了。巴登．旺波彎下身子，把耳朵貼在喇嘛胸口上。

「我覺得，」他的語氣有點不確定，「他的心臟好像還在跳。」他看了我一眼，我急忙把自己的耳朵也貼到喇嘛胸口。跟巴登．旺波一樣，我也覺得好像隱約可以聽見喇嘛微弱的心跳聲。可是山風呼號得太大聲了，很難分辨這會不會只是我們自己的想像。

緊盯著喇嘛凍僵的身體，一陣子之後，喇嘛顫抖了一下，我們焦急的期待終於有了報酬。他真的動了。不會錯的。巴登．旺波和我同心協力，火速伸出雙手托住喇嘛的肩膀，把開始咳嗽的喇嘛扶坐起來。喇嘛渾身顫抖，把塞在鼻子和嘴巴裡的積雪都嗆了出來。

「喇嘛，您還好嗎？」心急如焚的我只能笨拙地吐出這個問題。

他的手臂無力地癱軟在身體兩側、他的頭垂下來，倒向我的身體。很顯然，喇嘛一點也不好。我和巴登．旺波抱著他，把他夾在我們倆之間，試著讓他的身體暖和起來，過了一會兒，我們聽見他有氣無力地說：「我還活著。」

我們真是無比地欣慰，雖然心裡對於接下來要面對的情況，也同時升起了一股隱憂。身處在喜馬拉雅山處處冰雪的深山上，前不著村後不著店的，也沒有半個夠分量的長輩可以討教。一直到目前為止，走在這趟旅途上，所有重要的決定都是慈仁喇嘛做的：該走多遠、什麼時候停下來休息、甚至連該吃多少東西，全都是遵照喇嘛的指示。我們不過是兩個小沙彌而已，但是，從現在開始，這些決定要由我們來做了。除此之外，我們一方面慶幸仁慈又尊貴的上師還活著，另一方面，喇嘛的傷勢讓他根本難以移動。

接下來幾個小時，我們研究著解決辦法。巴登．旺波把喇嘛留給我照顧，他去附近尋找安全的藏身之處。雖然他找到的岩洞並不遠，但是喇嘛實在太虛弱了，我們只能揹他過去。一路上我們小心翼翼，以免喇嘛如果身上有骨折的話，會加重他的傷勢。黑夜之中，我們掙扎前進，結霜的岩石表面、呼嘯個不停的山風，都讓我們背上的負荷顯得更加沉重。一個回憶突然閃過腦海，那是在喇嘛房間裡時，他對我們說：「你們還年輕力壯，我反倒可能變成你們的包袱。假如我跌倒受傷了，該怎麼辦？」

我也還記得，我是多麼快地就說出：「那我們就揹著你爬過山頂。」這種話的。現在，只是一段短短的距離，要揹著上師走過去，我們就走得狼狽不堪——現實再次讓我深刻地體認到，當初的我是多麼的天真無知。

巴登．旺波找到的岩洞夠寬闊，也夠封閉，不過只有非常小的面積足以讓人坐直。把喇嘛搬進去之後，我們很快地就用背包和手邊找得到的小石塊去支撐喇嘛的身體，讓他可以維持住一個舒服的坐姿。巴登．旺波和我輪流脫下自己身上的大衣，蓋在喇嘛身上，讓他多一層保暖，希望他凍僵的四肢可以儘快恢復體溫。同時間，我們用掉了一點點珍貴的瓦斯，煮了幾杯茶，讓喇嘛的胃裡也可以暖起來。

喇嘛還是太虛弱了，連眼睛都睜不開，只能時不時地稍微睜開一下。不過至少他還有力氣把茶吞下去。逐漸地，我們感覺到，他的手臂和臉開始慢慢回溫了。這是最漫長的一個夜晚，我們悉心照顧他，直到他可以喘著氣，吐出幾個簡短的句子。他的身體都麻痺了。幸好他感覺不到疼痛。

巴登．旺波和我都知道，在黑夜中，無論我們怎麼想辦法遮掩，瓦斯爐的火光還是從好幾哩外就能看得見。我們也很清楚，自己正在吃的、還有想辦法餵給喇嘛的食物，其實是來自於我們已經所剩不多的存糧。可是我們還有別的選擇嗎？喇嘛需要靜養和保暖，我們不能不照顧他。直到旭日升起，頭頂上陰鬱的天空，從一片濃黑，到慢慢浮現出一綹綹灰濛濛的雲彩。山風依舊呼號著，吹掠過這個半暴露的洞窟，我們三人緊緊依偎在一起，儘可能從彼此的身上取得一點溫暖。閉上眼睛，入睡前，我在心中祈禱，當我醒來時，慈仁喇嘛已經完全恢復了健康，他會再度帶領我們，安全又快速地抵達目的地，為了利益世上一切有情眾生。

❖

只可惜，現實跟想像的落差十分遙遠。下午，我和巴登．旺波睡醒時，看見喇嘛是清醒的，但是他的左腿不能動。我們很慶幸喇嘛的精神恢復了，可是他的腳踝腫得不成人樣。我們花了很多唇舌討論，不知道是骨折，還是只是扭到而已，直到喇嘛提醒我們，無論是哪一種情況，結果都是一樣的：「我沒辦法走路。也許你們倆把我留下來，自己上路比較好。」

巴登．旺波和我都不願意接受喇嘛這個提議。然而，儘管當初我大膽地一口承諾，如果喇嘛受傷了，我們會揹著喇嘛翻山越嶺，只不過現在，我們都知道，這也只是一個無法實現的野心。

最終我們決定，沒有別的選擇了，只能先停在原地，至少再多留一晚。假如喇嘛的腳踝只是扭傷，說不定再等一段時間，傷勢就會好轉。「今晚，我會修持藥師佛的法門，」喇嘛說，「我也會斷食，節省一點食物。」

為了陪伴喇嘛，巴登．旺波和我說好，我們也會一起斷食，並且跟隨喇嘛一起觀想藥師佛的法相。即使我們沒有受傷，不過，斷食一天之後要重新啟程，我們也會需要很多能量和韌性去面對接下來的旅途的。

儘管我們在慈仁喇嘛面前表現出團結一心的樣子，這天傍晚，只吃了幾口雪之後就開始修法，我的信心很快就受到了考驗。像慈仁喇嘛這種把一生都奉獻給了佛法的人，為什麼這種事還會發生在他身上？假如今天被雪崩擊中，受傷的人是我或巴登．旺波，那說不定還比較好理解一點。可是今天受傷的人是我們的上師慈仁喇嘛，這麼仁慈又高貴、成就甚深的人，這不應該啊！如果佛法不能保護喇嘛免於輪迴的日常困阻的話，那佛法究竟有什麼用？假如連喇嘛這種等級的人，都得遭受這種凡人的痛苦的話，那一個微不足道的沙彌如我，還有什麼希望可言？

「信心，丹增．多傑。」我聽見背後傳來喇嘛的聲音，知道喇嘛讀到了我的心聲。在修持佛法的道路上，信心是一個很重要的品質，不過，不是那種單純因為信仰而產生的信心。在佛法的教導中，信心是從聆聽、思考和禪修中升起的。一如往常，慈仁喇嘛用他審慎的態度，提醒我專注禪修，不要任由自己屈服於纏繞在頭腦中的負面思想。

過去幾年來，我們三個人經常一起坐下來禪修。今天的我們，跟往常一樣，首先祈請佛寶、法寶和僧寶的庇佑，接著發菩提心，聽著山風刮過、眼見夜幕低垂，坐在寒冷的岩洞裡，我們重申自己為了利益眾生而追求開悟成佛的願心。

禪修的步驟和以往沒有什麼兩樣，除了地點不同，還有我們緊緊挨著上師的兩側打坐，距離近得肩膀幾乎都要碰在一起了。像平常一樣，慈仁喇嘛要我們先練習九節佛風呼吸法，安頓好我們的思緒，直到混亂的頭腦慢慢平息下來，他引導我們如何在自己的前方觀想藥師佛的法相——藥師佛的身體散發著具有療癒能量的、深藍色的光芒。

跟所有其他的觀想一樣，藥師佛的療癒力量不是來自於某種外在的神威，而是來自於我們心念之中蘊涵的無窮潛力。修持這個觀想的法門，單純是一個幫助我們實現這份潛能的途徑而已。

這以前在正波寺就練習過無數次了，我觀想著藥師佛盤腿而坐，手上托著一碗治病的甘露。可是今晚不太一樣。我看到的，不是一個閃閃爍爍的模糊影像，在我缺乏專注力的頭腦裡忽隱忽現。相反地，今晚在觀想的時候，我覺得自己像是親眼看到了藥師佛——彷佛祂就在我的面前！一點都不需要刻意專注。祂不是半虛半實的影像，也不是經過想像力描繪出來的模樣。我可以從不同角度研究祂的法相，就好像我可以張著眼睛上上下下仔細查看一個人一樣。事實上，祂看上去比一個真人都更加活靈活現。藥師佛的臨在，比普通的現實感更加強烈。祂的服裝和皮膚所散發出來的色澤，比現實更加鮮豔。當祂把各種不同的療癒甘露倒入我的身體時，我全身的感官所領受到的，是實實在在的驚人威力。更重要的是，與祂連結在一起時，我完全地沉浸在法喜之中，渾然忘我。當甘露從祂手中的碗流出，流進我的身體時，我覺得自己變得更有活力、更加自信，充滿了前所未有的精神和氣力。身處在喜馬拉雅深山之中、坐在一個透風的岩洞裡、因為食物短缺而進行斷食，這種種難處，都早已被我拋到九霄雲外。

儘管自己正全然沉浸在這個體驗裡，但是我的內在裡有一部分，回想起了剛才的質疑，而這一刻我明白到，那時候的我在哪裡出了錯。即便慈仁喇嘛的腳踝受傷了，並不代表他會因此不快樂。我們的外在處境與內在的幸福感之間，並不存在一種必然的連結。又一次，我誤入了唯物主義的迷信裡，認為我們翻山越嶺的旅途應該要是平順無波折的。然而，即使旅途充滿困難，也不代表我們就要覺得自己很悲慘。事實上，此時的我坐在這裡，坐在光芒萬丈的藥師佛面前，我對「外在境遇本身並不具備任何固有的意義」的認知，從來沒有這麼強烈過。相反地，無論身處在任何境遇之中，是我們心念的狀態，決定了我們會感受到憂慮——或是法喜。發生在我們身上的事並不重要，重要的是我們如何看待它。

當慈仁喇嘛依照傳統慣例，帶領我們將修持的成果迴向給所有眾生，以結束這次禪修時，我心裡暗自希望他不要結束得這麼突然。在正波寺的時候，一場禪修的時間可以長達四小時，可是今晚慈仁喇嘛好像有點趕著結束。

也可能那只是我的錯覺。因為，當我們睜開眼睛時，天色已經大亮了。我讓眼睛慢慢地重新對焦，眺望遠方的山峰，接著才意識到，我已經動也不動地坐著十個小時了。在這個最不可能的時間、最不可能的地點，我見證了人生中最超凡的一個事件。

❖

稍晚，睡了一覺醒來之後，我們查看了喇嘛左邊腳踝的傷勢。已經消腫了很多——不過還是有點腫。

「看來應該只是扭傷，沒有骨折。」喇嘛的話讓我們安心下來。

「如果我們再休息兩天的話，也許就可以完全恢復？」巴登．旺波提議。

喇嘛搖搖頭。「我們沒有那麼多時間。我們的存糧那麼少，必須儘快動身才行。」

「可是您不能用那樣的腳走路！」我抗議。

「如果你們幫我找根樹枝作支撐的話，」喇嘛早就設想過了，「也許我可以撐得住。」

於是，太陽下山沒多久，在勉強只吃了一點點鷹嘴豆和融化的積雪之後，我們再度整裝上路。慈仁喇嘛左手臂底下撐著一隻拐杖，那是巴登．旺波和我用撿來的杜松樹枝做成的。傍晚的時候，冒著可能被看見的風險，我們走到了岩洞下方很遠的山谷裡，找到了一根形狀適合的樹枝。多虧了巴登．旺波的巧思，做出一個平滑、不粗糙的T字形，讓上師可以把拐杖撐在腋下。

我們前進的速度真是慢得可憐。這一次出發，我們改變了隊形，我在前、喇嘛在中間、巴登．旺波墊後。我們彼此之間的距離比原先拉短許多，此外，我們用一條繩索牢牢地綁在我們三人的腰上，這麼一來，如果喇嘛跌倒，他才有東西可以抓住。我照著喇嘛的指示前進，腳下摸索著好走的路面，同時保持警覺，留意有沒有雪崩或是紅軍，同時間，我也禁不住頻頻朝上方仰望，看著冰雪覆頂的巍峨山峰，在月光之下映射出晶瑩的光芒，一座山頭連著另一座山頭，綿延不絕地延伸向遠方。我們一寸寸地緩慢前行，踏出的每一步，都先經過審慎的交涉，為了成就解脫，我們所面臨的挑戰，從來不曾如此令人膽戰心驚。

原來印度的邊界離我們那麼遠。我開始幻想著突然有人來救我們，或是有什麼神奇的捷徑。已經抵達達蘭薩拉（Dharamsala）的達賴尊者，會不會把我們的命運對外界公開，然後類似美國那樣的國家，會專程派直升機來解救我們？我的腦子裡塞滿了種種畫面：直升機飛進喜馬拉雅山區的山谷裡，繩梯從飛機上垂降下來，逃亡中的比丘和比丘尼們登上繩梯，紅黃相間的僧袍在風中舞動，飛往安全的地方。或是，在這群山之中，也許附近不遠的地方，就有一個邊境駐紮點，只要走到那裡，我們就可以補給食物、恢復體力，然後再搭貨車或巴士去達蘭薩拉。

沒多久後，我確實從這趟旅程中解脫出來，不用走完全程了。只不過，方式跟我想的完全不一樣。而且它發生的時間點，比我所預期的，要來得更早太多、太多。這一晚，我們上路之後沒多久——大約兩、三小時吧——我們走到了一個深谷，要穿過去，只能沿著山腰的一段峭壁慢慢走過去。這不是什麼罕見的情況。到目前為止，我們已經爬過了各種險峻的懸崖峭壁，連更窄的峭壁都走過。但是今晚不知怎麼地，當我們走到峽谷邊的時候，我的心臟跳得很厲害。

今晚從一出發開始，我就一直留心不要走得太快，害慈仁喇嘛跟不上，我一邊走著，一邊側耳傾聽他在我背後的腳步聲，常常半轉過頭去確認他的安危。

慢慢爬過峭壁時，我格外注意喇嘛的所在位置，刻意用更慢的速度前進。身體貼著山壁，山風突然停了下來。意料之外的寂靜之中，我聽得見慈仁喇嘛的呼吸聲。一時間，我踩空了，摔到了地上。我用四肢跪地、趴著的姿勢滑向懸崖。

「是冰！」我尖叫。

慈仁喇嘛和巴登·旺波也都跌到地上了。我不知道是因為他們也踩到了冰才滑倒，還是因為我跌倒的力道太大，把他們拉倒了。我絕望地想要找到可以抓住的地方，但什麼也摸不到。摸不到半顆石頭，甚至連一塊乾的地面也摸不到。沒有任何東西可以阻止我滑向陡峭的懸崖邊。

我滑出懸崖之外。

13

丹增．多傑

跌跌撞撞地，我從峭壁猛然往下滑落，繫在我腰上的繩索都繃直了，某個瞬間，我發現了一小塊可以踩腳的地面。地方很小，不比一塊磚頭大多少，從懸崖壁面突出來，距離我跌落的峭壁大約六呎。我兩隻手臂是往上伸直的，死抓著我跌下來的峭壁邊緣一塊鋸齒狀的石片。山風包圍著我，在我的耳邊鬼哭神嚎。

整件事情發生的速度，像是被快轉過一樣。一部分的我驚恐地瞪大雙眼，氣喘吁吁地想在那一小塊不穩定的立足點上穩住身體，但同時間，我也能感覺到，另外一部分的自己像是一個觀察者，平靜又清醒地看著這一切。

我第一時間的本能反應是，利用那一小塊立足點，把自己撐上去，爬回原來的峭壁上，運用身上的繩索，把自己拉回慈仁喇嘛和巴登．旺波所在的位置。

可是，萬一我失敗了，我的重量不就全都轉移到喇嘛身上了嗎？那他一定會整個人被往前拖——直接撲倒在剛才讓我滑倒的冰面上。這樣一來，他也會跟我一樣跌下懸崖，這對我們三個人來說，絕對是一場災難。

「丹增．多傑！你沒事吧？」穿過風聲，我聽見喇嘛往我的方向大吼。

我正在測試兩手抓的這片石頭有多穩。「我得想辦法爬回去！」我大喊，「可是，如果這片石頭鬆了——！」

「要勇敢！」

這時，突然一陣強風惡狠狠往下灌，吹到我身上，差一點就把我吹得摔出去了。如果我現在不把自己拉上去，恐怕就來不及了！

我用盡全力一躍而上，雙手抓緊那片鋒利的岩片往上一撐，一陣刺痛穿進了我的掌心，我跳上了峭壁，但是僅僅站穩了短短一瞬間。我看見慈仁喇嘛身體貼著山壁，把拐杖插進一道岩縫裡，避免被我拖走，巴登．旺波跪在地上，從背後環抱住喇嘛，兩隻手緊緊抓著繩索。

我伸出手，想要抓住繩索，把自己往他們的方向拉，可是繩索滑出了我的掌握。我又試了一次，可是沒有成功。我抓不住任何東西；我的手好像變得不管用了。低頭一看，我才知道為什麼。我剛才抓著撐起身體的那片銳利岩石，割開了我的雙掌。傷口很深，現在的我只剩食指和拇指可以動，手心湧出大量鮮血——我的兩隻手變得一點用都沒有了！

我不可能再有足夠的力量抓住任何東西來支撐自己的體重。又一陣呼嘯而過的山風，掃得我失去了平衡。我再次往崖邊滑了下去。我的雙腿在陡峭的斷崖邊胡亂踢著。

我只能找回剛才的小小立足點。不過它已經變得更不穩固了。踩著它往上跳、又摔回來再踩上它，讓這一小塊石頭鬆動了。我感覺得到它在我的腳底下逐漸崩解。即使下一陣山風沒有把我掃下斷崖，要是我腳底下這塊石頭塌了，結果也會是一樣的。一旦我跌下去，不管慈仁喇嘛的拐杖固定得多麼穩固，他和巴登．旺波都不可能拉得動我摔下去的身體的。

這樣我們三個人都會死。

警覺到這件事之後，我意識到，我已經別無選擇了。現在，我的心裡只惦記著一件事：背包裡的伏藏。無論任何事發生在我身上，都必須保護好伏藏。就算我命中註定粉身碎骨、葬身此地，蓮花生大士神聖的卷軸絕對不可以跟著我一起摔進這個峽谷裡、遭人遺忘。

在山裡走了好幾週以後，我已經能夠熟練地卸下肩上的背包了。恐懼和寒冷使我全身顫抖，只有我的雙手因為鮮血而溫熱。先是左肩，然後右肩，我迅速地讓背包從肩膀滑下來，現在只靠一條帶子纏在右手腕上抓著它。

「你們一定要接住我的背包！」對著強風，我往上大喊，接著我把背包往剛才看到的、慈仁喇嘛和巴登．旺波所在的位置扔上去。一出手後，一直以來都纏在我右手腕上的念珠也被勾了過去，跟著裝有伏藏的背包往上飛。

聽到巴登．旺波回應，確認他接住珍貴的背包之後，一件奇怪的事情發生了。在這奇異的高倍速過程裡，雖然我的身體趴在懸崖邊，同一時間，我也發現自己盤坐在藥師佛面前。藥師佛的法相栩栩如生，和昨晚一樣莊嚴寧靜。祂凝視著我的目光裡，盈滿了慈悲與安慰，祂的臨在，像是這個世間最美好的事物全都融合在一起之後，所萃煉出來的極致之美。毋需任何解釋，我即刻明白，藥師佛是我的導師，祂和我的上師慈仁喇嘛，都是由同一股非凡的力量之中化現出來的。我同時也明白了，為什麼上一次出發之前，慈仁喇嘛要我們修持藥師佛的法門。是為了替我在求道的路上樹立指標。

當我念頭一轉，想起母親時，突然間她也出現了，和我一同沐浴在藥師佛殊聖的臨在裡。場景真實得像是我們三個人正一起坐在同一個房間裡。

「媽媽，對不起。」我對母親說，「我沒有想到會這樣。」

「不用煩惱，丹增．多傑。」她伸出手搓了搓我的頭髮，像我小時候她常常對我做的那樣。

「妳那時候說，這輩子妳會失去我，當時我還不相信。」

「我知道。」她注視著我的眼睛，眼神裡揉和著愛與決心。「你下輩子我一定會找到你的——我保證。」

她露出了笑容。接著，她和藥師佛的影像一起慢慢地消失了。這一刻，我感受到一股不曾體驗過的安穩，和平靜。

我腳下踩的石頭快要崩塌了。現在，只剩下一件事情該做了。我心裡默默祈禱，自己為了保護伏藏，同時也為了保護喇嘛和巴登．旺波所做的事，最終可以為一切有情眾生帶來利益。我把手伸進袍子裡，取出了隨身攜帶的小刀。這把小刀不管什麼時候，都一直很鋒利。唰唰兩刀，我割斷了身體兩邊的繩索。

我嚇得從床上坐了起來。我的心臟撲通狂跳。一時之間，我幾乎忘了自己身在何處。剛才我所看見的一切太過真實了，絕對不只是單純的夢境而已。它太超現實了，跟我所做過的夢完全不同。更重要的是，醒來之後，我心裡很確定，那些事真的在我身上發生過。是我，身為一個小沙彌，摔下了山崖，我甚至還記得我的名字——丹增·多傑。是我，跟著我的哥哥和上師，想要翻越喜馬拉雅山。剛才在夢境裡經歷到的一切，跟我身為馬特·萊斯特所度過的人生，同樣地真實。剛醒來的那幾分鐘裡，我甚至懷疑，是憑哪些證據，讓我相信自己是馬特·萊斯特的？

我還確定了另一件事。格西拉一定跟這些事情有關。不只因為他是我唯一認識的佛教僧侶。還因為在山上的時候，我也感受到了他的存在。當時我沒有認出來，不過醒過來之後，我確定這是真的。雖然說這一切到底為什麼是真的，本身就是一個謎，不過，我一定要找出答案。

我看了床頭櫃上的鬧鐘。才剛過六點。要去別人家裡拜訪也太早了。不過格西拉可不一樣。他是三點就起床的人，不是嗎？這個時間對他來說，等於早上已經過了一半了。

我火速套了一件上衣和休閒褲，進浴室隨便抹了一把臉，不到幾分鐘，我已經走出屋外，來到大街上了。

清晨六點，羅斯伍德大街空無一人，跟我腦海中擺脫不掉的亂流相比，早晨的街上瀰漫著一股奢侈的寧靜。到現在我都還感覺得到，當我發現腳踩的石頭鬆脫時，心頭湧現的那股恐懼。以及當我意識到自己別無選擇時的驚駭。那是我經歷過最恐怖的事了。而且，不像是普通的惡夢，可以隨便打發掉就行，我知道這個夢境之中，隱藏著關乎我人生的重大祕密。

禪修中心也是一片靜悄悄的。我記得愛麗絲說過，格西拉住在後院對面的一個房間裡。我沒有敲門，而是直接轉動把手，幸好，門沒有上鎖。我把鞋子脫在走廊上，穿過安靜的屋子，走向廚房，通常我都是帶著要洗的衣服來這裡。廚房裡沒有人，只有貓咪扎西坐在窗台上，像是埃及的人面獅身像，靜靜地，用牠那雙機靈的大眼睛盯著我。我覺得自己好像闖空門的小偷。我不想吵醒明太太或是任何住在這裡的人，可是我必須見格西拉一面！

廚房的門也沒有上鎖。很快地，我踩著鋪在地上的石磚路，穿過後院，走向一個看起來很像園藝工具間的小屋，畢竟，主屋後面除了這個小屋，就沒有其他建築物了，所以我猜，他們一定是把這個小屋子改裝成了格西拉的房間。我走到小屋門口，輕輕地在門上敲了三次。沒有回應。我又試了一次，這次我敲得更大聲一點，也出聲叫他：「格西拉！是我，馬特！隔壁鄰居。」

我等了很久。我覺得他一定有聽到我的聲音。屋裡一片死寂。周圍也是。要不然他就是在睡回籠覺了。或者，說不定他正在主屋的禪修室裡禪修？也許我去那裡就可以找到他？

為了確認，我又敲了一次門，然後試著轉動門把。有一部分的我對自己說——我不應該這麼做。我應該尊重他的隱私。假如他在睡回籠覺，或是其實他根本沒有三點起床，那也是他的私事。如果剛好他身體不舒服呢？

可是我急著見到他的心情壓倒了這些聲音。我很想對他說我剛才在夢裡看見的事。我想要他為我解釋這代表的意義。

打開門，裡面的空間很小，比外觀看起來更小，只夠放一張單人床、一個抽屜櫃，和一張禪修坐墊。格西拉正坐在墊子上，正面對著我。他的眼皮半閉著，視線低垂。

我停在門口，適應著房裡半陰暗的光線。「不、不好意思打擾你……格西拉，」我對他說，「我必須見你一面。」

他沒有看我。一動也不動。看不出來我應該離開，還是留下來。

「格西拉？」愛麗絲跟我說過，有些僧人能夠進入非常深沉的禪定狀態中。可是格西拉的樣子讓我有點擔心。他看起來好像沒有在呼吸。

我往前走了幾步，靠近他打坐的地方，在他身邊蹲了下來。

「格西拉？」我非常小聲地問，「你沒事吧？」我仔細地觀察他的臉，不只是一點回應都沒有，是連一點生命跡象都沒有。他確實是維持著冥想的姿勢，可是他的身體一點動作都沒有。我盯著他，像是過了一世紀那麼久，卻看不到他胸口有任何起伏。

我擔心地伸手去碰他的手臂。他肩膀下方，裸露在僧袍之外的手臂，摸起來又冰又冷。我的焦慮逐漸升高，我伸出左手，把手錶的鏡面擱在他的鼻孔下方。如果他有呼吸，就算是最微小的一絲氣息，都可以讓鏡片起霧的。可是我把手舉在半空中，一直舉到手臂都發疼了，仔細檢查鏡面之後，我確信，我的恐懼成真了。

現在我是真的緊張起來了。有一瞬間，我擔心這件事會不會跟我的夢有關。格西拉的死，會不會跟我剛才在夢裡發現的事，冥冥中有所關聯？不，這只是荒誕不經的迷信而已。試著控制住我嗡嗡作響的腦袋，我彎下腰，直接把耳朵貼在格西拉胸口上，但願可以聽見他的心跳聲。感覺才不久之前，我和巴登．旺波也曾經這樣把耳朵貼在慈仁喇嘛胸口上。

突然間我發現自己被人拉開了。我的手臂被拽住，拖往相反的方向。我驚訝地發現拉住我的人是明太太。她用食指按著嘴唇，全世界的人都看得出來，這手勢是什麼意思。她又做了另一個手勢，示意我離開小屋。她的表情很明確：這是一道不能討價還價的命令。

我默默地站了起來。

「我很擔心格西拉。」明太太一闔上門，我就焦急地用氣音小聲對明太太說。她領著我，穿過院子走回主屋。我知道她聽不懂我說的話。

回到主屋之後，我單刀直入地問：「格西拉死了嗎？」

「不是死！」她堅稱，「不是死。好嗎？」她用噓聲把我從廚房趕到大門口。我被趕到了走廊那一排鞋子旁邊。「不是死！等一下。」她指著手上的手錶。

我看著她的眼睛，試圖解讀她的表情。毫無疑問，她的態度是非常強硬的。這讓我理解到，為什麼有些學生會覺得她很嚇人。然而，在她頑固的決心和威嚴的姿態背後，我看見了某種神態一閃而過，幾乎像是某種樂趣。

我帶著不滿足的心情回家了。接下來該怎麼辦？不只是昨晚的夢依然壓在心口上，現在，我還不知道格西拉究竟怎麼了。明太太也許很肯定他沒事，可是，我要怎麼否認我所發現的那些證據？

如果他真的死了怎麼辦？如果人們發現當時我在附近，問我為什麼早上六點的時候要跑進鄰居家裡，我該怎麼回答？

當我思索著這一切時，我想到了唯一一個跟這個禪修中心有關係，又或許能為我提供一點解答的人。我決定打電話給愛麗絲。現在才不到六點半。不過這可是緊急事件啊。

沒多久，她接起手機，我向她解釋發生了什麼事。我在格西拉身上發現的那些令人擔心的徵兆。他看起來好像死了。還有明太太毫不寬容地把我趕走。

「我真的很擔心……他可能發生了什麼事。」講出這麼老套的句子，我感覺有點愚蠢，所以，我乾脆直話直說：「我的意思是，從我發現的所有證據來判斷，他……應該是死了。可是明太太一副完全沒事的樣子。」

愛麗絲沉默了很久，才回答道：「有可能，你們兩個人都是對的。」

在最近聽到的所有令我眼界大開的概念中，就屬這一個最讓人摸不著頭緒了：死了，但是沒事。「這怎麼可能？！」

「馬特，你要知道，格西拉不是一個普通人。他的程度幾乎跟奧運金牌選手差不多。」

我試著弄清楚愛麗絲要表達的意思。

「也許從外表看來，他只是一個普通的僧人，不過他已經花了好幾萬個小時，年復一年地訓練他的意識。他是最高深的冥想技術領域裡的頂尖大師。只要他想，就可以把注意力從所有感官的門戶向內收攝，把身體和精神的能量完全貫注在心輪，進入死亡狀態。」

「他可以讓自己死掉？」

「可以這麼說。」

「然後再……復活？」

「佛法之中，對於死亡的過程，有非常詳細的描述。你認為他們是怎麼辦到的？那可不是一堆喇嘛圍成一圈，七嘴八舌地討論出可能會發生什麼事。而是因為他們真的走過那些過程。經常性地。」

這則資訊實在有點難以消化。我也知道，假如不是我親眼撞見了格西拉的狀態，我不會相信真的有這種事的。在我的觀念中，死亡是一條單行道，而且沒有人知道那條路的盡頭是什麼。

「他可以……死掉多久？」

「通常不會有人問這種問題，」她苦笑著回答，「不過，根據經典的記載，瑜伽行者是有能力處在這種狀態好幾天的。」

「好幾天！」我想起了自己急著見他的心情。

「我可沒有說格西拉現在在做這件事噢。有可能他只是在做例行的早課而已。」

例行的早晨死亡練習。感覺真詭異。

「倒是你，早上六點的，為什麼跑去他那裡？」

就知道會被問到這個問題。「我有話要跟他說。昨天晚上我有了一個體驗。那不是一個夢。那比夢更真實。就好像我現在在跟妳說話一樣真實。我需要找格西拉談一談。他跟這件事情有關，而我需要知道他是怎麼跟這件事有關的。」

電話那頭傳來了一陣沉默。後來，她低聲地說，「你知道嗎，格西拉教導人的方式很多。不一定總是用面對面的方法。」

❖

跟愛麗絲說過話以後，我對格西拉的擔心減輕了許多。看來應該不用報警了。沒必要懷疑明太太。我的擔心只是因為我的無知，對他的禪定能力一點認識都沒有，按理說，現在我應該要感到寬心才對，只不過，這改變不了我迫不及待想見他的心情。

掛斷電話之後，我馬上拿出紙筆，寫下一串名單：丹增．多傑、慈仁喇嘛、巴登．旺波、正波寺、林村。我不想忘記任何一個昨晚出現在夢裡的名字，雖然這個夢跟平常的夢不一樣，已經醒來這麼久了，我對夢裡所發生的事，記憶還是非常鮮明。那些場景對我來說，和我跟布萊克利攤牌的時候，一樣真實。

我決定去沖個澡。當我仰著頭，享受蓮蓬頭灑在臉上的熱水時，感覺上就像是從喜馬拉雅山的旅途結束後，第一次可以好好洗個澡。彷彿直到現在，我才有機會好好沖掉因為這場曲折的旅程，而堆積在身上的污泥、汗垢和血跡——就像是自從我和慈仁喇嘛、巴登．旺波，在蓮師洞穴後方的泉水裡沐浴過之後，第一次洗澡。

有沒有可能，丹增．多傑其實是我的前世？要不然我要去哪裡下載這一大串西藏沙彌的記憶？

不然我怎麼會毫不懷疑地覺得我就是他？不過，根據格西拉告訴過我的，還有我從別的地方讀到的資料，大多數的僧人都是在一九五九年逃出西藏的，可是我是一九七二年出生的，日期對不上啊。

我的思緒飄回到一早撞見格西拉的樣子。我再度瞭解到，自己對他真正的身分、他所擁有的超凡能力，是多麼一無所知。一個有能力死而復生的喇嘛。而且根據愛麗絲的話來判斷的話，他並非唯一擁有這種能力的人。不用說，在一群高僧之中，這當然還是罕見的，但不至於是某種無人能匹敵的超級高僧——相反地，這是經過反覆試煉之後累積出來的成果。

昨晚的夢，再加上剛才經歷的一切，我感覺到自己的內在結構似乎發生了某種深刻的轉變。許多原本理所當然的想法，如今全都需要重新檢視。例如，一直以來，我都認為人只有這一輩子而已，既沒有前世，也沒有來生。又例如說，這一世造的因，不可能間接影響到下一世，因為兩世之間是彼此無關的。

然而，是什麼樣的連結呢？我很好奇。在遇到格西拉以前，我連最微小的念頭都不曾想過，我竟然會和一個西藏僧侶有連結。一直到昨晚為止，我一秒鐘也沒有想過，我自己，上輩子可能是一個佛教沙彌。

我走出浴室、擦乾身體、穿上週末時會穿的休閒服，手邊做著這些動作，思緒卻是完全浸泡在這些問題裡。無意識地拿起床頭的念珠，我又看了一眼鬧鐘——才剛過七點。我不確定明太太的打算是什麼。她說「等一下」，是要等多久？兩個小時夠嗎？等到八點，格西拉會復活嗎？還是他會繼續暫時停止呼吸到更晚一點？

我決定先好好煮一壺咖啡再說。從冰箱裡拿出咖啡豆，倒進咖啡壺之前，需要先把它們磨成粉。我儘可能打發著時間，磨出的咖啡分量根本多到自己喝不完，正當我把燒開的熱水注滿法式濾壓壺時，我聽見門口傳來一陣敲門聲。

還沒走到大門口，從旁邊窗戶的霧面玻璃，我就看出是誰在敲門了。紅黃相間，那是僧袍的顏色。

「格西拉！」我打開門迎他進屋，心裡突然很是激動，我的聲音裡混合了釋懷、驚喜、以及那股比原本更濃烈的、直覺的連結感，「我剛才去找你，」我往旁邊退開一步，招手要他進來。

「我知道。」他的表情和平時一模一樣——神態自若，輕鬆的幽默感，彷彿正在跟我分享一個只有我們兩個人能懂的笑話。

「明太太告訴你了？」我問他。

「我看見你了。」他說。我們剛走進客廳，我打住腳步，瞪著他看，「可是我以為你——你可能沒辦法——看東西。我的意思是說，用眼睛看。」

「我不是用眼睛看到你的。」我的表情變得更加困惑了，於是他接著說，「睡覺的時候，你會閉上眼睛。但是即使閉著眼睛，你對視覺的意識依然存在不是嗎？你做夢的時候難道看不見嗎？」

這個對話變得越來越奇怪了，我決定不要讓主題偏離太遠。以後有空再討論眼睛的事。「有一件事情我非得跟你說不可。」

我帶著格西拉走進廚房，從櫃子裡拿出兩個馬克杯，把剛才泡好的咖啡倒進去。忙著這些動作的同時，我也意識到，在我身旁的這個男人，幾個小時前一直處在死亡狀態裡。而且根據愛麗絲告訴我的，這個男人，還是一個超級禪定大師，他擁有的能力，遠遠超過我的想像，是一直到今天早上之前，我都還不可能相信的事。然而我卻一點都不覺得奇怪，也不害怕。相反地，還莫名有種強烈的熟悉感。

我們站在廚房的長椅邊，咖啡放在一旁。

「你跟未婚妻還好嗎？」他注意到房子是空的，同情地問我。

「我跟她應該已經吹了，」我搖搖頭，想起上次和格西拉在厄斯咖啡館的對話。一個人的伴侶並不具備任何固有的品質，不是快樂或不快樂的真正原因。那次聊天感覺像是上輩子的事了。「嗯，我還蠻肯定應該是沒了。更剛好的是，昨天我被開除了，還失去了我花了七年做的研究。」

沒了未婚妻又丟了工作，聽到我跟他說了這一堆讓我不開心的事，格西拉的臉上很巧妙地混合了同情心、與這些事其實沒什麼好操心的表情。

「不過這不是我想跟你講的事啦。」我對他說，「自從我搬來洛杉磯——應該是說，自從我遇見你之後，我就一直重複做同一個夢。或者說是記憶重播。隨便怎麼說。總之，昨天晚上我又做夢了，不過這次不太一樣。它變得不是夢了。它是真的。我是一個沙彌，叫做丹增・多傑，和我的上師還有另外一個沙彌在喜馬拉雅山裡逃亡。」

格西拉認真地聽著我的話，不過我覺得他臉上有種微微的笑意，好像我這些話逗得他很樂似的。

「這些……重播的畫面，讓我覺得我就是那個沙彌。這不是我編的故事。而且內容我記得一清二楚，一點都沒有消退。現在，我能想起跟丹增．多傑有關的各種事情，就像是我自己的記憶一樣。」

格西拉咯咯笑著。「這有什麼好奇怪的？」

我垂下視線，看著咖啡杯口上升的霧氣，「我三十五歲了。我對佛法從來都不感興趣。甚至在認識你之前，我從來沒有認識過任何出家人。可是，突然之前，有那麼多管道讓我接觸到這些……跟佛法有關的資訊，還發現了一個一九五九年的沙彌，感覺很像是我。」

「也許是因為認識我，所以觸發了某些東西。」他說，「為特定業力的成熟創造了條件。」

技術上來說，格西拉搬出業力的解釋也許是正確的，可是我心裡其實有很多不同意見，這點我們都清楚。遲疑了一下之後，我對他坦白，「我想，我從來都不相信有輪迴這件事。我從來都不覺得在這一世之前，還會有前世。我從來沒有過任何證據——直到昨天晚上。」

「回想起前世的記憶，就是你想要的證據，是嗎？」

我點頭。

「以科學的角度而言，我還以為科學家們都不會預設任何立場？我還以為你們在看待一個情況的時候，都不會有任何先入為主的想法？」

「確實是這樣的。」我點頭。

「必須有一個裝滿記憶的硬碟，紀錄一個人從這一世轉移到下一世的過程，這難道不是一種假設嗎？」

格西拉再一次漂亮地用邏輯瓦解了一般人的普遍看法，真是令我吃驚。

「那昨天晚上的事該怎麼解釋——那些發生在我身上的事？到底從哪裡冒出來的？」

「或許，」格西拉的表情很微妙，「那是一份禮物。」

「禮物？！」我想起了當我低下頭，看見兩個手掌都被石頭割破，還有殘暴的山風把我吹倒，讓我跌下山崖的畫面。

「故事的結局看起來一點都不像是禮物啊。我踩在一個快要崩掉的石頭上，整個人只能貼著陡峭的懸崖，我把背包脫下來，丟給上面的人。我知道我自己會死。」

看著格西拉的眼睛，我彷彿重新回到了那座山上，感受到恐懼和決心交錯在一起的心情。「我知道我必須保護背包裡的東西。」

「背包裡有什麼東西？」他旋即問我。

「很珍貴的手稿。神聖的卷軸，是我們的上師在蓮花生大士的洞穴裡找到的。」我意識到，這是我第一次說出「蓮花生大士」這個名字，可是我說得非常順口，像是早已說過了無數次似的。在格西拉的凝視之中，我越來越強烈地憶起自己完成使命的決心。「把那些殊聖的教導從西藏傳出去，帶到自由世界，是對我來說最重要的事。」

「非常好。」

「還有另外一件事。」我和格西拉的目光親密地會合在一起，我整個人彷彿被包圍，沉浸在他的臨在之中。「我有一個感覺。在山上的時候我感覺到了你，好像你也在那座山上。」

「那是因為我真的在那裡。」

「你是……用靈魂的形式出現在那裡嗎？」

「不是，是人類的形式，跟你一樣。」

「可是那裡只有我們三個人。慈仁喇嘛，巴登·旺波，和……」

這一瞬間，我才第一次開始真的有點懂了。為什麼打從第一眼看到格西拉，我的心裡會浮現那麼強烈的悸動。

「禪修中心的人都叫我格西拉，」他開始解釋，「不過那只是一個頭銜而已。我真正的名字，你已經很熟悉了。」

認出他的這一刻，我的心情突然激動了起來，非常深、非常強烈。「你是說——」

「在你前世還是丹增·多傑的時候，」格西拉的雙眼閃耀著光輝，「我是你的哥哥，巴登·旺波。」

各種情感填滿了我的心，我伸出手臂，和哥哥擁抱在一起。我感覺到一切我原先對於自己是誰的概念，都融解了，變得無足輕重。那些生活裡曾經讓我全心投入的事情，所有精心織就、構成了馬特·萊斯特這個身分的種種事物——研究員、男朋友、住在洛杉磯的英國人——似乎全都變得不重要了。彷彿我是誰、與我的身分是什麼這兩者之間的界線突然炸裂了，超越了我所有的認知。

丹增·多傑是我的前世，這有可能是真的嗎？如果是的話，那我在丹增·多傑之前，為什麼沒有無數個前世？這個稱之為「我」的存在，真的就像佛教所說的那樣，是一股所謂的本初心識，始終都存在著？無始時來，既沒有開始，也沒有結束？是超越有限的生命、超越時間和空間的意識？我的整個一生，對於自己是誰、做了哪些事的觀點，竟然如此驚人的狹窄，如此受限於眼前一個微不足道的身分認同。有沒有可能，真相其實和這個狹隘的想法，有著浩瀚、遙遠的差距？

「所以，」放開之後，我勉強開口，「我真的從懸崖摔下去了？」

格西拉握著我的手。「為了保護伏藏、保住喇嘛和我的生命。」他垂下眼簾，「不過，現在你歸隊了。」他突然一臉打趣，「而且你也把念珠戴回去了。還是一樣戴錯手。」

我這才留意到，我把念珠纏在自己的右手腕上了。之前我從來沒有把念珠戴在手上過。

「誰教你這麼戴的？」

「沒有人，」我說，「今天早上我心神不寧的，根本連自己把念珠戴到手上了都沒注意到。」

「你老是戴在右手，」格西拉搖搖頭，笑著說，「慈仁喇嘛總是得不停地提醒你，要戴在左手，才不會掉了。不過，當你摔下山崖的那天，如果你不是戴在右手的話，今天我們也許就沒有機會把念珠交還給你了。」

「你的意思是……？」我還在試著理解這段話。

「明太太送禮物給你的時候，有可能你也會挑中別的東西的。比方說，你最喜歡的巧克力，或是那把搖鈴。讓人挑選物品，用來確認這個人是不是某個被認出來的比丘的轉世，是常用的方法之一。在你的情況，我們其實已經知道你是誰了。只不過我們認為，為了你好，最好還是進行測試。畢竟你是一個科學家，我們知道你會想要證據。這個測試結果可以提供一項額外的證據，好讓你相信，也許這個宇宙不是像你以為的那麼隨機。也許因果法則真的存在。」

用手指輕撫過一顆顆念珠，想到也許在前世的時候，我也曾這樣撫摸過這件心愛的私人物品，心裡不免一陣驚奇。

「如果每件事情都有因果，」我誠心發問，「我造了什麼業，讓伊莎貝拉離開我？」

格西拉安靜了許久，才告訴我：「我去了正波寺之後，每次放假回家，你總是熱切地想要知道寺院裡的生活是什麼樣的。」他拿起自己的咖啡杯，走到廚房的小餐桌旁坐下。我也跟著拿起杯子，坐到了他的對面。

「你總是有問不完的問題。每天早上起床都做些什麼？我們一整天的行程是怎麼過的？寺院裡的比丘都是什麼樣的人？那些答案一定讓你聽了很喜歡，因為，後來有一天，你逃家去找慈仁喇嘛，要求他收你當沙彌。」

我驚訝得直搖頭。

「你出家這件事讓媽媽很難過。」他看著我的眼睛告訴我，「非常難過。可是你決心實現自己的心願。你知道自己有一個特殊的使命，所以你離開她，為了完成那個使命。」

這段話令我沉思良久，後來他又說，「懂了嗎？業就是這樣創造出來的。每一個果都有一個因。每一件你正在體驗的事，都是從先前的某一個片刻裡升起的，它們都存在於同一個意識連續體裡。如果我們連續觀察好幾個生命週期，就能看見同樣的模式反覆出現，同樣的主題，產生同樣的波紋、同樣的序列、同樣的花式。同樣的因果一再地重複。」

「因為我前世讓媽媽傷心，所以這一世我也會體驗到傷心？」

「正是。傷父母的心是一種格外嚴重的惡業。因為，沒有父母，我們就無法來到這個世上，當我們還很幼小的時候，他們對我們而言，就像是太陽與月亮——他們是我們的一切。我們能成長為什麼樣的人，很大的程度上要仰賴於父母。這就是為什麼，當我們長大成人之後，要試著報答他們的恩情，尤其是如果我們希望來世有一對好的父母的話。」

我想到伊莎貝拉為了離父母近一點，決定回歐洲去。就像格西拉說的，她回去「報答他們的恩情」。這麼一來，她不僅為我扮演了讓我體驗到業力的角色，也能確保來世她不會遭受同樣的痛苦。我這兩世所發生的事似乎呈現出一種強大的對稱性。

我也有點好奇，就算犧牲掉我們的關係，她也執意要回去照顧父母，這背後是不是也有一個更大的藍圖在運作。我無法否認，自從去過愛麗絲家之後，我就經常想著我們之間的事。她是那麼地吸引我——雖然說是以一種和伊莎貝拉非常不同的方式。在她身邊時，那種溫暖又自在的感覺，是那麼地明確。

格西拉用一根手指戳我，表情似笑非笑。「怎麼了？」我問。

「你啊！」他逗著我說，「在想些什麼？」

我的臉熱了起來。看來有個會讀心術的前世哥哥不是件輕鬆的事。「只是在猜，失去伊莎貝拉會不會也是某個計畫的一部分。」

「一份偉大的藍圖？」他開玩笑。

「也許吧。」

可是他卻蹙起了眉頭。「這只是一種錯覺而已。人們常常有一種想法，認為一切都被包含在一個神聖的計畫裡，所以，船到橋頭自然直，人生中不管發生什麼事，到頭來都會自動找到出路。這是一種令人安心的想法，人們喜歡這個信念帶來的感覺，即便並沒有證據可以支持這樣的想法。這個地球上有超過六十五億人口，對大多數人的生活而言，事情並沒有自動變好，許多人生活在極其可怕的貧窮之中。對大部分的動物而言，牠們的生命到頭來只不過是成為其他生命的食物而已。真的能夠確保人生順利進展的唯一方法，就是去創造出產生順境的業因。我們不應該以為，逆境會自動轉換成順境，因為天使、佛陀或某種大師計畫會下凡來解救我們。」

接著一抹光芒回到了他的眼中，「愛麗絲很快會去閉關三個月。」

「誰提到愛麗絲了？」我反駁。

格西拉只是笑了一笑。「我看得出來，你們兩人都很喜歡彼此。」

我覺得自己的臉頰更燙了，我的心思都被看穿了，他究竟是怎麼辦到的？「嗯，對啦。」我承認，「至少——我這邊是啦。不過你說到這個世界的情況有多糟，」我搖著頭說，「感覺有點沒意義。如果我們都是業力的奴隸，被前世所造的業控制的話，那幹嘛還要努力？更何況，我們甚至連前世幹了哪些事都不記得。」

「不是奴隸，」格西拉雙手一拍，「是主人！要創造出哪些適當的條件，讓善業或是惡業熟成，是由我們自己所決定的。一切都是選擇。我們可以設想，自己早已創造了無數的善業和惡業。而現在，我們可以決定，要讓哪一種業因結出業果。同時間，我們也在創造著讓自己在未來體驗到正面經驗或負面經驗的業因。我們決定著自己想要創造出哪一種業力的印記，為這一世，也為許許多多來世。」

「你有沒有想過，自己為什麼自然而然在量子科學領域這麼有天賦？」他接著說，「為什麼你那麼容易地就掌握了其中的概念？那是因為，你曾經修習過佛法中的空性的智慧，種下了業因。還在正波寺的時候，你問了很多跟空性的智慧有關的問題。雖然當時的你沒有足夠的時間去熟悉並精通這些智慧，但是，你已經為自己創造了足夠的業因，讓後來的你有機會更好地理解它。」

突然間有那麼多超乎常理的事情揭露在我面前，我發現自己置身在一個截然不同的現實裡。我知道，我得花上好一段時間，才能慢慢理解和接受這些訊息。實在很難相信，不過才短短一天的時間，這個世界上令我關心的事物已經變得完全不同了。

我知道自己會需要一點空間好好消化這一切，並且弄清楚接下來該怎麼辦。

喝了一口咖啡之後，我問：「在你家外面，我第一次遇到你那晚，你說，你是為了我才來到洛杉磯的。你真的是這個意思，對不對？」

格西拉點點頭。「我知道這麼說有點嚇到你，所以我才提到——」

「禪修中心。嗯。」我搖著頭，「所以你真的大老遠跑來加州，在西好萊塢羅斯伍德大街上租了一棟房子，就是為了……」

「我知道不久之後，你就會搬來隔壁，然後遇見我。」

「可是我原本有很好的工作。還有女朋友。」

格西拉微笑。他也早就知道，光是這兩樣東西，很快地就會不夠了。

「你怎麼知道要來這裡找我？你怎麼知道丹增．多傑已經重新轉世，變成了艾瑟拉瑞的研究總監？」

他依然微笑著。「有徵兆的。」他的語氣神祕兮兮的，「等你對佛法的認識更深，你會慢慢明白，對於準備好要做這項工作的人，是有可能擁有某些被認為是超能力的精神力量的。」

「像是天眼通或讀心術一類的嗎？」

他點頭。「而且你已經有很好的基礎了。」

我知道他指的一定是當我還是丹增．多傑的那一世，畢竟我的這一世，到目前為止，幾乎沒有什麼基礎可言。即使如此，我還是不太肯定自己上一世究竟打下了多少基礎。「我只不過是個沙彌而已。甚至還沒有成為受具足戒的比丘，更別說是格西或瑜伽行者了。」

「不過，你抱著充分的信心去對抗紅軍。願意翻越世界上最艱險的山脈。寧願犧牲自己的生命，也不願讓你的使命遭受波及。」

我趴在斷崖邊、臨死前絕望的畫面，又湧上了腦海，心裡充滿了急迫感，希望裝著伏藏的背包可以安全被接住。

「對了！伏藏！後來呢？它們去哪裡了？」我問。

格西拉放鬆身體，靠在椅背上，笑呵呵地說，「我還想你什麼時候才會問呢。」

想起那兩卷伏藏對丹增．多傑的重要性，又想到自己的心思一直執著在相比之下毫不重要的事情上，我不好意思地笑了。

「畢竟，你是為了那兩卷伏藏才犧牲生命的。」

「自西方的塘，一千」他突然念誦起一段詩句，聽起來莫名地有共鳴感：

不對稱雪獅尾下

最珍貴的二，前往紅面人的國度

靜待佛法鬥士。」

「我會讓你知道那兩卷伏藏後來去哪裡了。」他點頭，「不過在那之前，你記不記得自己在正波寺時的綽號？大家都用那個名字逗你，可是慈仁喇嘛卻用那個名字鼓勵你——？」

答案像是一個浮出水面的小氣泡，突然間不知道從哪裡冒了出來，我自己都嚇了一跳。格西拉話都還沒說完，我已經脫口而出：「拉薩魔法師。」

「沒錯。」他意味深長地停頓了許久，「它依然是你的特殊命運。」

聽到他這麼說，我不由自主地打了一個哆嗦，像是內在深處，一條重要道路上的阻礙被清空了，而我重新連結上了古老的真相。

然而，就表面而言，我還是感到困惑。「依然是你的特殊命運」，到底是什麼意思？是說丹增．多傑那一世的人生使命，跟這一世的我還是有所關聯？

「讓我告訴你丹增．多傑墜崖之後發生了哪些事，」格西拉開始解釋，「也許你就會明白了。」

14

巴登．旺波

喜馬拉雅邊境區

一九五九年

起初，我幾乎無法相信剛才發生的事。我想慈仁喇嘛也是。我跪在慈仁喇嘛背後，雙手環抱在他的胸口，我們都準備好迎接丹增．多傑往上跳時可能會產生的衝擊，結果卻發生了完全相反的事。

他把背包和念珠丟上來之後，突然間，拉著繩索的重量消失了。我想，我的弟弟做出了和我一樣的結論：在這種進退兩難的情況下，我們三個人是不可能撐過去的。他做出了最無私的舉動，把神聖的伏藏丟給我們，割斷自己身上的繩索，不讓我們的生命和任務陷入險境。

是慈仁喇嘛率先打破了沉默。「他一直保護著伏藏，直到生命的最後一刻。沒有比這個更偉大的勇氣了。」停頓了幾秒之後，「現在是他最需要我的時候。」

佛法教導我們，人死的時候，我們的細微心識會進入中陰身，最長大約七週的期間內，我們會尋求下一次轉世成人的機會。跟活著的時候一樣，業力使我們以特定的方式經驗到現實，死後，業力依然會繼續決定我們如何體驗死後的世界，更重要的是，業力也會決定我們的意識會投射到什麼樣的下一世形體之中。

世間的眾生們，他們的命運多半是完全取決於業力，然而，對於一些和修行境界非常深的大師有強烈連結的人來說，有時候是可以得到改變命運的機會的。他們的上師也許能夠改變某些幾乎不被察覺的事物，幫助死者避免投胎入惡道裡。

當晚，我們坐在山上，那是第一次弟弟不在身邊的夜晚，我試著盡最大的力量為他禪修，向所有的上師和諸佛菩薩們祈禱，讓他可以得到珍貴的肉身、可以很快地重新連結到他的金剛上師，繼續他開悟成佛的道路。我全心全意地祈禱，雖然說它們也許只發揮了微小的作用。真正的力量在慈仁喇嘛身上。

當天邊逐漸透出魚肚白，我感覺到身邊的喇嘛有動作，抬起頭發現喇嘛眼睛已經睜開了，神情無比的寧靜。慈仁喇嘛向來就給人一股平靜的感覺，因為他很少展露出任何負面情緒，然而，這天早上，慈仁喇嘛的神態具有一種極為特殊的品質——他的寧靜如同海洋一樣浩瀚無邊、光輝耀眼。目睹這樣的喇嘛，一方面讓我放下了心頭的重荷，另一方面也升起了好奇心。「丹增．多傑成功地轉世了嗎？」我問。

喇嘛微笑著轉過頭，對我說：「他很高興。他回到家了。」

「所以他會遇到最適合的上師，很快返回精進的道路上嗎？」

「要不了多久的。」喇嘛看見了我焦急的表情，「他會很滿意的。」

喇嘛的回答跟我本來想的不一樣，所以我有些擔心。他說，丹增．多傑「回到家了」——那個「家」是什麼意思？確定不是正波寺嗎？還是我們在林村的老家？「要不了多久的」又是什麼意思？他什麼時候才會遇到他的下一個上師？理想的轉世是，他可以投胎到一個修持佛法的家庭裡，甚至在他意識到之前，就受到了上師的照顧。

「他有非常好的滿業——最好的那種。」喇嘛的語氣很明白，我聽得出他沒有打算繼續深入這個問題。

我緩緩點頭，知道喇嘛已經給了我一個線索。

有兩種特定的業力會影響我們的轉世。一種是「引業」，這決定了我們會投胎到人道、畜生道，或是其他的領域。另一種是「滿業」，這會決定我們是不是擁有足夠的福分，可以投胎到富有的家庭、獲得美貌或是長壽，還是會投胎到貧窮的家庭、疾病纏身、早夭、而且沒有機會接觸佛法。

慈仁喇嘛說丹增．多傑有很好的滿業，他是不是在暗示，他沒有足夠好的引業？有沒有可能，弟弟錯失了得到人類肉身的寶貴機會，但還是可以過上舒服的日子？我知道，關於弟弟的意識流向哪裡去了這個問題，如果我想知道更多答案的話，就必須保持冷靜，心不能亂。我也知道，這個黎明，從慈仁喇嘛的表情、他眼中散發出的那種超越塵世的光明，我絕對可以安一百個心。

❖

隔天晚上，我們再度踏上了旅程。慈仁喇嘛扭到的腳踝已經好了非常多，但是已經不能像雪崩之前那樣走得那麼快了。他的步伐虛弱不穩，我們前進的速度緩慢得令人痛苦。

儘管山區的條件十分惡劣，我知道我們還是可以堅持走下去。除了一件事：我們快要沒有食物了。我很明白背包裡的食物已經幾乎見底了。就算丹增．多傑背包裡的食物讓我們多撐了幾餐，但是再過不了多久，我們的存糧就會耗盡。然而眼前隆起的山頭仍是一座連著一座，目的地感覺仍是遙不可及。

不過我還是相信，慈仁喇嘛一定會想出辦法的，因為我很早就知道，他生活在一個與和凡夫俗子截然不同的境界之中。他有一種力量，可以創造出一些事件，旁邊的人看起來也許會覺得只是巧合或好運。我甚至有一種想法，就是眼前的糧食危機，其實只是他刻意為我設下的考驗。隨著食物越來越少，每一次停下來吃東西，都更像是一場測驗。對於即將耗盡的存糧，我該說出我的不安嗎？我要因為眼前的困境而落入絕望嗎？無助地認為我們也許不會成功？

雖然我已經漸漸適應了山上的辛苦和飢餓，總是用寂天菩薩（Shantideva）和其他聖者們的教誨來鍛鍊自己的心志，然而，每天晚上當我們停下來歇息，打開背包，看見裡面空空如也——這景象依然令我禁不住顫抖。

這一晚，當我們上路時，我已經知道，背包裡一丁點食物也沒有了。連最後一顆鷹嘴豆、最後一把青稞、甚至是最後幾片茶葉的葉子，都早就吃得乾乾淨淨了。即使趕一整晚山路之後那種餓肚子的痛楚，對我而言已經是家常便飯了，我仍舊感到緊張不安。

我是不是天真地以為，當我們打開背包時，會驚奇地發現幾罐還沒開過的鷹嘴豆？我對上師的信心是不是讓我誤以為會有某種奇蹟發生？

「丹增．多傑的背包還在嗎？」喇嘛問我。

我點頭。因為喇嘛的身體太虛弱了，所以我把丹增．多傑的背包捲起來，放在我自己的背包裡。可是我知道，他的背包裡，除了蓮師的兩卷伏藏之外，什麼都沒有。

取出了丹增．多傑的背包之後，我把它交給喇嘛，很好奇他會變出什麼魔法。

喇嘛把伏藏交還給我，要我仔細收好，接著，他把丹增．多傑的迷彩帆布背包攤放在一塊石頭的平面上。他拿出他的小瓦斯爐，再拿出已經破爛受損的小鋁壺，去旁邊挖了一壺雪，然後點燃瓦斯爐。水熱了以後，他拿出小刀，從背包割下了好幾條大約一吋寬、兩吋長的布條。把布條放進滾水裡煮的時候，他溫柔地看著我，說：「放到水裡煮可能對味道沒什麼影響，不過至少可以讓它變軟一點。」

意識到喇嘛在做什麼的那一刻，我震驚不已。我們的晚餐是丹增．多傑的背包！而且從喇嘛慎重地把剩下的布條收進他背包裡的樣子看來，我們也許不止一餐得這麼吃。我竟然還傻傻地以為，他會憑空變出食物！

雖然很驚訝，但是我一句話也沒有對喇嘛說，也沒有提到任何一個和晚餐有關的字，或對這個悲慘的處境有任何評語。我仍然相信，這是他給我的考驗之一。等到喇嘛覺得煮得差不多了，我湊到爐子跟前，學著他從壺裡拿出一塊布條，放進嘴裡。

「就當作是，」喇嘛說，「我們很榮幸地可以享用最柔軟的犛牛肉乾。」

喇嘛嚼著帆布背包的模樣，真是令我永生難忘。正波寺最尊貴的喇嘛、人人景仰的大成就者、我仁慈又神聖的上師啊，實在很難不去想到，我們究竟失去了多少東西、淪落到什麼樣的田地。但是，如果屈服於這樣的想法，就等於落入了對物質主義的迷信。發生在我們身上的事情並不重要，重要的是我們如何看待它。這不正是喇嘛趁著吃飯這個機會，親身示範給我看的嗎？

弟弟的背包是我有生以來最難吃的一餐了，我無法掩飾這個想法。硬梆梆地，嚼也嚼不動，一股酸味，什麼營養也沒有，最可怕的部分是，一次只能吞下一整條。我想辦法用最快的速度把它吞下去，並且不讓自己嘔吐出來。然而為了安撫餓得發疼的肚子，我知道我非吃不可。

配著溫水，我們勉強填了一點肚子，至少足以幫助我們入睡。夜裡的寒風刮起時，我們蜷縮在大衣裡，為了取暖而依偎在彼此身旁。看見上師的眼神，我知道，我們剛才度過了，黎明前最黑暗的時刻。

❖

一陣窸窸窣窣的交談聲，將我們從睡夢中喚醒。是藏語。好久沒有聽到人聲了。連續好幾個星期走在山區裡，我們盡可能避免接觸到任何人，在這個剛過正午的午後時分，聽見一群西藏人無拘無束地大聲談天說笑，感覺很不真實。我和喇嘛謹慎地從藏身的岩石後面探頭往外看，發現路上有一條長長的隊伍，正往我們也要走的方向前進。隊伍最前方，以及隊伍中間，有不少個男人手上握著步槍，樣式跟紅軍的一樣。很快地我們知道這些人並不危險，於是喇嘛和我從岩石後面站了起來。

我們是從這一刻開始得救的。故事的轉捩點。那群村民停下了腳步，向慈仁喇嘛行禮。結果發現，這一行四十幾個村民中，有至少一半是塘村的人。他們把我們當做救命恩人，聽到丹增·多傑墜崖的事時，也都很傷心。

他們立刻就看出我們的狀況有多淒慘，馬上奉上了酥油茶和糌粑，這是我們兩星期以來，第一次完整地吃上一餐。因為手上有武器，再加上隊伍裡有好幾個人對山路很熟悉，所以他們不害怕一大群人一起走——也不怕在大白天的時候走。

按照西藏傳統習俗，對於邀請，要拒絕至少三次才可以答應。不過在這種特殊情況下，喇嘛和我完全不需要村民們多問一句，便立刻答應了加入他們的隊伍。我們說明了自己身上已經完全沒有存糧，不希望造成他們的負擔。不過我們的旅伴們顯然不只是對旅途做好了充分準備，同時也非常想要大大地報答我們一番，因為我們曾經幫助塘村村民脫離紅軍的荼毒。隊伍的尾端成員以女性和小孩為主，我和喇嘛加入了隊伍的後方，當我們再度踏上這條翻越喜馬拉雅山的漫長旅程時，心中對丹增·多傑湧現了無盡的感激，感謝當時他在塘村的英勇行為，同時也感謝我們的旅伴，如此地熱情與大方。

從這裡開始，直到旅途結束，我們再也沒有遇上過任何紅軍，當我們抵達印度邊界的第一個小村落，丹卡村（Dhankar Gompa）時，我們既是鬆了一口氣，同時也欣喜若狂。來到這裡，就代表我們已經成功跨越邊界了。還意味著，我們距離真正的目的地達蘭薩拉已經不遠了。到這個時候，幾乎已經所有人都知道，達賴喇嘛尊者和許多西藏同胞們已經搬進了達蘭薩拉。

得到自由的第一晚，村民們興高采烈地慶祝，不少人喝了很多青稞酒。然而也有許多遺憾，因為我們失去了許多摯愛的親朋好友，像是丹增．多傑，也失去了原本的生活方式，失去了那些曾經全然獻身給寺院、尼寺，還有各種人民聚集的村落的傳統尋常生活。

在西藏，流傳著許許多多關於天堂香巴拉（Shambala）的故事——一個平靜美好，人類、動物和眾生，一起生活在一片祥和之中的國度。許多人依循香巴拉的價值觀生活，夢想將西藏打造成和香巴拉一樣的人間淨土。當西方人聽聞了香巴拉的故事之後，很快地也產生了一樣的夢想，他們把香巴拉的概念轉換成了香格里拉（Shangri-La）。然而當一九五九年遭到入侵之後，西藏從此消失在世界地圖上，香巴拉被中國勢力所赤化。

簡單休息幾天之後，我們繼續動身前往達蘭薩拉。我們得到了充足的休息、好好地吃了飯、也找到時間禪修。當我們終於再次啟程時，心中無不懷抱著莫大的期盼，不知道走完這趟旅程的最後一小段路之後，有什麼在終點等著我們。

在丹卡村的時候，我們也和一些來自正波寺的其他比丘們會合了。這是最令人喜悅的時刻了，只是也多了幾分寂寥，因為丹增．多傑不在了，而他是我們之中唯一在旅途中喪生的人。我們聊了各種話題：旅途上遭遇的危險、千鈞一髮躲過紅軍的捉捕、在冰天雪地中差點餓死、還有在塘村發生的那些如今已經眾所周知的事。還有許多來自其他比丘們的故事。有人聽說，堅持最後才離開正波寺的住持，結果卻是第一個抵達印度的。還有人說，有三組正波寺的比丘在下了巴士之後，一天之內就被紅軍捉走了。然而，我們也都知道，不應該花太多時間做無謂的揣測，等時候到了，真相自然會讓人明白。

最年長的慈仁喇嘛向大家提出建議，說我們應該組成一個聯合代表團，一起去見尊者。我們將會一起把我們從正波寺帶出來的經書，奉獻給西藏尊貴的領袖——將經典帶到自由世界，幫助佛法的保存和延續，這是正波寺的僧侶們攜手帶來的貢獻。所有的比丘們都同意了這個提議，於是，我們一起踏上這最後一小段、前往達蘭薩拉的旅程。

達蘭薩拉是我踏進的第一個印度城鎮。事實上，是唯一的城鎮。我的童年是在一個人口不到五十人的小村子度過的，後來進了寺院，過著與世隔絕的生活，所以，我和外面的世界、商業活動、追逐娛樂這一類的環境幾乎毫無接觸。我也發現到了，這令我受到了多麼好的保護：原來在外面的世界，慷慨無私、倫理道德、堅忍不拔等等美德，不是每個人都奮力想要達成的目標！達蘭薩拉的街道塵土飛揚，熙熙攘攘的商鋪和市集上，擠滿了各種人群——印度人、西藏人、出家人，甚至還有些西方人——這對我而言是全然陌生的場景。各種噪音、不同的語言交雜在一起，四處的攤頭販賣著我從來不曾見過的異國美食，種種陌生的氣味混合一氣，編織出一幅玲瑯滿目的景象。

我們沿著一條擁擠的道路往前走時，有三個騎著腳踏車的男人從不同的方向衝過來，爭先恐後地鑽過一個夾在一個盲人乞丐和一頭散步中的黑牛之間的小空隙。目睹這幅景象，我記得喇嘛轉過頭對我說：

「所有的活動都出現在這裡了。」他的笑容帶著趣味。

「我想丹增・多傑會喜歡這裡的。」我回答。

「巴登・旺波不喜歡?」

我搖搖頭。「巴登・旺波不喜歡。」

達蘭薩拉本身並沒有什麼特別的魅力。所幸,抵達了達蘭薩拉上城,也就是尊者和大多數藏民所居住的麥克羅干吉(McLeod Ganj)之後,我們感受到了一絲喘息。從達蘭薩拉下城,沿著一條非常陡的上坡路往上走大約五英哩,就能抵達麥克羅干吉,這裡原本是一座廢棄的殖民地山城,印度政府非常慷慨地將它提供給西藏流亡者們居住。

旅程最後一天、一步步走向終點,達蘭薩拉的塵囂,在我們的背後逐漸遠離。不久,我們意識到自己走進了一個氣氛截然不同的區域。進入道拉達爾(Dhauladhar)山區後,空氣變得非常清新,飄散著杉木和雪松的氣味。經歷過喜馬拉雅山區光禿禿的岩坡路之後,這裡的環境像是一塊沃土,草木扶疏,還有大片的杜鵑紅紅粉粉,熱情地綻放著。

這一帶的空氣聞起來似乎更加純淨細緻,是我的錯覺嗎?還是因為我知道,我們已經接近被視為在世活佛的達賴喇嘛尊者所居住的地方了?是不是真的有某種無法言喻的、超越感官與智力的能量,讓這個地方顯得如此特別和神聖?

這一路走來,路上遭遇的總總經常超乎我想像,同樣地,就連結局,也與我所以為的大相徑庭。我們在接近黃昏時分抵達麥克羅干吉,我們先在村子裡過夜,然後才準備前往楚拉康寺

（Tsuglag Khang）——這是尊者所居住的主要寺院區。我永遠都忘不了，當我們在山區清脆亮眼的光線中，一階階拾級而上，走向尊者住所時的心情。身邊是一群來自正波寺的比丘，一張張熟悉的面孔，背景卻是一個完全陌生的環境。也許是因為出身的地方簡樸許多，我眼中的楚拉康寺看起來氣派恢宏，然而並非真的是因為建築物本身。儘管如此，從其他比丘的眼神我看得出來，他們也同樣感受到了這個地方的神奇。

慈仁喇嘛首先代表大家進入寺院裡，通知我們抵達的消息，這段時間，我們一行人在明亮晨光的照拂下，在院區外靜靜等待。不久，有人領著我們走進一間寬敞的辦公室，由三位尊者身邊的資深參贊迎接。三位參贊頭上戴著正式的黃帽，場面肅穆祥和。我帶著景仰的心情看著三位參贊，因為這幾個人，是這個世界上，尊者身邊最親近的人。中間的那位喇嘛，喀辛仁波切（Kelsing Rinpoche），是三位參贊之中最年長的，身材也最高大。他自然地散發出一種威信十足的氣宇，同時間也洋溢著慈愛的笑容，他招呼我們的方式，就好像在招呼多年不見的老朋友。

喀辛仁波切首先向大家致歉，尊者目前人不在院區裡，而是正在國外參訪的行程之中，他正在積極尋求各國支持，協助遊說中國離開西藏。他也代表尊者和西藏人民向我們致謝，感謝我們為了保護神聖的佛法所做出的種種犧牲，將這些無可取代的典籍，從聲譽卓著的正波寺藏經閣安全地帶到印度。在另外兩位喇嘛的協助下，他們收下所有我們帶來的經書，也仔細地記錄了每一位比丘的名字，並且送給每個人一套尊者加持過的念珠和轉經輪。

喀辛仁波切告訴我們，尊者的願望是，一旦西藏安全了，我們都應該儘快返回西藏，在原本的寺院中重拾佛法的修行。屆時，所有的經書都會歸還給原來的寺院。而在此之前，楚拉康寺會暫時扮演中央藏經庫的角色，代替西藏人民收藏所有珍貴的經典和現世的手稿。

正波寺比丘們帶來的經書被仔細地排放在桌面上，我注意到了包在綢緞裡、在塘村時被中國士兵的刺刀損毀的那本經書，還有那兩支古老的金屬圓筒，超脫凡俗地矗立在眾多相形之下較為常見的經書之間。

喀辛仁波切顯然也注意到它們了，因為當我們被帶出辦公室時，他請慈仁喇嘛單獨留下來。同一天，過了很久之後，我和慈仁喇嘛有機會獨處時，他才告訴我他和喀辛仁波切之間的對話。喀辛仁波切一眼就注意到卷軸非常古老，於是詢問慈仁喇嘛它們的來源。慈仁喇嘛便描述了相關的細節：塘村附近的洞穴、他和那個醜陋老太太相遇的故事、她如何提醒了他蓮師的著名詩句。喀辛仁波切立刻就確認了，這兩支卷軸無疑是所有從西藏帶出來的經書中，最珍貴的兩卷。事實上，一直到藏人即將流亡前夕，這兩卷伏藏的存在才為人所知。由於它們是如此重要，所以在正式將它們納入書庫之前，他想要先取得進一步的意見。

「我以為喀辛仁波切已經是最高等級的參贊了，不是嗎？」我問，「他還要問誰的意見？」

「他確實是最高層了。」慈仁喇嘛回答的方式有些神祕，「不過只是就寺院的職等而言。」

兩天後，我才弄懂慈仁喇嘛這句話的意思。楚拉康寺傳來訊息，要我們去喀辛仁波切的辦公室與他會面。

「我祈請神諭進行過占卜。」他告訴我們。不像正式接見正波寺代表團的那天，喀辛仁波切坐在扶手椅中，沒有戴黃帽，即使如此，他威嚴的氣宇依然不減一絲一毫。我們所站之處和他之間的桌子上，擺放著蓮花生大士的兩卷伏藏。

慈仁喇嘛和我一起坐在扶手椅上，他稀鬆平常的樣子，像是早就習慣坐在這種樣式的椅子上，至於我，因為不像平常盤腿坐時總要收起雙腳，兩隻腳放下來讓我覺得渾身不自在。

「只不過——」喀辛仁波切微微蹙著眉頭，「我有一點疑惑。神諭示現的結果非常明確，但是和你告訴我的細節不符。慈仁喇嘛，根據你所說，這一路你只帶了兩個沙彌一起走，是嗎？」

「巴登．旺波，」慈仁喇嘛指向我，「和他墜崖喪生的弟弟，丹增．多傑。」

「還有一個比丘是誰？」

慈仁喇嘛搖頭。

「也許你們在路上遇見過某個比丘，他曾經幫忙揹過伏藏，就算只揹了很短的一段路？」

「除了我們三個人之外，唯一碰過伏藏的另一個人，是一個中國士兵。」

喀辛仁波切皺著額頭挑起眉毛，一會兒之後，他轉向我，仔細看著我的臉。

感受到他全神貫注看著我的氣勢，我忍不住吞了一口口水。

「我必須向您致歉，喇嘛，」他收回目光，轉回頭對慈仁喇嘛說，「很抱歉我對正波寺的各位一點認識都沒有。然而請務必理解，此時不是一個需要刻意表現得謙遜的好時機。會不會在你們三人之間，也許是您，或是兩位沙彌之中的某個人，成就了特殊的神通力——」

喇嘛搖搖頭。「不，我們只是普通的僧人而已。」

我斜眼偷看著上師，心想，我跟丹增．多傑確實很普通，但慈仁喇嘛絕對遠遠不止如此啊。

這一瞬間，我發現喀辛喇嘛正看著我。

「你不同意嗎？巴登．旺波？」他的語氣像是在邀請我跟他分享我的祕密。

「我覺得我的上師……非常特別。」我老實回答。

「噢，」他點頭，臉上帶著鼓勵的微笑，「怎麼說呢？」

我緊張地瞄了慈仁喇嘛一眼，然後才坦白說出：「他可以讀出我的心思。」

空氣靜止了幾秒，兩位喇嘛彼此對望，接著一起放聲大笑。

「你對上師有一份虔信，值得恭喜！」喀辛仁波切對著滿臉通紅的我說。不久後，他收斂起笑聲，正色往下問：「我所想的是某一種特殊的悉地，具有治療力量的悉地，有線索嗎？」

慈仁喇嘛和我都露出了茫然的表情。確實，我們都十分享受藥師佛一路上給我們的保護，尤其是喇嘛扭傷腳的那晚。不過，我們都知道，這不是喀辛仁波切所指的意思。他所指的，是某種更具體的對象。

「試試看往拉薩的方向想，」喀辛仁波切切換了追問的角度，「你們三人之中，有沒有人是出生在拉薩，或是曾經在拉薩居住過一段時間？」

我們一起搖了搖頭。雖然我們很想幫忙想出一些可能的線索，但是，喀辛仁波切提到的問題，都不在我們的經驗範圍之中。分別看了看慈仁喇嘛和我一臉空白的表情之後，喀辛仁波切將視線投向了窗外，越過林木蓊鬱的山邊，望向陳封在冰雪之中的喜馬拉雅山頂峰。

「神諭的訊息非常清晰，」他的聲音很低，低得像是自言自語，「兩支圓筒裡面裝的伏藏，是一模一樣的。一式兩份，內容是最神聖的教誨。一卷為了安全起見，必須封藏起來，收進尊者的藏經庫裡。另外一卷則需要交給某個特定的人，由他來開封。這個人在護送伏藏到安全之地的過程中，扮演了重要的角色。我們原本以為，這個人也許指的是最近的人，但或許，是某個更早之前的人。」

「根據神諭裡對這個人的描述，目前我找不到條件相符的人，」他轉回頭，看著我們，「你們說，你們三個人都沒有特殊的神通力。也沒有人來自拉薩。但是神諭很清楚地指出，伏藏必須交還給『拉薩魔法師』」。

慈仁喇嘛笑著掃了我一眼，正打算開口告訴喀辛仁波切：「丹增．多傑——」

同一時間，我也脫口而出：「我弟弟！他很小的時候就有這個綽號了——拉薩魔法師！」

「啊！」喀辛仁波切雙手在胸前合掌，像是要敬禮似地，點頭微笑，「好極了。這些特殊的細節，例如綽號，是用來鑑定時的好線索，你們說是不是呢？」

慈仁喇嘛和我紛紛點頭，心中滿是驚奇。這時喀辛仁波切明察秋毫的銳利目光落在了慈仁喇嘛身上：「現在，你們唯一的挑戰是，找出這位魔法師轉世在什麼地方。我想你應該已經有線索了？」

「有的。」喇嘛回答。

喀辛仁波切拿起桌上其中一支金屬圓筒，慎重其事地交給慈仁喇嘛，「那麼現在，我再一次將這卷珍貴的伏藏交託給你。我謹代表第十四世達賴喇嘛尊者與所有西藏人民，要求你完成這份神聖的任務，找到那個被選中的人，將伏藏交由他解封。我相信偉大的蓮花生大士保存在這份伏藏裡的珍貴智慧，是為了將來的某一刻，揭露給西方人學習的。那將會是這個世界最迫切需要這份智慧的時刻。直到那個時刻到來，這份伏藏裡的智慧，拯救的將不只是西藏人，而是全人類。既然如此，」他瞇起眼睛，無比嚴肅地望向慈仁喇嘛，再看著我，「它的存在必須被保密。」

慈仁喇嘛敬重地點頭，雙手收下外觀精美的金屬圓筒，「我接受這份殊榮，」他說，「我會如同保護自己生命一般地保護它，確保它被隱藏在安全的地方，直到將它歸還給被選中的人那一天到來為止。」

馬特．萊斯特
羅斯伍德大街——西好萊塢
二〇〇七年

「明白了嗎？」餐桌對面，格西拉伸出手，捏了捏我的手，「你昨晚的夢境，是一直以來，你註定要經歷的事，不是在你搬來洛杉磯之後才開始的——而是更早之前就開始了，甚至比你出生之前還要早。」

到現在，我們都還坐在餐桌前面。過去兩個小時以來，我們已經連喝了三杯咖啡，這期間，格西拉一五一十對我描述了我們在西藏的整個旅程、還有達賴喇嘛尊者的參贊所給予的指示，而這份指示，出乎意料地與我個人有著密不可分的關係。此外，它還具有一份迫切的重要性，遠遠超過了我個人的福祉，而是一份關乎全人類福祉的使命。

我的整個人生似乎被重新定義了，而我還在掙扎著理解這一切。在此之前，我所關心的一切、每一件我認真看重的事情，現在看來彷彿只是一幕序曲而已。按照格西拉所說的，真正的重頭戲都還沒開始呢。

我真的要相信，久遠以前，有一個受人敬重的佛教聖者寫下了一份特殊的訊息，專門為了有一天當西藏遭到入侵、佛法傳到西方時所用？祂還寫了一式兩份，好好地把它們放在時光膠囊裡，然後藏進喜馬拉雅山區的偏僻山洞之中？有一股命運——不，應該說是業力——促使一個年輕的沙彌在逃亡的途中，為了保護伏藏，犧牲了自己的性命？接著，尊者的參贊還決定，這個特殊的訊息，只能交還給這個沙彌的轉世，由他來解封？而且這個沙彌的轉世居然是我？！

我欸，一個住在倫敦、三十多歲、活得不耐煩、憤世嫉俗的科學研究者？一個對心電感應、天眼通或是靈魂出竅這類玩意兒從來不感興趣的傢伙？一個除了暴雨的時候曾經在巴特西公園（Battersea Park）寶塔底下躲過雨之外，跟佛教一點都沾不上邊的人？

我的腦袋裡裝滿了各種問號。「那些日期，」我對格西拉說，「對不上啊。丹增．多傑死的時候，是一九五九年。我一九七二年才出生的。」

「顯然你沒有馬上投胎成人。」他的答案很直接。

「這中間我去哪裡了？」

他聳聳肩。「這重要嗎？」

「假如我一九六〇年出生，然後一九七一年又死了，那我就只有十一歲。還是一個孩子。」

「每一次轉世都投胎成人的機率並不大。」

「你的意思是，我們真的有可能投胎成別的東西？我是說，某種動物之類的？」

「當然！在你的認知中，有哪些事情是永遠穩定地成長的？股市？你的事業？你和朋友或是伴侶的關係？」

「我還以為，一旦你投胎成人，你永遠不可能變回別的東西——」

「有些人認為這種想法令他們安心。但是這並不正確。也許只是因為，對他們而言，」他聳肩，「自己有可能退轉成其他的形式，例如某種動物，要面對這個想法並不容易。」

「可是人類這麼精細複雜，要怎麼變回，嗯，一隻老鼠之類的？」

和格西拉四目交接時，我再度感受到我們兩人之間深刻的連結，同時也再次地提醒了我，我對佛法的知識是多麼貧乏。

「這個嘛，」他的眼底閃過一抹笑意，「首先我們必須問一個重要的問題：『從這一世進入到下一世的，究竟是什麼？』既不是你的性格，也不是你的記憶，更不是你的智商。而純粹是你被業力所推動的細微意識。告訴我，馬特，蟑螂具有意識嗎？」

我聳聳肩。

「如果你拿著掃把或殺蟲劑追逐一隻蟑螂，牠會逃跑嗎？」

「會。」

「那麼，牠就是有意識的。牠知道自己活著。牠恐懼死亡。牠會尋求食物，也想要遠離痛苦。無論是蟑螂或人類，都具有意識。」

「所以，你的意思是說，」我試著釐清，「在丹增．多傑死後，到重新轉世為馬特．萊斯特之間的十一年，我是某種……動物？」

他笑得神祕兮兮，「有這個可能。」

「哪一種動物？」

格西拉別開了視線。

很明顯地，格西拉並不想告訴我答案，我也不想追問。

於是我改問：「像我這樣的西方人多嗎？前世是僧侶或佛教徒，但是今世卻一點都不知情？」

「當然很多了。佛教徒，或者說僧伽（Sangha）的社群，已經存在了兩千五百年了。每個種族、每個國籍，都有許多我們的夥伴。其中最有福氣的人，可以一世接著一世投胎為人，持續精進佛法，直到脫離輪迴。有些人會在某幾世裡偏離軌道，終止修行，有時候，可能一偏就是很多、很多世。最可惜的就是遇上了修法的機緣，卻選擇不做的人。這些人可能是因為讀了一本書、看了某個電視節目，或是偶然和人聊天才接觸到佛法，結果卻從來沒有好好利用這個最珍貴的、擁有人身的轉世。」

「也就是說，現在世界上有很多個丹增・多傑，只是像個普通的西方人一樣活著？」

「不僅如此，」格西拉的微笑讓他五官發亮，「我們之中，也存在著很多個拉薩魔法師。人們只有重新回到修持的軌道上……才有可能真正瞭解到，自己所擁有的非凡潛能。」

我知道格西拉只會點到為止。他甚至不會試圖給我壓力，要求我做任何不是出於我自己意願的事。不過經過了昨晚，還有今天早上這麼長時間的對話之後，我也明白，自己不可能像以前那樣活著了。我無法假裝我的人生只需要關心現在這個馬特・萊斯特要什麼。我已經窺探到了一個更廣闊的現實。那麼，我該採取行動嗎，如果要的話——我該怎麼做？

「那個……蓮花生大士的伏藏——」我問格西拉，「你剛剛說，它是特地留給我，要由我打開的？」

格西拉嘴唇一抿，點了個頭，說：「沒錯。不過，這可不是切開一個金屬管子外面的封蠟，拿出裡面的藏文手稿，送去翻譯就好的事。不是這麼簡單的事。」

「不是嗎？」

他搖搖頭。「如果這麼簡單的話，五十年前就可以把伏藏取出來了。你被選中是有理由的。」

「什麼理由？」

格西拉看著我的眼神十分熱切，「這要由你自己去發現，」他說，「無論如何，你會找到答案的。至少你必須要有這個信心。」

他臉上的威嚴提醒了我，眼前的人除了是我前世的哥哥之外，還是一名位高權重的喇嘛。曾經主持過寺院的住持。他放棄了所有的尊榮，千里迢迢來到洛杉磯，住在一個花園小屋裡，就是為了找到我。他整個特殊使命的唯一目標不是別的，就只是為了我，這個發現令我產生了謙卑的心情。

「那卷伏藏，現在是你在保管嗎？」

逃出西藏已經快要五十年，這個假設還算合理吧。

「不。伏藏還是由慈仁喇嘛保管。」

「你是說——？！」

「他鄭重地向尊者的參贊承諾過，他會親手把伏藏交給你。他決心要實現這個諾言。」

「那他一定很老了！」

「生理年齡是九十幾歲了，不過心理年齡倒是年輕很多的。」

談起他的上師，應該說，我們的上師時，格西拉的臉部線條再度放鬆了下來，洋溢著輕盈的神態。

「他的名字，『慈仁』，意思是『長壽』。不管怎麼說，儘快去見他一面對你來說是件好事。」

我腦海中斷斷續續浮現了一些關於慈仁喇嘛的記憶。不是最後在懸崖邊的記憶，而是更早一點點——和他一起在喜馬拉雅山上的冰天雪地裡禪修——還有另一個畫面是他坐在一個洞穴裡，那裡充滿了一種奇異的、仙境般的光線。

想要見他一面、並且在這條新展開的修法之路上往前更踏進一步的心情，像是地心引力一般，變得更加強烈了。

「我得把這全部的事情好好地理一理。」我告訴格西拉。

「很好。」他的語氣裡沒有任何期待。

「不管接下來會怎麼樣，我眼前還有幾件事情得先解決才行。」

15

馬特．萊斯特

納帕谷

這間公寓位於一個七〇年代風格、外觀醜陋的街區。旁邊的路燈很暗，其中一面牆上被噴滿了塗鴉。這跟我預期的實在差距太遠了，所以我還先停在路邊確認住址對不對，然後才去找車位，把租來的豐田汽車停好。前幾天我跟伊莎貝拉說，我打算自己開車，星期六傍晚去找她時，她顯得不太樂意。

「路很遠——你得開上一整天。」她這麼說。

「我知道。我已經查過地圖了。」

「星期六晚一點我有空，」我聽得出她的語氣有些煩惱，「可是星期天一早我就要回去研習中心。」

「那沒問題。一起吃個晚餐，然後妳就可以回家了。我已經訂了旅館。」先告訴她我已經訂好旅館應該比較好，畢竟，自從兩個星期前她回來洛杉磯那次之後，我們就沒什麼聯絡了。也許我們都還在迴避，不敢輕易討論我們關係的話題吧。可是我想讓她知道，我並非不珍惜這段感情。

終於，她答應了。我走出車外，越過一條坑坑疤疤的柏油路之後，發現她的公寓位於兩段潮濕陰冷的水泥樓梯上方。我總算來到這裡了，站在一個陌生的公寓門口，裡面住的女人，是我過去五年來的愛人、我的熱情所在、我的靈魂伴侶，我卻突然間覺得自己像個陌生人，緊張得宛如初次約會的青少年。

來應門的時候，她臉上的笑容很拘謹。雖然只是穿著隨性的牛仔褲配白T恤，卻令我強烈地回憶起她最初吸引我的地方。我望著她美麗的深色眼珠、充滿光澤的及肩長髮，白色的領口烘托著她古銅色的皮膚。

「妳今天的樣子很好看！」我伸出雙手，給她一個擁抱。雖然她回抱了我一下，卻不是一個敞開的擁抱。更像是一道鎖，尷尬地隔開彼此，以一個擁抱的距離，避免更進一步的親密。當我的臉頰擦過她的頭髮時，我心想著，不久之前，我們哪怕只是分開短短的一秒，也會全速撲向彼此的懷中，用擁抱融為一體。

無常。

她招手讓我進屋，我才發現，她的公寓比我想像中的模樣簡陋許多。在我想像的畫面中，她的公寓應該是一幢具有現代感的高級公寓，簡潔俐落的線條、開放式空間，搭著一整片連綿不絕的葡萄園風景。現實是，她住的地方破爛窄小，像是一個塞在老舊建築物裡的小箱子。客廳的空間很小，裡面有兩把木椅，和一張椅墊已經塌掉的沙發。看得出來伊莎貝拉多少試著增添一點自己的風格，釘了掛毯在牆上，空蕩的櫃子上也放了幾個她的擺飾。

「一路開車過來都還順利嗎？」她問。

「當然。」轉過頭面對她，我發現她眼袋底下的黑眼圈。她雙手交叉，站在門邊。

尷尬地安靜了幾秒之後，她問：「喝點東西嗎？」

這算是一個訊號吧，表示她認可了我沿著第五號公路，一路從洛杉磯大老遠開車過來這個舉動。不過從她的口氣，聽得出來其實她不希望我來。是因為她不好意思讓我看見她簡陋的住處嗎？是下意識防衛隱私的本能？還是單純不想看到我？

「我們出去吃吧，」我提議，也許去一個比較中性的場所，氣氛會比較輕鬆一點，「轉角就有一家義大利餐廳，我剛才看到的。」

「艾斯特莊園？」

「可能是吧，」我試著回想它的招牌，「妳去過那家餐廳？」

「都沒有空去外面吃，」她搖搖頭，「不過我每天走路都會經過。那裡看起來很不錯。」她仔細地看了我一陣，接著說：「你看起來不太一樣。」

「不一樣？」我自言自語，「哪裡？」

她更認真地上下打量了我一番，然後搖搖頭，朝大門口的方向走去。我跟著她往外走時，瞄到一張小書桌，上面整齊地擺放著一疊疊書本和文件。還有一個相框，裡面是她的爸媽，與還是小女孩時的伊莎貝拉。我已經忘了這張照片的存在，儘管裡面的畫面是如此熟悉。照片的背景是克拉普罕，八歲的伊莎貝拉直盯著鏡頭，頭上亮晶晶的粉紅色髮帶配上她超級嚴肅的表情，莫名地顯得有些格格不入。

走到門口時，我們笨手笨腳地不小心撞在一起，我這才明白，對於這次碰面，說不定她和我一樣緊張。倒不是說我後悔來這一趟。

我來納帕，是因為我真的想見她一面。當然，我對自己的過去突然有了全新的瞭解，加上格西拉對我說過的有關業力的事，也都影響了這個決定。不過最簡單的理由其實是，我對伊莎貝拉的態度已經徹底改變了。她決定為了父母犧牲我們的感情，已經不再令我感到絕望，相反地，我認為她做出了正確的決定。我也體認到，暗自對她心懷怨恨，也是毫無意義的——正如同格西拉說的：「如果你被打了，你不會對打在你身上的那根棍子生氣。你會氣的是那個打你的人。所以，我們應該要非常警覺自己究竟是在對誰生氣，因為我們自己才是那個創造出快樂或不快樂的原因的人。」

不過，專程來納帕一趟，並不只是為了處理負面業力而已。同時也是為了創造正面的因緣條件，讓未來的幸福有機會開花結果。如果真的像格西拉所說的，愛是真心祝福對方幸福快樂，那麼，我是出於愛才來到這裡的。不是那種以我為中心、以執著為基礎的，常常被誤以為是浪漫情調的愛。不是那種黏人的、緊抓不放、想要占為己有的愛，而是真心誠意的愛——我打從心底希望伊莎貝拉能得到幸福。

走出公寓，踩著水泥樓梯往下走時，我隨口問了伊莎貝拉上課的情況，她馬上滔滔不絕聊起了她的課程。她對我描述這幾個星期以來的課程重點，有關許多不同紅葡萄品種的種種細節，我能感覺到，這些話題舒緩了她的緊張。

還在倫敦的時候，我覺得伊莎貝拉對於葡萄酒的知識已經很豐富了，然而，在走向餐廳的路上，很明顯能看出，她對葡萄酒的認識，又提升到了一個新的境界。釀酒技術、土質、氣候條件、各種不同的混合方法等等，這些過去對她來說很神祕的知識，在經過學習和理解之後，都變得不再高不可攀了。現在，當她談起葡萄酒時，神態裡出現了一種新的氣勢，一如她談起歐洲的行銷和通路模式時的那種自信。即使住的地方破破爛爛，我看得出來，她在納帕這裡的生活是如魚得水。

艾斯特莊園是典型美國中部風格的義式餐廳：活潑亮眼的紅白格紋桌巾、燭光在吉安地酒瓶裡搖曳，還有滿室瀰漫的大蒜香氣。像以前一樣，我堅持讓伊莎貝拉挑酒，我們的話題也自然而然從葡萄酒轉移到朱力歐身上。表面上，伊莎貝拉的父母依然相安無事地生活著，儘管朱力歐的症狀偶爾還是會像個不速之客，突然闖進他們的生活。

最近一次的狀況，發生在伊莎貝拉的父母邀請路易斯和克拉拉來家裡吃飯的時候。路易斯和朱力歐同年，是義大利盧卡市的老同鄉，他們倆還是小寶寶的時候就是朋友了。還小的時候，他們都管路易斯叫路易吉，他們一家人和朱力歐一家人就住在同一條街上。以往，與路易斯和克拉拉共度的夜晚，永遠是一樁輕鬆愉快的樂事，然而最近的這一次晚餐，卻蒙上了一層陰影。原本大家正在聊一件過去的趣事，朱力歐卻半途打住，一臉空白地瞪著路易斯：「我們以前是同學嗎？」他問。

路易斯是朱力歐最要好的朋友之一，他知道朱力歐得了阿茲海默症的事，但決心不讓他們的友誼受到影響。「那當然！」他回答，「小學和中學都是。還記得聖約阿希姆小學裡的修女嗎？記不記得修女瑪麗亞總是拿著她厚厚的皮帶，在教室裡面追著我們跑？」

然而，朱力歐的表情只是從原本的空白轉變成驚愕，「不，我什麼都不記得了，」他搖著頭，「我可以回想起一些小時候的事。我試著回想學校裡的記憶，可是什麼都想不起來。」

「別擔心啦，」路易斯很快地安慰他，「沒什麼值得記住的啦。」

即使有路易斯的支持，朱力歐依然放不下心，他的家人也是。即使醫生早就警告過這種情形遲早會出現，也提供了各種資源和協助，然而，親眼目睹朱力歐的記憶出現裂痕，依舊是一件令人深受打擊的事，那景況宛如看不見的強酸，神不知鬼不覺地滲入朱力歐記憶的纖維，腐蝕出一個又一個空洞。

一邊聽著伊莎貝拉說起朱力歐正如何一步步丟失他的過去，從越來越荒涼的旅程開始，到最終完全遺忘自己是誰為止，我禁不住對照起自己遭遇的巨大轉變——突然間發現到一段我從來不曾追尋，甚至不知道它存在的過去。我才剛剛開始踏上認識自己是誰、自己真正的組成是什麼，而且答案完全超乎我想像的旅程。我強烈地意識到這兩者之間的對比：我正在重拾過去，而朱力歐的歷史卻正在不斷地流失。

伊莎貝拉說，朱力歐最近跟她聊到希臘的德爾斐神廟，還有刻在神廟大門上的箴言：「認識你自己。」他說：「一個人如果連自己是誰都記不得了，是要怎麼認識自己？」朱力歐沮喪地對家人這麼抱怨。

隔著餐桌上搖曳的燭光，伊莎貝拉和我都陷入了沉思。

一會兒之後，我對伊莎貝拉說出了心裡最重要的那句話。我大老遠開車過來見她，就是為了想說這句話。我一定要當面親口告訴她：「伊莎貝拉，妳做的選擇絕對是正確的，我是說，搬回去歐洲，和家人離得近一點。」

這是我第一次直接對她提起這件事。看得出來她很驚訝。她的雙眼突然綻放光芒。她的嘴角不自然地牽動著，正奮力克制突如其來的激動心情。

「這不是我本來希望的走向，」她過了一陣子才開口，聲音微微顫抖。

「我知道，」我看著她的眼睛，「不過，事情都已經這樣了。我只是想讓妳知道，我尊重妳的決定。妳這麼做完全是對的。」

她認真地看著我，情感湧上了她的臉龐，像是正在下定某種決心。我們兩個人彷彿又重新連結在一起，建立起一份對彼此的敞開，而這是自從我們搬到洛杉磯的第一天起，就一直缺少的坦然。我迎向她的凝視，她的雙眼流露出感激，與深深的釋懷。

她長長地嘆了一口氣。「我真希望事情有不同的解決辦法，」她說，「可惜我不得不回去。你一定要好好利用這個機會，好好在艾瑟拉瑞發展。」

我對她做了個鬼臉。「無巧不成雙，我事業上最大的一次突破，結局也跟一開始想的完全不一樣呢。」

餐點送上桌之後，我們一邊吃著，我一邊告訴她我在艾瑟拉瑞裡發生的事。我是怎麼遇到路克．凱洛威的、後來我做了哪些調查，怎麼查出了所有前任研究總監。我還說了我跟布萊克利吵架的內容，還有把辦公室裡的私人物品裝進黑色垃圾袋裡，然後被請出艾瑟拉瑞大樓的過程。

伊莎貝拉聽得一愣一愣的，吃驚得直搖頭。「真不敢相信我在這裡上課的時候，你那邊發生了這麼多事。」

如果是以前，任何事只要一有新的發展，我都會馬上告訴她。我們會一起討論每個細節轉折的意義，思考下一步也許會如何演變、沙盤推演全部可能的狀況、也許會這樣、說不定會那樣……等等之類。我在艾瑟拉瑞的工作發生了這麼巨大的轉折，她卻渾然不知，這個事實只凸顯了一件事，就是我們的關係在很短的時間內，已經拉開很遠了。

「你那百分之五的智慧財產權呢？」她一針見血，「你有什麼辦法嗎？」

「妳一定想不到。」我把自己接下來的計畫告訴她。假如比爾·布萊克利真的覺得自己再也不會見到我了，那他可要準備好大吃一驚。「只不過，我不知道這要用上多久的時間，」我對她說，「妳也知道官司一打通常就是好幾年。我們主要的施力點在於，布萊克利想要讓艾瑟拉瑞在納斯達克上市，不過如果想要成功上市的話，艾瑟拉瑞的智慧財產權紀錄必須要很健全。」

伊莎貝拉又是一臉疑惑的表情，從頭到腳打量了我一番。「發生了這種事，」她說，「你的樣子看起來倒是挺輕鬆的。」

我往後一倒，身體靠在椅背上，她這麼一說，我才意識到確實如此，連我自己都感到驚訝。我來這裡的目的，是為了想要好好解決跟伊莎貝拉之間的事，不過奇怪的是，我卻沒有一副因為快要分手而苦哈哈的模樣，反倒有一種解脫感。

又過了一會兒，她說：「這就是你不一樣的地方。」

「什麼不一樣？」

「記不記得你剛到我住的地方的時候，我說過你看起來不一樣了？」她仔細地看著我，「你變得比較輕鬆了，好像肩膀上的重量被拿走了一樣。」伊莎貝拉的直覺向來很強。不過，即使她感覺得出來我現在的狀態是從未出現過的輕鬆，她也絕對猜不到原因是什麼。

「是因為離開艾瑟拉瑞嗎？」她問，「還是因為你知道我過幾個月就要回歐洲了？」

我們一起大笑。此情此景，真是恍若隔世。

當然，我早就考慮過，到底要不要告訴伊莎貝拉，那些有關我前世的驚人發現。不過最後我決定，還是暫時什麼都別說比較好。吵吵鬧鬧那麼久之後，好不容易見上一面，應該不適合開啟一場融合量子力學和佛法的長篇大論。短短一頓晚餐的時間沒辦法聊清楚，一小群猶太人逃離希特勒的壓迫、和西藏佛教徒逃離毛澤東的魔爪，這兩者的處境是多麼相似，而他們都把世上最卓越的智慧帶到了西方世界。更別說是更刺激、更戲劇化的部分，我的前世丹增・多傑逃出西藏的那一大篇故事。所以，我只簡單提了一句：「我偶爾會和格西拉見面。記得嗎——住在我們隔壁的出家人？」

她挑起眉毛。

「是他幫助我整理了看事情的角度。用更大的格局看待事情。」

她像是沉思著什麼事情似地，點點頭，然後問：「你問過他接下來要打官司的事情嗎？我的意思是，佛教徒會怎麼看這種法庭上的戰爭？」

又是一針見血。她又說中了一個我已經思考了很久，但從來沒和人聊過的問題。她直覺地點出了我心裡的問題。這一刻也讓我意識到，自己有多麼想念她。

「我還沒有和格西拉聊過這個問題，」我說，「妳的看法呢？」

伊莎貝拉喝了一口紅酒，接著回答：「我覺得，不應該什麼都不做。不應該容許布萊克利繼續這樣占人便宜。忍氣吞聲不是什麼值得驕傲的事。當然，我想你也不能把整個人生都賭上去，像是有些人會漸漸變得太執著，心態變得苦澀又扭曲，」她暫停了一秒，「心裡覺得對的事，就應該去做，做完了，就要放手。」

我把酒杯湊到嘴邊，心裡有種強烈的感覺，如果我去問格西拉，他也會給我一模一樣的答案。這也是我自己深思熟慮之後得到的結論。而似乎，自從我們倆上一次好好說話以來，我的意識結構在這段期間內發生的巨大改變，也反映在此時此刻我和伊莎貝拉的關係裡了。拋棄掉我過往慣常的、自我中心式的思考模式，似乎變成了一道關鍵，開啟了一個意想不到、全新的次元，一個突然間充滿可能性的次元。

「我知道，一旦官司開始打了，你很難知道什麼時候才會結束，」伊莎貝拉說，「不過，比方說吧，假設兩、三個月之後有了結果，你下一步打算做什麼？」

「我真的不知道。」我老實回答。

「你會留在洛杉磯，再找一個工作嗎？」

「應該不會吧。」我想像著自己坐在飛機上，飛往北印度的模樣。我將會見到已經等了我一輩子的慈仁喇嘛。「重新回到普通上班族的生活軌道之前，我想先做點別的事。」

她把玩著手上的高腳杯，我這才注意到，她一向修剪得漂亮整齊的指甲，已經被抿到指甲肉都露出來了。我還看到，在她的右手上，她也已經把訂婚戒指戴回去了。「如果你會搬回倫敦的話，我每個週末也都會回倫敦。」她意味深長地停頓了一會兒，「我只會離開一年。」

我們都知道她的意思。也許是因為我這趟來納帕，絲毫不曾期待她會有這樣的反應，我驚訝地感受到一股澎湃的情感，一道原本我以為早已消失在地平線之外的海浪，剎那間一百八十度轉向，朝著我洶湧而來。我原本真的以為，伊莎貝拉已經不再屬於我，而我們的生活，也已各自朝不同的方向岔開了。此刻她話中的暗示，我真的半點沒有想到過。只不過加上了我新近發現的人生使命，一個我還得親自去弄清楚的任務，讓眼前的感受變得五味雜陳。

「我明白妳的意思，」這一次，換我的聲音顫抖了，「我很高興妳這麼想。」

「你還是不肯原諒我嗎？」感受到我態度的曖昧，她的眼神變得激動。這模樣立刻讓我想起照片中八歲的她，亮晶晶的粉紅色髮帶，配上超級嚴肅的表情。

「不是這樣的——」我搖頭。

「寶貝，我真的、真的很抱歉！」她對我的話半信半疑，「我真的希望——」淚水盈滿了她的眼眶。

「伊莎貝拉，妳不需要我的原諒。這件事我也有錯。」

我的心思一直忙著想別的、更重要的最新發展，保羅那傢伙的事，不用說，我早就沒空去想了。「我只是——」我發現自己有點不知道如何啟齒，「我只是以為我已經失去妳了。我真的沒想到……還有這個可能。」

餐桌對面的她，臉頰上的淚痕反射出銀色的淚光。她舉起一隻手，摀住自己哭泣的聲音，而我則是兩眼發熱。重修舊好的欣慰，像洪水一般湧進我的心，這是世上最深刻的一種幸福感了。

終於，她用面紙按了按自己的臉，眼角帶淚的她，隔著餐桌給了我一個微笑。「你沒有失去我，寶貝。」她伸過手來，將她的手指與我的交握在一起。

六週以來，這是我們第一次這樣牽手。一股暖流通過了我的全身。「而且你的心變得比以前更寬容了。」

❖

洛杉磯市中心

一週後，再次走進洛杉磯市中心這棟大樓，按下按鈕，登上三十五樓時，我的心情已是脫胎換骨。時間接近下午兩點，我穿上自己最帥氣筆挺的西裝，打好領帶，準備參加一場特別股東大會，今天出席的與會者們，都是艾瑟拉瑞股東之中的重要巨頭。會議的目的？是核可艾瑟拉瑞的一億美元募資，以及六週後在納斯達克上市的計畫。

一直到今天，艾瑟拉瑞的股東會議都是嚴格保密的。比爾·布萊克利和他的金主們總是閉門密會，無論是在艾瑟拉瑞裡，或是在他主要支持者們的華爾街辦公室裡。過去幾年來，他們所有的精力和密謀，目標完全只對準一件事：讓艾瑟拉瑞成功地在納斯達克掛牌上市。

大多數艾瑟拉瑞的股東們當初買入股票時，買入的價格多半在二十美分到五十美分之間，而艾瑟拉瑞計畫上市的股價是一美元，即使上市之後股價沒有上揚，每一位股票持有人的資產也會增加兩倍、三倍，甚至五倍，當然，我們偉大又光榮的比爾．布萊克利也包含在內。

然而，大多數的股東們都抱著更大的野心。假設上市時艾瑟拉瑞吸引到了足夠的買氣，甚至吸引到足夠多的機構投資人買進，在財經消息上占足版面的話，那麼，上市價格衝破一美元並非不可能的事。某些股東預期價格會落在一美元二十分左右，另一些死忠的支持者認為甚至有可能更高，在上市時達到一美元三十分，到年底時還有可能上漲到一美元五十分。天曉得，如果上市那天剛好市場氛圍樂觀，誰說股價不可能一舉衝上一美元五十分？

這就是為什麼，今天的股東大會，結論其實早就已經是定局了，只不過還需要按章進行法律程序而已。毫無疑問，艾瑟拉瑞的股東們勢必會給這個上市計畫提供最大力的支持。

除此之外，在這場會議上，也有一些集團內的家務事要處理。除了艾瑟拉瑞的三大招牌研究案——奈比博特計畫就是其中之一——之外，艾瑟拉瑞還買下了兩家小型上市生物科技公司的控股權。泰勒密克斯（Telememex）和辛貝克（Synbek）這兩家公司，在比爾．布萊克利出手拯救當時，都是資金短缺的科技研究孵化器，等到艾瑟拉瑞上市時，這兩家公司將會被併入艾瑟拉瑞集團裡，作為吸引投資的誘因之一。同樣地，股東們也不可能不支持這項計畫。只不過以程序而言，他們仍然需要在一個正式的會議上得到徵詢。這正是為什麼，今天我會出現在這場會議上的理由。

幾個星期前，在讀完了所有艾瑟拉瑞的投資人關係經理梅文．潘克給我的文件之後，我打了通電話給一個證券經紀人，買下了一百美元泰勒密克斯的股票。這個舉動，確保了我今天出席這場會議的資格，讓我得以和許多身價數百萬美元的艾瑟拉瑞股東一起坐在同一間會議室裡。不僅如此，我還可以在他們最熱切盼望的計畫發表會上，當著布萊克利最重要的金主面前，當面向他提問。

即便我知道自己有權如此，但是如果我單槍匹馬闖進來的話，場面恐怕也是十分不利，大有可能鎩羽而歸。

幸好我不是一個人。

電梯門關上後，我側看了一眼身旁的路克．凱洛威，他也是泰勒密克斯的新科股東。我們兩人除了都是泰勒密克斯的新科股東之外，其他的共通點是，我們都是艾瑟拉瑞的前任研究總監，兩個人加起來的任期還不超過十一個月，更重要的是，我們都握有自己研究案的先前技術專利——足以證實我們是核心技術發明人的專利，即使艾瑟拉瑞目前宣稱自己擁有那些技術。

跟我們一起搭電梯的，還有我們的法律代表浩爾．列汶（Hal Levine），他是洛杉磯最知名的智慧財產權律師。身材高大、下巴突出，頂著一個大光頭，這位來自達拉斯的前橄欖球隊後衛，他的外型就跟他的名聲一樣令人望而生畏。浩爾．列汶經常直接槓上大企業集團，而且屢戰屢勝。他低下頭，捲起手指，把他的指節按得喀喀作響，按完一手，再換下一手。儘管他表面不動聲色，我能感覺得出來，他和艾瑟拉瑞的股東們，都一樣興奮地期待今天下午的會議——雖然理由大不相同。

三十五樓到了，電梯門無聲地滑開，我們走出電梯，逕直前往今天的股東會議室。在簽到表上註記了我們的股東身分之後，我們走進一間全實木裝潢的房間。大約五十張椅子排列成六排，正中央擺放著一張長桌，比爾．布萊克利和幾名艾瑟拉瑞的董事會成員一起坐在長桌旁，那些董事我一個也不認識。

我們三人走進會議室時，布萊克利正低頭跟自己的助理在說話。等到我們選定好後排中間的位置坐定時，他恰巧抬起頭看見我們。當下他面無表情，既沒有流露認出我們的表情，更別說是一絲絲自我懷疑。彷彿我們三個人一丁點都不重要，只是三個隱形人而已。

我轉頭看了看浩爾．列汶，他正逐一打量著長桌旁每個人的臉孔，此時他臉上的表情，和比爾．布萊克利的一樣完全無法解讀。遇見路克．凱洛威之後，我立刻聯絡了列汶。會找上他，只因為他是在美國，我唯一聽過名字的智慧財產權律師。任何讀過生物科技類報導的人，都不可能不記住浩爾．列汶這個名字，因為他經常贏得意義非常重大的勝訴，讓許多藥廠和資訊科技業的巨頭們都付出了慘痛的代價。他接到電話之後，答應隔天就與我碰面，讓我非常驚訝，不過很快地，我就明白了箇中緣由。他對我的案件感興趣的原因是，幾年前，在艾瑟拉瑞成名之前，布萊克利曾經找上列汶，委託他撰寫一份同意書，同意書的內容是要將原本屬於他同事的智慧財產權轉移到布萊克利自己身上。這原先聽起來只是一份內容很簡單的工作，列汶很快便完成了必要的文書作業，然而，在跟布萊克利來來回回又進行了更多討論之後，布萊克利隱含的私心漸漸變得明顯：他不希望同事看懂他即將要簽署的同意書裡的條文真正的意涵是什麼。

當下列汶便拒絕了任何更進一步的合作。他把之前的工作帳單寄給布萊克利，然而，幾年過去了，這筆帳一直沒有結清。

「會出現像你這樣的人來委託我打官司，只是遲早的事而已，」我們第一次見面時，聽著我的煩惱，他這麼對我說，「我唯一沒想到的是，竟然過了那麼久才有人來找我。」

會議預計下午兩點開始，我們在前幾分鐘抵達，這場特別股東大會馬上就要登場了。布萊克利站起身，歡迎所有前來與會的人，注意力集中在座位前兩排的參與者，那些人是他最主要的金主們，身上穿的全是手工訂製的高級西裝。布萊克利台風穩健、神采奕奕，當他自信滿滿地對著股東們描繪出一幅精彩萬分的未來圖像時，我心裡不禁納悶，艾瑟拉瑞這種系統性盜取別人智慧財產的公司，他如何能夠毫不心虛地認定，它一定可以在納斯達克轟動上市？

不過，浩爾．列汶之前曾向我解釋過，比爾．布萊克利是個聰明人沒錯，但他並不如自己所以為的那樣聰明。在他年輕的時候，布萊克利已經對各種不同的研究機構、基金會、技術學院做過很多偷雞摸狗的動作。不少人讓他吃了閉門羹，然而也有一些人因為太忙碌、太粗心或是太天真無知，沒有在法律上保護好自己的研究心血，才讓布萊克利僥倖混到了今天。帝國科學研究院的哈利．薩德勒就是其中一個例子。一個頂尖的科學家，誤以為自己在談判桌上也有同等的精明，對上了布萊克利嫻熟的誆騙伎倆，像是在合約的最後一版時改動不被注意的條文細則這類手段，讓哈利因此未能成功保護好科學院和我的權益。

而布萊克利想不到的是，正如同哈利沒有保護好科學院的智慧財產權遭到他的陰謀竊取，布萊克利對於別人對他可能造成的威脅，也沒有建築好足夠的防護力。

當我第一次把所有的法律文件帶到浩爾．列汶面前時，他一邊細讀，一邊驚奇地大大搖頭——那是我唯一一次看過他的嘴咧出一個那麼大的笑臉。

「你加入科學研究院之前申請的專利，研究院從來沒有辦過轉移手續，這是認真的還是在開玩笑？」

「是真的。」我很清楚記得，哈利聘用我的時候，對我說過這是我們該做的事，「不知道為什麼他們後來都沒有動作。」

「不可思議！」

「後來的專利就都是用科學院的名義申請了。」

「那當然，不過你有殺手鐗，就是你的先前技術專利。在法律上你是有權告科學院竊取你的創意的。」

「我不可能這麼做的。哈利也知道。」我聳聳肩，「我猜這就是為什麼他後來都沒有去把手續完成。」

「哈利的疏忽正好提供了我們逮住布萊克利的武器，」列汶抬起視線，射出雄心勃勃的目光，「布萊克利買下研究院持有的專利時，給的金額真是少得可憐，不過在法律上，這是拿他沒辦法的。但是，布萊克利不知道的一點是，他手上那些專利是有可能被挑戰的。」

與艾瑟拉瑞之間的這一場戰役中，我儘可能讓自己的情緒保持在一種不執著的狀態裡，尤其是在看待跟智慧財產權有關的法律纏鬥時。格西拉告訴過我，假如我允許自己的情緒捲入了這場對抗布萊克利的戰鬥中，這對布萊克利不會造成任何傷害；這只會給我自己帶來痛苦而已。伊莎貝拉還在貝托里尼上班時，她行銷部門的一個同事也曾經對我說過類似的話：「在談生意的時候，如果你的心裡超級想要成交、或是很需要這筆訂單，」在我們家附近的酒吧裡，喝下超過一品脫啤酒之後，他對我吐露這個祕密：「那個感覺可不好受了。重點是，別人下意識也會感覺到這件事。這就好像你在發送負面的訊號給他們。那結果很有可能就是，你是搞不定這筆生意的。」

假如我真的想要「搞定這筆生意」，我真的希望正義得以伸張，不只是為了我自己，也是為了所有在我之前的受害者，我知道我必須採取一種不執著的態度才行。我必須盡力與浩爾・列汶配合，但是不抱期望地全力以赴。而且絕對不能浪費一分一毫時間和精力，去擔心這過程可能會有的大筆支出。

換作是別的情況下，我也許會覺得這個挑戰太艱鉅了。不過，畢竟現在的我已經覺察到了一個規模更宏大的人生使命，我有能力從不同的觀點來看待這一世發生的事件，我因此得以用更輕鬆自在的態度來面對自己正在進行的事。因為期待而產生的負荷，已經從我的肩上移開了。

比爾・布萊克利的股東大會演說已進入尾聲。會場上的氣氛一片看好，我幾乎覺得那些身著華服的華爾街大亨八成會立正為他熱烈鼓掌。接著，他宣布，是時候該進入正式程序的階段了。這場會議需要決定的決議大約有十多個，每一項決議都必須逐一宣讀、提議、覆議和表決。最重要的是，按程序，每項決議都必須邀請在場的人提問。每項決議各自涉及一個特定的議題，例如，以每股一美元的價格募集到一億美元，或是泰勒密克斯和辛貝克與艾瑟拉瑞之間的股權交換等等。不過這些決議幾乎都不太需要討論。所有的決議早就以代理投票的方式取得了大多數股東的支持。在這場會議上走這些流程，不過就是跑個形式而已，或者說，布萊克利的金主們八成都是這樣想的。

第一項決議才剛剛宣讀完，我感覺自己的肩膀被人拍了一下。兩個人高馬大、全身黑衣的警衛，對我、路克·凱洛威和浩爾·列汶比了一個手勢，要我們離開座位，去會議室的最後方。布萊克利叫來了警衛。

「你們登記的身分是股東，」其中一個警衛不苟言笑地低聲告訴我們，「可是我們在股東名單上找不到你們的名字。」

浩爾·列汶翹起眉毛看向我和路克·凱洛威。幾乎同一時間，我們三個人都從西裝口袋裡拿出了股東證明書。當初在討論要來參加這場會議時，浩爾·列汶就已經猜到他們會玩這一套。布萊克利以前就幹過這種事，靠驗明身分這一招來拖住對手的時間，讓會議可以繼續進行，等到跟身分有關的問題吵完了，人被放回會場的時候，會議已經差不多結束，沒有機會再發言了。

只可惜，股東證明書白紙黑字，再加上護照佐證，幾乎沒有爭執的餘地。不管警衛們多想繼續囉唆下去，他們都得放我們回到自己的座位，所以我們一共只錯過了兩項表決。布萊克利從遠處看見我們三個人回到了座位上，古銅色的臉蛋上閃過一絲困惑，這是他第一次對我們的在場顯得有些在意。

第三號決議的內容是針對艾瑟拉瑞收購泰勒密克斯股票的事宜，不過老實說，內容是什麼根本無關緊要，因為不論內容是什麼，浩爾·列汶打算做的事都是一樣的。

「有任何疑問嗎？」在宣讀完一串迂迴難懂的法律措辭之後，比爾・布萊克利按程序徵詢在場人士的意見。

「我有一個疑問，」列汶刻意加重了他直率的德州口音。

「浩爾？」短短兩個字，布萊克利搭腔的口氣已是極盡輕蔑之能事。

列汶從座位上站了起來，不發一語，態度堅定，直到會議室裡所有人的視線都集中在他身上。

「我想知道，任何一個神智清楚的股東，怎麼會願意用泰勒密克斯的股票交換艾瑟拉瑞的股票？尤其是在艾瑟拉瑞對公司名下的智慧財產權毫無保護力的情況下？」

在一場布萊克利精心策劃、向在場所有人保證他們將會賺進大筆白花花鈔票的會議上，列汶的問題引發了各種不同的反應：震驚。困惑。懷疑。

「現在這個房間裡的人，我想沒有一個會懷疑你在智慧財產權方面的專業，」一陣交頭接耳的喧鬧稍停之後，布萊克利回應道，「不過，我看不出來你有任何立場足以評斷我們的智慧財產權現況。你並非本公司律師團的成員。」他停頓了一會兒，讓他的話有足夠的時間被在場的人聽見和理解，「我們所有其他的研究夥伴也都不是你的客戶。」

布萊克利這番話是想要釜底抽薪，讓列汶的可信度打折。從會議室前面兩排股東的表情看來，他的話確實起了作用。

布萊克利還在沾沾自喜，列汶的砲火又轟了回去，「我已經評估過貴公司的現況了，依據的是你們兩項主要研究計畫的相關法律文件。」

「我想你手上的文件，應該是現在站在你左邊的男士提供給你的吧？」布萊克利譏諷地說，「在場的各位請注意，今天陪同列汶先生出席的兩位男士，都是艾瑟拉瑞的前任員工，他們會一起出現在這裡，只怕是別有居心。」

席間傳出了一陣竊笑，交頭接耳的音量也提高了。不消說，這場特別股東大會上的氣氛頓時熱絡了起來，然而即使發生了這齣意外的小插曲，股東們對比爾・布萊克利的信心可沒有一絲一毫變化。如果真要說有什麼不同的話，椅子上的布萊克利氣焰看起來倒像是膨脹了幾分呢。

「我查閱過兩位客戶提供給我的文件——」列汶寸步不讓，「這兩位先生不只是艾瑟拉瑞的離職員工而已，他們兩位都是前任的研究總監。他們同時也是貴公司三大招牌研究計畫其中兩項的發明人，而這三大研究案，依據貴公司募股說明書裡的描述，價值一億美元——」

「請問你有任何針對第三號決議的問題嗎？」布萊克利不慌不忙地打斷，「還是你只是想要刻意擾亂會議程序，替心有不甘的離職員工抱不平？」

「我的提問是，」列汶毫不遮掩他的鄙視，「你們是依據什麼基礎，從倫敦帝國科學研究院手上，確保你們取得了奈米博特計畫的相關智慧財產權？」

布萊克利轉頭看向會議室另一頭，坐在第三排的艾瑟拉瑞法律顧問。「麥克？」

「就是一筆單純的交易，」麥克・芬瑟（Mike Fencer）告訴會場上的人，「我們出資買下奈米博特的智慧財產權，款項分三年期付清。」

「各位應該知道，」布萊克利忍不住自吹自擂，「那筆交易對艾瑟拉瑞的投資者們而言，是一筆非常有利的交易。」

不過芬瑟的話還沒有說完。他看了看浩爾．列汶，再看看我，然後發表了他自認為是先發制人的意見：「合約中載明，科學家個人一旦經艾瑟拉瑞集團聘任，該科學家對該智慧財產權的任何主張都將自動喪失。」

「也就是說——」打蛇隨棍上，列汶刻意裝出驚訝的樣子：「你們把帝國科學研究院所有的智慧財產權整套買下來了？」

「是的。」芬瑟答道。這時會議室裡五十雙眼睛都盯在了芬瑟身上，像是看台上觀賞網球比賽的觀眾。

「不多也不少？」

「沒錯。」芬瑟一腳踩進列汶設下的圈套。

「布萊克利先生，」列汶將他的焦點轉移到會議室前方，「你能不能向在場的股東們保證，帝國科學研究院原有的智慧財產權保護措施是穩固可靠的？」

「那當然，」雖然列汶突然改變問題方向讓布萊克利感到驚訝，但是他的語氣仍是信心滿滿。

「你們的法律顧問剛才確認了，貴公司買下了屬於帝國科學研究院的全套智慧財產權，僅此而已。那麼，你們是否進行過任何查驗，確保科學研究院對他們的智慧財產權設下了足夠完善的保護？」

「在進行任何交易之前，我們一定會事先完成全面性的盡職調查，」會議室裡的氣氛開始轉向，布萊克利顯然有些惱怒。從原本面對著一群對他激賞萬分、充滿感激的股東的生物科技海盜，布萊克利發現自己突然間變成了辯護席上的證人，正在接受檢察官列汶的審問。而列汶正持續加重力道：「這裡所謂全面性的盡職調查，包含了對任何一項先前技術專利的調查嗎？」

「麥克？」布萊克利再次把問題丟向他的法律顧問，只不過這一次，他那種厚顏無恥的自信顯然減弱了許多。

「對於先前技術專利，會視不同個案的情況進行處理。」芬瑟開始閃躲。

「我現在專門指的是這一個個案。」列汶完全不留情面。

芬瑟不安地在他的椅子上調整了一下姿勢，緊繃的氣氛凍結了幾秒。「帝國科學研究院的院長曾經告知，與該項研究計畫相關的專利都已經包含在內了。」

這一次，會議室裡交頭接耳的騷動更大聲了，只不過轉換成了一種全新的局面。尤其是坐在前兩排的大股東們，他們在椅子上扭來扭去，成串的問題接連轟向長桌前的布萊克利，他的臉色迅速變得鐵青。會議室裡的激情不斷升溫，布萊克利奮力試圖控制住場面。

「這些跟智慧財產權細節有關的疑問，」他必須要拉高嗓門才能讓會議室裡的人聽見，「跟本次會議的主旨無關。」他雙掌朝下，對著室內比劃，希望大家安靜，接著對列汶怒目相向，要求他坐下。

不過這招一點都不管用，他的舉動反而更加觸犯眾怒。艾瑟拉瑞的股東們開始對著艾瑟拉瑞的執行長破口大罵。而列汶當然不會乖乖坐下——一個欠他律師費的人，怎麼指揮得動他呢？

第一排開始有人大喊：「讓列汶繼續講！」還有人喊：「他還沒說完呢！」

「這一位帝國科學研究院的院長——」列汶的聲音像坦克車一樣，他讓這句話的開頭重複輾過會議室好幾次，直到所有人都靜了下來，才接著往下講：「跟你信賴他會保護好股東們的智慧財產權的研究院院長，是同一位院長嗎？記得你剛才還提到過，這筆交易對艾瑟拉瑞的股東們來說，可是大大有利的。」

這個瞬間，會議室變得鴉雀無聲。布萊克利看著這個搶走會議焦點的入侵者，臉上的神色除了遮掩不住的厭惡之外，還多了幾許隱憂。跟會議室裡的其他人一樣，布萊克利聽得出來，列汶正刻意把話題引導到某個方向，只是他現在還看不出來，列汶究竟打的是什麼算盤。

會場上所有人的眼睛都盯著布萊克利，然而已不再是讚賞的目光，布萊克利知道，這是他最後一次出手的機會了。「奈米博特計畫，是一名研究生在加入倫敦帝國科學研究院之後，完成的碩士論文。」他擺出一副在法庭上抗辯的姿態，試圖挽救他的形象，「當時他還只是一名學生。當計畫開發完成之後，就受到研究院所申請的專利所保護，隨後才由艾瑟拉瑞買下。」

「事件的順序是正確的，」全部的目光又重新回到列汶身上，「不過，你漏掉了最關鍵的一點。我的客戶，萊斯特先生，在他完成碩士論文前一年，就已經申請了一項專利，專利內容包含了奈米博特計畫的完整描述。專利是登記在他本人名下，至今依然由他本人持有。」

布萊克利和芬瑟惡狠狠地對看了一眼，露出互相指責的神情，意思很明顯：他們都是第一次聽說這件事。

「你竟然沒有檢查過？！」某個股東大叫。

「我的老天，布萊克利！」另一個人加入了怒吼。

「傷害了整家公司！」

「都被你搞砸了！」

在憤怒的浪濤之中，布萊克利必須扯直嗓門大吼，才能被聽見。「先前技術專利不能保證任何事！」他絕望地吼道。

「我倒願意試試看是不是真的如此。」列汶反擊。

「光是官司就可以花掉你好幾年！」布萊克利幾近瘋狂，「而且最後你可能什麼都拿不到！」

列汶的目光從布萊克利身上移開，轉向座位前兩排。大部分艾瑟拉瑞的大股東們，早就扭著脖子，等著看列汶要說什麼了。不過列汶仍然氣定神閒，一直等到了會場上的騷動都緩和下來，才開口說道：「你們的商業競爭對手對於這項先前技術專利的價值，可是非常有信心的。」

此話一出，連我都感到吃驚。

「已經有好幾個企業找上我，想要得到這份專利。」列汶向大家宣布，「他們一定會和艾瑟拉瑞競爭奈米博特的權利。」

整個會議室陷入暴動狀態。這場特別股東大會最初文質彬彬的氣氛已經蕩然無存，好幾個布萊克利最重要的金主都從椅子上跳了起來，背棄了他們原本的英雄，轉向浩爾·列汶，想要更加認識他。

「不僅如此，」列汶揮出了他的全壘打，「在你們的三大招牌研究案之中，還有另外一項研究計畫的專利，也出現了同樣的情況。貴公司的智慧財產權安全性漏洞百出，而你們的執行長卻毫不知情！」

會議室裡的暴動又升溫到了一個新的高潮。現在連布萊克利，還有圍坐在長桌邊的幾個人也全都站起來了。會議室的後方也出現了怒吼，要求布萊克利退回他們投資的金錢。

「三大招牌研究案裡面有兩項捲入訴訟爭議，這樣的公司是募不到半毛錢的！」列汶投下炸彈。

「別提什麼一億美元了。也別提什麼納斯達克了。你沒有東西可以賣！」

語畢，他轉頭示意我們該走了。路克和我從椅子上站起來，跟著他往會議室後方走去。會場變得更加混亂了。十五分鐘之前還井然有序的一場會議，現在演變成了一場亂鬥。比爾．布萊克利承諾過的奢華亮眼的未來，頃刻間煙消雲散。一群人包裝在君子外表下的貪婪，也被赤裸裸的憤怒和恐懼所取代。

布萊克利知道自己已經別無選擇，情急之下只好開口：

「這兩項先前技術專利，你們開價多少？」他慌亂的問題投向我們離開會場的背影。

在大門口停下腳步，列汶轉過身，一臉嚴肅：「兩個科學家一人五百萬。二十四小時內匯進我的戶頭。否則，我就公開拍賣。」

推開大門，列汶彬彬有禮地請我們走在他前面。我們沉默地走進電梯，小心避開彼此的視線，直到電梯抵達一樓。

一直到我們走到大廳，附近都沒有人之後，我們才抬起視線瞪著他有稜有角的五官。

「商業競爭對手？」路克．凱洛威率先發難。

「只聽見腳步聲，還沒看到人的時候，最讓人神經緊張了。」列汶戴上他的太陽眼鏡。

「五百萬？」我一邊問，一邊推開旋轉門。在他的辦公室裡討論的時候，我們說的是三百萬。

「根據現場的反應，我感覺五百萬更適合一點。」列汶擠眉弄眼，賞了一個極短的微笑，然後舉起他厚實的食指，在我臉前搖了搖：「可別再說律師都是沒有感覺的東西了。」

16 羅斯伍德大街

這陣子以來，我每天早晨揭開序幕的方式，是在禪修室神聖的靜謐裡，點燃佛像腳下的酥油燈。格西拉告訴過我，能夠為佛陀供燈是一份殊榮，供燈的時候，酥油燈不只是得按照特定的順序點燃，還必須同時觀想，每一盞火焰都是奉獻給佛陀的珍貴禮物——像是香、音樂或鮮花等等——藉此替所有的眾生祈福。與佛法的接觸越來越深之後，我逐漸瞭解到，這些外在的儀式其實都是一種記憶方式，幫助人養成某種特定的正知正念。儀式過程中真正要專注的對象，其實不是酥油燈晃動的火焰，而是我們的心念。

自從離開艾瑟拉瑞以後，我的生活進入了一種全新的韻律。每天清晨就起床，沖個澡之後，就走上無人、清新的羅斯伍德大街，自己開門走進隔壁的禪修中心，然後光著腳，慢慢走進禪修室。黎明的晨曦之中，我點燃十四盞酥油燈，做完這些準備動作之後，再搬出一張紅色椅墊，面對面坐在佛像跟前，盤起腿，閉上雙眼。

雖然我開始這麼做的時間還不長，不過，我已經找到了一條通往平靜、安住在當下的途徑，它就藏在我的意識表面下方一點點，我卻從來都不知道它的存在。這真是一個重大的發現，就像是偶然間闖入了一條古老又寬闊的地底河流，而長期以來，它的存在一直被過於匆忙的生活、和雜思亂想太多的頭腦所創造出來的石礫所掩蓋。不過只需要些許的努力，就能夠放掉占據意識表面的那些日常雜音。只要稍微將注意力從頭腦裡所有關於「我」、「我的」的那些喋喋不休的對話上移開，轉移到這個當下、此時此地，就能單純地進入一股深刻的寧靜裡，不需要任何額外的事物。

除此之外，我還發現到，即使在我離開禪修坐墊之後，這份平靜還會繼續延續下去。一天之中，在某些莫名的片刻，毫無理由地，我會突然回想起這個新的生活習慣，接著就會回復到早晨時的平靜。最棒的一點是，我知道，只要我想要，我就隨時可以重回這個新近發現的平靜的源頭，讓自己坐在這條河流邊，安住在當下。

這個學習禪修的時機真是來得再巧妙不過了。在這個人生各方面都面臨潰堤的時期裡，我失去了許多一直以來認為會為我的生命帶來價值的事物，卻沒有因此變得萬念俱灰或弱不禁風，相反地，我找到了一種全新的胸襟和寧靜。當然，對那些投注過多年心力的事物，我也會好奇將來它們會如何發展。我跟伊莎貝拉的關係會走向何方呢？自從上次去納帕和她見面之後，雖然我們之間重拾了許多過去曾經有過的親密感，但是，在她即將搬去法國，而我將動身前往北印度的情況下，我們的前景究竟會如何？就算去見慈仁喇嘛的旅行只會花上幾個星期，那然後呢？眼前的我還沒有準備好重回才剛剛被我拋棄不久、以前在倫敦時的那種生活。

還有委託浩爾．列汶進行的訴訟：他已經警告過我，和艾瑟拉瑞這一仗，結局如何還在未定之天。即使在特別股東大會上，列汶使出了非常嚇唬人的招式，布萊克利和艾瑟拉瑞手中還是握有某些籌碼，所以，很有可能這將會演變成一場拖延多年的殊死纏鬥，結果如何現在完全無從猜測。

不過對於能不能賺到扣掉律師費之後的那筆五百萬，我比我原來以為的更雲淡風輕。與伊莎貝拉之間的事，我也更能放下對未來的揣測，讓自己不要過度推想。因為，現在只要我開始沉溺在對奈米博特或伊莎貝拉的思考中，我幾乎不可能不同時想起一件更重要的事：身為丹增・多傑的我所背負的任務。一個小沙彌，為了護送蓮花生大士的伏藏而葬身懸崖，他的使命是遠比這些瑣事弘大許多的。更何況我還知道了慈仁喇嘛，一個年近百歲、充滿智慧的聖者，已經在地球的另一端耐心地等待了我超過三十年。

不只是每天早晨的禪修讓我感到珍惜，還有另一件更是令我天天期待的事：與格西拉共進早餐。我們逐漸發展出了一種習慣，就是每天早上，一起坐在廚房和他的小屋之間的小院子裡，一起喝茶，吃烤土司，配上他專門指定的玫瑰牌（Rose's）英國果醬，這是自從他去牛津留學之後，就一直最喜歡的果醬品牌。兩個人、一張小小的松木餐桌、兩把七〇年代風格的鐵腳貼皮餐椅，環境雖然簡陋，但是在這些時刻裡，我的心卻感受到了前所未有的遼闊，和無比深遠的平靜。這些早餐約會也給了我很多機會，讓我得以把消化所有最近發生在我身上的事時，所浮現的各種問題搬出來，請格西拉為我解答。而格西拉永遠是那麼地稱職，總是為我帶來最令人拍案叫絕的啟發。

舉例來說，上個星期，我去見完伊莎貝拉回來之後，格西拉沒有主動刺探，而是讓我自己告訴他那晚在納帕發生的經過。

「說不定，如果我把這些事……全都告訴伊莎貝拉的話，事情會比較容易一點，」簡單講得差不多之後，我指了指禪修中心。

「你沒有告訴她嗎？」格西拉問。

「夢到前世、丹增．多傑這些事，我都沒有說。我也不知道，就是覺得……好像不太適合告訴她。」

格西拉點點頭。「這樣很好，」他安撫我，「開始修持佛法之後，很多人會遇上一些奇妙的體驗或領悟。有的時候，人們會想要大肆宣傳這些經驗。更麻煩的是，他們可能會開始認為自己很特別。有些人，尤其是西方人——」他呵呵笑了幾聲，「他們會決定：『現在我是佛教徒了，我要把頭髮剃光，穿上僧袍，像個出家人一樣。我想要每一個人都知道，我已經變成一個神聖的人了。』」

我回想著上禪修課時的情景，確實能想起幾個穿著奇裝異服的人。

「真正的靈性發展發生在這裡，」他伸手觸碰自己的心，「它不是外在的。每一個人都能打扮自己的外在。但是那些裝飾本身並沒有任何意義。改變行為、轉化慣性反應模式和態度——這才是我們真正努力的重點，而這個比穿上唬人的外衣困難多了。所以，和一般人一樣，保持普通的外表，是比較好的。安靜地修持。如果你察覺到自己進步的徵兆，告訴你的上師，不要昭告天下。」

就跟格西拉曾經對我說過的許多事一樣，他這番話之中，也蘊含著非常實際的智慧。不過，有一件事情我還是想不通。「先不管未來會如何，我跟伊莎貝拉曾經非常非常親密，親密到幾乎沒有空隙的程度。我猜想這之間也存在著某種前世業力的關聯？」

「當然。」

「既然我們的連結那麼深，那為什麼我對佛法那麼感興趣，她卻沒有？」

格西拉聳聳肩。「這重要嗎？」

「在一段關係裡，如果佛法對其中一個人來說很重要，對另一個人卻不重要——」

「那個人還是有很好的機會去練習慷慨、倫理和耐心。」他露出頑皮的笑臉，「更何況，你怎麼知道伊莎貝拉不是菩薩轉世？」

「什麼轉世？」

「菩薩的意思是，為了幫助他人這個唯一的目的，而選擇重新轉世為人的一種存在。也許是因為她，你才會搬來洛杉磯，住到我家隔壁。」

「也有可能不是因為她吧——」我們兩個人一起放聲大笑。有時候我真的搞不清楚，格西拉說的話是認真的還是在開玩笑。

「很多人都接受轉世的概念，」啜了一口茶之後，他接著往下說，「這些人總是很想知道，他們的女朋友或老婆、老公上輩子跟自己是什麼關係。但是，用更大的角度來看待這件事，是很重要的。」

「怎麼說？」

「我們要是有一個前世，就代表我們有過無數個前世。我們的細微心識在無始時來就已經存在了。我們有過的，不僅僅是幾百個前世或幾千個前世。也不光是投胎在地球上而已。地球就像是一個沒有盡頭的宇宙沙灘上，一粒微小的塵埃罷了。我們的經驗範圍是無邊無際的，就跟時間和空間一樣沒有盡頭。在那麼多數不清的生生世世裡，誰曾經是我們的伊莎貝拉？我們的愛人？我們的朋友或敵人？」

「地球上的每個人大概都是吧。」我搖著頭說。

「正是如此。」格西拉說，「佛陀曾經說過，每一個眾生都曾經做過我們的母親——而且不只一世。基於這點，我們努力對所有的眾生展現慈悲心，無論在當前的這一世裡，他們用什麼樣的樣貌出現在我們面前。」

這是一個十分激進的觀點，挑戰了一般常規的想法，畢竟人們總是喜歡把遇到的人分類，分成朋友、陌生人、不喜歡的人等等。但是如果退一步來看的話，格西拉的話當然有道理。就算只看一世，我也已經學到了，沒有任何狀態是永恆的，無論是朋友、陌生人，甚至是敵人。我光是想想比爾·布萊克利，都能看出這個道理。

格西拉這番話還提醒了我另一件事。「媽媽——我前世的媽媽，」我說，「你之前說過，我離開村子去正波寺出家，讓媽媽很難過，對嗎？」

格西拉點頭。

「我臨死之前看見了異象，讓我有機會跟她道別。」我狼狽地趴在斷崖邊，努力想站穩時，媽媽和藥師佛一起出現在我面前的畫面，依舊栩栩如生地烙印在腦海。我記得自己告訴她，我很難過再也見不到她了。我想不出她的樣貌，也記不清她的臉，不過我知道跟藥師佛在一起的人是她。

「我們離開西藏以後，媽媽怎麼了？」我問。

「她一直待在林村，」格西拉說，「待了很久。」林村位在西藏非常偏遠的地帶，是一個規模很小的村子，與政府的邊哨站或任何寺院的距離都很遙遠，因此沒有引起紅軍的注意。一九五九年，中國入侵西藏之後的幾個月間，軍隊曾經路過林村幾次，從此之後就再也沒有出現過了。對於村民而言，平常的日子和之前沒什麼不同，除了一件事以外。西藏人摯愛的政治和精神領袖已經不在拉薩了，這讓每個人的心頭都空了一塊。幾乎每個家庭都有一個兒子、姪子，甚至有時候是一個女兒加入了僧伽，他們之中許多人都選擇了流亡，而其中不少人沒有成功撐過喜馬拉雅山區艱險的山路。

我的母親早在慈仁喇嘛寄信來的好幾個月前，就透過靈媒得知了我的死訊。在正式通知我的死訊的信中，喇嘛向我的父母保證，我的死絕對沒有白費，將來我會重新轉世在一個可以透過修持佛法來幫助更多眾生的時機和地點，而且會有更有效的方法。我的父母都是非常虔誠的人，這番話減輕了他們的悲傷。

幸運的是，在中國入侵西藏前沒多久，父親已經開始準備退休了。當許多寺院被迫關閉或搗毀之後，除了少數最隱密的禪修室之外，已經幾乎不再有人打電話來請父親製作聖壇或是禪修木座了。跟那一輩大多數的西藏人一樣，父親和母親都繼續在私底下修持佛法。當年紀越來越大之後，他們就越是將自己的生活投入在禪修裡。尤其是我的母親，鄰近地區的人都開始因為她的靈視能力而聽說她的名字。有些人會徒步跋涉好幾天的路程，專程來找她解答個人的疑難雜症，或是問她關於家人朋友在哪裡重新轉世的問題。

同時間，我的姊姊德臣，也出落得亭亭玉立，就跟大家想的一樣，從來不缺乏愛慕她的追求者。最終她嫁給了附近村子裡的一個商人，她的丈夫做生意的範圍很廣，供應得起姊姊過上舒服的生活。父親活到了看見他的第一個孫子出世，不久就因為突然心臟病發離開了。

母親繼續生活在林村，村子裡所有人都以為，她會就這麼度過她的餘生。直到她大約六十五歲左右，有天突然跌破眾人眼鏡地宣布，她要去印度找她的大兒子，巴登．旺波。當時巴登．旺波已經拿到了藏傳佛教體系裡最高的格西學位，還到英國牛津大學完成了博士後研究。經過一趟麻煩重重的長途旅程，混合了巴士和火車，穿過尼泊爾和北印度之後，終於在一九八五年，母親與巴登．旺波團聚了。

「自從她抵達麥克羅干吉的第一天起，她對那個地方就一直抱有一份特殊的情感，」格西拉告訴我，「她一直住在那裡，只有出國過一次。」

「她還活著？」我都已經三十幾歲了，前世對我而言很重要的人竟然還活著，這是第二次我因為這樣的理由感到震驚了。

格西拉咯咯笑了起來：「老當益壯！」

「在斷崖邊，當我跟她道別的時候，我記得她說過，她會在我的來世找到我。」

格西拉用詢問的表情看著我。

「我想見她。」我告訴他。

「你已經見過她了。」

我皺起眉頭，「在哪裡？」

「這裡，就在這個屋子裡。」

我思考著自己前幾次來的時候都錯過了什麼。在愛麗絲的佛法課上有某個老太太學員我沒注意到的嗎？

「你想想看，她沒事為什麼要幫你洗衣服？」

「明太太？！」我真是再驚訝不過了，「我只是……她一直都知道嗎？」

他點頭。「她的天眼通在尋找你轉世在哪裡的時候發揮了很大的功用。」

「那串葡萄。」我想了起來。

格西拉面露微笑。

「她挑了我最喜歡的水果，我以為只是碰巧。只是……什麼古怪的鄰居留了一張歡迎我的字條，」我搖搖頭，「她刻意留了那麼多線索，我卻從來沒有把它們串起來過。」

「那是因為你從來沒有把它們看成線索。你太忙了。」

「雜念太多？」

「正是！」

「我一定要好好跟她說說話——不如就今天早上吧？你能幫我們翻譯嗎？」

「可以的。只是要過幾天。」格西拉點點頭，「她去聖地牙哥看一個西藏的老朋友了，週末就會回來。星期天晚上，她想辦一個特別的慶祝會，到時候她會做你最喜歡的糌粑。」

「糌粑！」我的記憶立刻被喚醒了。雖然記不太得它嚐起來的味道，但是我清晰地想起它的香氣，以及隨之而來的強烈思念感。這股香氣，代表了溫暖舒適的家的氣味，在穿越喜馬拉雅山區的那趟旅程上，總是糾纏著我。

同時我也回想著那串葡萄，還有明太太慷慨地表示要幫我洗衣服時的情景。我怎麼會對這些線索這麼粗心，用那麼草率的方式對待她？我記得自己甚至想要偷偷避開隔壁前廊那隻招呼我的手，最後還是出於禮貌，才下定決心前去拜訪。我對自己前世母親的反應，真是冷漠到家了。這也讓我意識到，也許我一直以來在不知不覺間，都是這麼冷漠地對待著每個也許前世就與我熟識的人：媽媽、愛人、小孩、親近的朋友等等。

看著格西拉，我咕噥起來：「媽媽和她的兩個兒子。家庭晚餐。我絕對不會讓自己錯過的！」格西拉微笑時，我說：「至少，現在我知道她是誰了。」

「很少人有這種機會。」他答道。

過了一會兒，「不過我還是很想知道中間那幾年我去哪裡了；我是說，丹增．多傑那一世和這一世之間。」過去幾天以來，我發現自己的心思一直繞著那空白的十三年打轉。

格西拉還沒回答，我的椅子旁突然有一道影子閃過，接著那隻貓，扎西，跳上了我的大腿，一雙又大又藍的眼睛直直瞅著我。我望了望格西拉，再看看貓，再望回格西拉，覺得自己的頭好像被敲了一記，頭暈目眩地意識到這一刻的重要性。我幾乎不知道該如何消化這個重大的暗示。

「我甚至不是特別喜歡貓的人啊。」過了幾秒之後我忍不住抗議。

格西拉綻放出慧黠的目光，對著我笑了開懷：「如果每個人都知道自己前世是什麼的話，」他笑著說，「這個世界會變得非常不一樣。貓、人類、中國人、西藏人、男人、女人、黑人、白人。最有智慧的作法呢，」他告訴我，「就是假設自己曾經也是所有這些眾生。」

❖

隔天早上，當我再度和格西拉一起坐在院子裡，享受著清晨陽光下的早餐時，我決定，是時候了。

過去兩週以來，是我這一生中最意義重大的一段時期。我從懸崖上跌落，這既是一個事實，也是一種隱喻，劇烈的震盪直抵我生命的核心，普通日子裡理所當然的一切，如今全都受到了動搖。然而我也開始體認到，一直以來我對現實的理解方式，竟是如此狹隘受限。我活得像是閉著眼睛到處橫衝直撞——總是與生命裡各種人事物的真義錯身而過。

「你記不記得我說過，我需要一點時間思考一下伏藏，」我對格西拉說，「還有拜訪慈仁喇嘛的事？嗯，」我斬釘截鐵地告訴他，「我準備好了。」

他點頭。「你真的確定嗎？」

「確定。」

「不只是因為你覺得自己可能會賺到五百萬？」

我也問過自己一樣的問題。如果浩爾・列汶對抗艾瑟拉瑞的官司打贏了，毫無疑問地，我的處境將會大幅改變。但是這八成還要等上很長一段時間才會看到成果。此外，我發現自己還不想那麼快回頭去找另一份普通的研究員工作。我無法忽視自己內在發生過的那些天啓般的經驗。即便它們可能很主觀，但對我而言卻比什麼都還要真實。我怎麼能夠背棄一個更加遠大、更令人興奮的人生使命？

「我不能把人生都花在等待一場訴訟的結果，」我告訴格西拉，「我需要前進。」

格西拉像是在細細地審視著我的動機，一時間，我覺得自己完全被他所籠罩，與其說是因為他的凝視，更像是因為他整個人的存在。然而，我卻從來不曾感到如此平靜或篤定。

「有那筆錢當然很好，可是我也不能把一切都押在上面。」

格西拉簡短地點頭。「擁有金錢，意味著你有更多機會去修持慷慨布施，」他說，「這才是財富的真正原因。」

「是嗎？」

「在六波羅密裡，佛陀將布施波羅蜜擺在第一位。為什麼呢？原因是，祂認為人們都需要先達到某種程度的富足，才會有時間和興趣去親近佛法。」

「就像是馬斯洛的需求層次理論？」

格西拉鼓勵我繼續往下說。

「他是一個心理學家。他說，我們要先滿足對食物和居住的需求，接著才會想要去滿足更細緻的需求，比方說對歸屬感的需求，或是對意義的需求。」

「正是如此，」他同意，「也許這就是為什麼很多心理學家會對佛法產生興趣。我聽說認知行為療法和佛法很像。聽說壓力療法和佛法很像。還有設定目標、運用肯定句、具有創造力的觀想，這些都跟佛法很像。現在，又多了一個馬斯洛的需求層次理論！」

我們都一起被逗樂了。一會兒後，他再次認真地看著我：「所以說，你準備好去見慈仁喇嘛了？」

「百分之百。」我微笑。

「那幾件等著你解決的事，都已經解決好了？」

「除了一件事，星期天的家庭聚餐。」

他點頭。「所以你星期六晚上有空？」

我愣愣地看著他：「星期六？」

「星期六晚上。」他笑得一臉古靈精怪。

「你偷偷安排了什麼？」我問。

「一個驚喜。」他說，「最後一件等著你解決的事，而且等了很久很久了。」我正想要抗議，他抬起手阻止：「相信你的哥哥就對了。」

❖

這就是為什麼星期六這天傍晚，我正在費心想著，等一下出去該怎麼穿才好。格西拉和我約好了：星期天早上禪修結束後，他會告訴我該去哪裡才能找到慈仁喇嘛，還有我們需要安排哪些旅行的細節。他事先提醒我，我得準備好護照，還有大把大把的時間。我也向他保證，這兩樣東西我都有。

在那之前，還有這個驚喜的約會。我實在搞不懂為什麼要弄得這樣神祕兮兮的。我要穿外套嗎？要擦鬍後水嗎？陪同一個藏傳佛教僧侶一起出席社交場合，應該怎麼打扮比較適合？走去他家門口的路上，我心想著這情景真是古怪透了。最終決定穿上外套但是不擦鬍後水的我，先敲了敲禪修中心的大門，然後才開門走進去。

格西拉正在廚房裡等著我。

「來得正好。」看見走廊上的我時，他對我說。等到我走近他身邊，他掏出了藏在袍子裡的兩張門票。

「我只會先跟你說，我們等一下要去好萊塢露天劇場。你知道在哪裡嗎？」

我點點頭。之前在日落大道另一頭轉彎的地方有看過告示牌。

沒多久，我們已經開著車，順著北拉布雷亞大街往北走，我負責開車，格西拉負責指路。在洛杉磯寬闊、兩旁種滿棕櫚樹的大馬路上穿梭，這景緻在我眼中仍是十分地新奇，我又側眼看了一眼坐在身旁、頂著大圓光頭的巴登·旺波，這位前世的哥哥。

回憶著這一連串的事件，我意識到自己的眼界竟是如此地狹窄，直到最近才稍微打開。我現在才知道，有一個更浩瀚無垠的現實存在著，而一直以來我只不過看到了其中的一小部分而已。更重要的是，我以為自己已經走了很久的人生旅程，也只是一條漫長無邊的道路上的小小一點。這條長路攜帶著一個遠大的使命，遠遠超越了我這一生、甚至跨越了丹增．多傑那一世，直到遠古以前，一位印度聖人為世人寫下了一篇訊息，而將這篇訊息解封，則是我的神聖使命。

而當我是這個唯一被選中，必須執行這個使命的人，格西拉也告訴我，這個世界上還有許多人像我一樣，擁有他們獨特的使命要完成。「我們之中，也存在著很多個拉薩魔法師，」他這麼說過，「他們將會瞭解到自己所擁有的非凡潛能……當他們重新回到修法的道路上時。」

華燈初上，又是一個熱鬧的夜晚準備登場，日落大道上生氣蓬勃的餐廳裡，擠滿了一張又一張臉龐，我看著他們，心中不免好奇，你也是一個拉薩魔法師嗎？還是——無論此刻你相信自己是誰、你的人生目標是什麼，要是你拋下了以為人生只有這一世的限制，會發生什麼事？假如你擺脫了你日常的期待所帶給你的束縛，發現了一個比你所能想像得到的任何事，都還要更加重要的人生使命呢？

我又側眼瞄了格西拉一眼，發現他正好也在看我，我們一起露出了會心的笑臉。

「我帶了一個東西，」他從僧袍裡抽出一張 CD，然後將它塞進音響裡。「為了給那一件等著你解決的要事，增添一點氣氛。」

他往前傾，按下播放鍵，這瞬間，車裡的氣氛活潑了起來，跳動的音符把我傳送回了一個鋪著石板的院子裡，那是很久、很久以前，在遙遠的喜馬拉雅山區，一個偏遠的寺院裡，我手裡握著掃把，跟著一曲懷舊的節拍扭動：

一點、兩點、三點鐘，四點鐘，搖滾吧，
五點、六點、七點鐘，八點鐘，搖滾吧，
九點、十點、十一點鐘，十二點鐘，搖滾吧，
今晚我們要搖滾，直到晝夜不停擺。

致謝

為我的上師們致上全心的謝意：

萊斯·希益（Les Sheehy），是我無上的啟發與智慧的來源；

阿闍黎圖丹·羅敦格西（Geshe Acharya Thubten Loden），佛法的化身、無與倫比的大師；

薩偕祖谷仁波切（Zasep Tulku Rinpoche），珍貴的金剛阿闍黎、瑜伽行者。

上師是佛寶、上師是法寶、上師是僧寶，

上師是一切喜樂的來源。

我向所有的上師頂禮、奉獻，並尋求庇佑。

願這本書將上師們的精神與啟發，傳送至無數有情眾生的心靈之中。

願一切眾生具足樂及樂因，

願一切眾生遠離苦及苦因，

願一切眾生永不離無苦之樂，

願一切眾生遠離親疏愛憎安住平等捨。

藏傳佛教的道路，是一條非凡又深遠的道路——但是它並不好走。選擇走上佛法之路的人，往往會花上數千、數萬小時專注禪修。不斷深入這條內在之路的修行者，其中有些人會發展出特殊的心靈能力，包含靈視能力。這樣的人，我們稱之為成就者（siddha），或魔法師。

願一切眾生具足樂及樂因。
願一切眾生遠離苦及苦因。
願一切眾生永不離失無苦之樂。
願一切眾生遠離親疏愛憎安住平等捨。

藍小說 320

馬特萊斯特的奇幻旅程・上集：拉薩魔法師

作　者—大衛．米奇 David Michie
譯　者—王詩琪
審　訂—嚴萬軒
主　編—李筱婷
企　劃—林進章
封面設計—陳文德
總 編 輯—胡金倫
董 事 長—趙政岷
出 版 者—時報文化出版企業股份有限公司
一〇八〇一九台北市和平西路三段二四〇號七樓
發行專線—（〇二）二三〇六—六八四二
讀者服務專線—〇八〇〇—二三一—七〇五
（〇二）二三〇四—七一〇三
讀者服務傳眞—（〇二）二三〇四—六八五八
郵撥—一九三四四七二四時報文化出版公司
信箱—一〇八〇一九台北華江橋郵局第九九信箱
時報悅讀網—http://www.readingtimes.com.tw
時報出版臉書—http://www.facebook.com/readingtimes.fans
法律顧問—理律法律事務所　陳長文律師、李念祖律師
印　刷—紘億印刷有限公司
初版一刷—二〇二一年十一月十九日
定　價—新台幣四五〇元
（缺頁或破損的書，請寄回更換）

時報文化出版公司成立於一九七五年，
並於一九九九年股票上櫃公開發行，於二〇〇八年脫離中時集團非屬旺中，
以「尊重智慧與創意的文化事業」爲信念。

馬特萊斯特的奇幻旅程・上集：拉薩魔法師／大衛・米奇（David Michie）著；王詩琪譯. -- 初版. -- 臺北市：時報文化出版企業股份有限公司, 2021.11
368 面 ;14.8x21 公分. -- (藍小說；320)

譯自：A Matt Lester spiritual thriller : the magician of Lhasa

ISBN 978-957-13-9672-9（平裝）

873.57　　110018672

ISBN 978-957-13-9672-9
Printed in Taiwan